돌에 짓눌린 잡초

아리시마 다케오 소설집

KAIN NO MATSUEI, UMAREIZURU NAYAMI,
ISI NI HISIGARETA ZASSOU(돌에 짓눌린 잡초: 아리시마 다케오 소설집)
by ARISHIMA Takeo
Originally published in Japan

한림신서 일본현대문학대표작선 33

돌에 짓눌린 잡초

아리시마 다케오 소설집

아리시마 다케오(有島武郎) 지음

유은경 옮김

小花

한림신서 일본현대문학대표작선 33
아리시마 다케오 소설집
돌에 짓눌린 잡초

초판인쇄 ▪ 2006년 4월 7일
초판발행 ▪ 2006년 4월 14일

지 은 이 ▪ 아리시마 다케오
옮 긴 이 ▪ 유은경

발 행 인 ▪ 고화숙
발 행 처 ▪ 도서출판 소화
등   록 ▪ 제13-412호
주   소 ▪ 서울시 영등포구 영등포동 94-97
전   화 ▪ 2677-5890(대표)
팩   스 ▪ 2636-6393
홈페이지 ▪ www.sowha.com

ISBN 89-8410-297-0 04830
ISBN 89-8410-108-7 (세트)

☆잘못된 책은 언제나 바꾸어 드립니다.

값 7,000원

차례

🎋 일러두기

1. 「카인의 후예」와 「다시 태어나는 고통」의 원문에는 홋카이도 사투리가 나오는데, 이 사투리의 느낌과 뉘앙스를 살리고자 여기에서는 경상도 사투리를 차용했다.

2. 「카인의 후예」에 나오는 요주댁, 닌에몬댁이라는 표현에서 댁이란 본디 지명을 나타내는 명사 뒤에 붙는 접미사로 출가한 여인의 택호를 이르는 말이나, 달리 표현할 마땅한 단어가 없어 이름 뒤에 댁을 붙여 사용했다.

3. 독자가 글을 읽는 데 방해가 되지 않도록 옮긴이가 설명한 역주는 작품 뒤에 모아 놓았다.

카인의 후예

하늘도 땅도 하나가 되었다.
쌩 하고 바람이 휘몰아치면 쌓여 있던 눈은
제풀에 춤을 추듯이 휙휙 날아올랐다.

1

　기다란 그림자를 땅에 끌며 깡마른 말의 고삐를 잡고 그는 묵묵히 걸어가고 있었다. 그 뒤를 꼬질꼬질 때가 낀 커다란 보따리와 함께 문어처럼 머리통만 큰 아기를 업은 그의 아내가 쩔뚝쩔뚝 다리를 약간 절면서 육칠 미터나 떨어져 따라갔다.

　홋카이도(北海島)의 겨울은 하늘까지 닿아 있었다. 에조후지(蝦夷富士)라고 불리는 맛카리누푸리[1] 산기슭으로 이어지는 이부리(膽振) 대초원을, 일본해에서 우치우라만(內浦湾)으로 빠져나가는 서풍이 밀어닥치는 거센 파도처럼 잇달아 불어오고 있었다. 차가운 바람이다. 올려다보니 팔부 능선까지 눈으로 뒤덮인 맛카리누푸리는 머리를 약간 앞으로 수그린 채 바람에 맞서 묵묵히 우뚝 서 있다. 곤부다케(昆布岳)의 경사면에 몽실몽실 모여 있는 구름 덩어리를 향해 해는 기울어 가고 있었다. 초원 위에는 나무가 한 그루도 남아 있지 않았다. 적막할 정도로 쭉 뻗은 한길을 걸어가는 두 그루의 나무처럼 내외가 비실거리며 걸어갔다. 두 사람은 할 말을 잃은 사람들처럼 묵묵히 하염없이 걸어갔다. 말이 오줌을 눌 때만 그는 마지못해 멈추어 섰다. 아내는 그 틈에 겨우 따라붙어서 등의 짐을 추스르며 한숨을 쉬었다. 말이 오줌을 다 누자 두 사람은 또다시 묵묵히 걷기 시작했다.

"여기, 곰 나온다 카데요."

사십 리에 걸친 이 초원에서 단 한 번 아내는 이 말을 했을 뿐이다. 이곳 지리에 밝은 사람에게는 시각으로 보나 지역으로 보나 곰의 습격을 무서워할 만한 이유가 있었다. 그는 몹시 심사가 뒤틀린 듯이 풀 속에 침을 캭 뱉었다.

초원을 가로지르는 길이 점차 넓어져 국도로 이어지는 곳까지 왔을 무렵에는 해가 완전히 저물고 말았다. 물체의 윤곽이 부드러운 맛도 없이 딱딱한 채 거뭇거뭇해져 가고, 손가락이 곱아 드는 추운 늦가을 밤이 되었다.

걸친 옷이 얇았다. 그리고 두 사람은 무척 허기져 있었다. 아내는 아기가 걱정스러운지 자꾸 등 뒤를 돌아다보았다. 살았는지 죽었는지 아기는 숨소리도 내지 않고 고개를 오른쪽 어깨에 축 늘어뜨린 채 꼼짝 않고 있다.

국도 위에는 그래도 사람의 그림자가 하나 둘 움직이고 있었다. 대개는 시가지까지 나갔다가 한잔 걸친 듯, 엇갈려 지나갈 때 술 냄새를 확 풍기는 자도 있었다. 그는 술 냄새를 맡자 갑자기 속이 쓰려 오는 갈증과 식욕을 느끼며 지나쳐 가버린 남자를 뒤돌아보기도 했으나, 심사가 뒤틀려 뱉으려던 침도 이제는 더 이상 나오지 않았다. 풀처럼 진득진득한 점액질이 입술에 붙어 버렸다.

내지(內地)라면 고신즈카[2]나 지장보살이라도 있을 법한 곳에 거무죽죽하게 변색된 열 자나 됨직한 푯말이 비스듬히 서 있었다. 여기까지 오자 마른 생선을 굽는 냄새가 그의 코를 솔솔 자극하는 듯했다. 깡마른 말도 걷던 자세 그대로 슬그머니 동작을 멈추었다. 말갈기와 꼬리만이 바람 따라 휘날린다.

"뭐라 카드노, 농장은."

키가 유난히 큰 그는 아내를 내려다보며 이렇게 중얼거렸다.

"마쓰카와(松川) 농장이라 카데요."

"카데요? 이 빙신아."

그는 아내와 말을 나눈 것에 부아가 치밀었다. 그래서 말고삐를 확 잡아당겨 또다시 걷기 시작했다. 어두워진 골짜기를 사이에 두고 이쪽보다 조금 높은 평지에, 잊어버린 듯이 드문드문 빛을 발하는 시가지의 희미한 불빛은 인적이 없는 곳보다도 도리어 자연을 적막하게 했다. 그는 그 불빛을 보더니 벌써 일종의 두려움을 느꼈다. 인기척을 느끼자, 그는 뭔가 몸가짐을 바로잡아야 할 것 같았다. 자연스러움이 그 순간 사라졌다. 그런 자신을 의식하는 그의 얼굴은 더욱더 험상궂게 변했다. '적이 눈앞에 와 있다카이. 멍하이 있지 말고 정신 차리라!'라고 말하려는 듯한 표정으로 아내를 쳐다보고는 발걸음을 옮기며 허리띠를 다시 한 번 졸라맸다. 남편의 얼굴 표정을 알아차리지 못할 정도로 시선을 떨어뜨린 아내는 멍하니 입을 벌린 채 일절 신경을 쓰지 않고 그저 말의 꽁무니만 따라갈 뿐이었다.

K시가지 어귀에는 빈집이 네 채나 나란히 있었다. 작은 창문들이 해골의 까만 눈구멍처럼 거리 쪽을 향해 열려 있었다. 다섯 번째 집에는 사람이 살고 있었는데, 움직이는 사람 그림자 사이로 이로리[3]에서 섶나무 가지가 작은 불꽃을 튀기며 타고 있는 것이 보일 뿐이었다. 여섯 번째에는 대장간이 있었다. 괴상하게 생긴 연통에서는 휘몰아치는 바람 때문에 연기에 섞여 불똥들이 사방으로 튀고 있었다. 가게는 용광로의 화구를 열어 놓은 것처럼 환해서, 그저 휑하니 넓기만 한 홋카이도의 십이 미터 너비 도로 건너편까지 또렷하게 비추고 있었다. 집들이 길 한쪽으로만 늘어서 있었으나, 어쨌든 집들 때문에 억지로 방향이 꺾인 바람은 심술궂게 모래 바람을 일으켰다. 모래 바람은 대장간 앞의 불빛을 받아 뿌옇게 소용돌이치는 모습을 드러냈다. 대장간 풀무 주변에는

사내 셋이 일을 하고 있었다. 모루에 쇠망치 부딪히는 소리가 높이 울려 퍼지자, 녹초가 되어 버린 그의 말조차 축 늘어져 있던 귀를 쫑긋 세웠다. 그는 조만간 이 가게에 자신의 말을 끌고 올 일을 상상했다. 아내는 빨려 들어갈 듯이 따스해 보이는 불빛에 넋을 잃고 있었다. 두 사람은 묘하게도 가슴이 두근두근거렸다.

대장간 앞은 갑자기 어둠에 싸이고, 집들은 거의 이미 문단속을 하고 있었다. 잡화점을 겸한 선술집으로 보이는 가게에서 음식 냄새와 남녀가 시시덕거리는 걸쭉한 소리들이 새어 나오는 것 외에 일렬로 늘어선 집들은 폐촌처럼 추위 앞에 움츠러들었고 전신주만이 횡횡 신음 소리를 내고 있었다. 그와 말과 아내는 아까처럼 묵묵히 길을 걸었다. 걷다가는 문득 생각난 듯 발길을 멈추었으나, 멈추었다가는 또다시 무의미한 듯 걷기 시작했다. 사오백 미터쯤 걸어갔을 무렵, 그들은 벌써 마을 어귀까지 와 있었다. 길이 급하게 꺾이며 칠흑 같은 저지대를 향한 내리막길이 나왔다. 그들은 튀어나온 모퉁이 부분에서 또 멈추었다. 멀리 아래쪽에서는 빽빽이 들어찬 활엽수림 속으로 휘몰아쳐 가는 바람소리 외에 시리베시강의 물소리만이 희미하게 들려온다.

"와 안 물어봤는교…."

아내는 추위에 몸을 떨며 힘없이 이렇게 신음하듯 말했다.

"니는 와 안 물어봤노?"

갑자기 그 자리에 쭈그리고 앉은 그의 목소리는 땅속에서 울려

나온 것 같았다. 아내는 짐을 치켜 올리고는 콧물을 훌쩍거리며
오던 길을 되돌아갔다.

어떤 집의 문을 두드려 마침내 마쓰카와 농장의 위치를 알아내
었을 때, 그의 모습은 분간할 수 없을 정도로 먼 거리에 있었다.
큰 소리를 내기가 어쩐지 두려웠다. 두려움뿐만이 아니다. 목소
리를 낼 힘조차 없는 것이다. 그래서 또다시 절름거리며 그에게
돌아왔다.

그들은 잠이 쏟아질 정도로 지쳤으나 거기서 이삼백 미터 정도
더 걸어가야 했다. 눈앞에는 판자 울타리에 판자 지붕으로 된 정
사각형 모양의 이층 건물이 주변의 집들을 압도하듯 서 있었다.

아내가 잠자코 발길을 멈추었기 때문에 그는 그것이 마쓰카와
농장 사무실인 것을 알아차렸다. 사실 그는 처음부터 이 건물이
사무실일 것이라고 짐작했었지만, 들어가기가 싫은 나머지 모른
척 지나쳐 버렸던 것이다. 이제는 진퇴양난이었다. 그는 길 건너
편 나무 밑동에 말을 매고, 귀리와 잡초를 썰어 넣은 삼베 부대를
안장에서 풀어 내려 말의 입에 갖다 댔다. 이내 우적우적 맛있게
씹는 소리가 들려왔다. 그와 아내는 또다시 길을 건너 사무실 입
구로 왔다. 거기서 두 사람은 불안한 듯이 서로 얼굴을 쳐다보았
다. 아내가 어쩔 줄 몰라 하며 머리를 만지작거리자, 그는 과감하
게 반이 유리로 되어 있는 미닫이문을 열었다. 호로가 요란한 소
리를 내며 쇠로 된 물홈으로 굴러 갔다. 뻑뻑한 문만 열던 그의

14

손에 쓸데없이 힘이 들어갔던 것이다. 아내가 흠칫 놀라는 바람에 등에 업혀 있던 아이는 잠에서 깨어 울기 시작했다. 사무실에 있던 남자 둘이 튕겨 나갈 듯이 놀라 이쪽을 쳐다보았다. 거기에는 그와 그의 아내가 우는 아이를 내버려 둔 채 우두커니 서 있었다.

"뭐고, 느그들은? 문 계속 열어 놓끼가? 들어올라 카나, 말라 카나. 언능 문 못 닫나?"

감색 아쓰시[4]에 사지 앞치마를 두르고 떡갈나무로 된 사각 화로 곁에 앉아 있던 남자가 눈살을 찌푸리며 이렇게 소리쳤다. 사람의 얼굴, 특히 자기보다 한 수 위인 사람의 얼굴을 보면 그는 단박에 배알이 꼴렸다. 칼날을 향해 맞서는 짐승처럼 자포자기하는 심정으로 그는 유난히 큰 몸체를 어기적어기적 봉당으로 옮겨 갔다. 아내는 주춤주춤 문을 닫고 문밖에 서 있었다. 아이가 우는 것도 모를 정도로 넋이 나가서.

말을 건 사람은 서른 전후의, 눈빛이 날카롭고 콧수염이 어울리지 않는 말상의 남자였다. 농부들 중에서 얼굴이 긴 사내를 보는 것은 돼지 무리 속에서 말의 얼굴을 보는 것과 한가지였다.[5] 그는 긴장하면서도 사나이의 얼굴을 신기한 듯이 쳐다보지 않을 수가 없었다. 그는 수인사 한마디 건네지 않았다.

목이라도 졸려 죽는 것처럼 아이가 문밖에서 울어댔다. 그는 울음소리에 신경이 쓰였다.

마루 턱에 걸터앉아 있던 또 한 사나이는 잠시 그의 얼굴을 보다가 갑자기 나니와부시[6]를 부를 때와 같은 묘하게 카랑카랑한 목소리로 입을 열었다.

"댁은 가와모리(川森)네 친척 아닝교? 얼굴이 쪼매 비슷하구마."

이번에는 그의 대답도 듣지 않고 얼굴이 긴 남자를 향해,

"마름 어른도 가와모리한테서 안 들었는교. 지 친척을 이와타(岩田) 후임으로 넣어 달라 카던데."

다시 그를 향해,

"안 그런교?"

분명히 그랬다. 그러나 그는 그 사내를 보자 신물이 올라왔다. 그 사람도 농사꾼치고는 보기 드물게 얼굴이 길고, 벗겨진 이마에서 왼쪽 얼굴 절반이 불에 데어 번들거렸으며, 아래 눈꺼풀이 벌겋게 뒤집혀 있었다. 그리고 입술은 종잇장처럼 얇았다.

마름이라는 남자는 그 일이라면 알고 있다는 듯 눈을 치켜떠가며 이것저것 그에게 캐물었다. 그리고는 사무용 책상 서랍에서 미농지에 활자가 까맣게 박힌 서류를 꺼내, 거기에 히로오카 닌에몬(廣岡仁右衛門)이라는 그의 이름과 출생지를 써넣고는 잘 읽어 보고 도장을 찍으라며 두 통을 내밀었다. 닌에몬(이제부터는 그를 '닌에몬'이라고 부르겠다)은 원래 까막눈이었지만 농장이든 어장이든 광산이든 입에 풀칠하기 위해서는 그런 종이의 끄트머리에 도장을 찍어야 한다는 것쯤은 알고 있었다. 그는 작업복 앞주머니를 뒤적거려 너덜너덜해진 종이 뭉치를 끄집어냈다. 그러

고 나서 죽순 껍질 벗기듯 몇 겹이고 쌌던 종이를 벗겨 내자 까맣게 때가 긴 목도장이 굴러 나왔다. 그는 도장에 입김을 불고는 증서에 구멍이 날 정도로 꽉 눌러 찍었다. 그 다음 받아 든 서류 한 장을 도장과 함께 앞주머니 속에 쑤셔 넣었다. 이 정도 수고로 생계의 수단을 얻을 수 있다는 것은 다행스런 일이다. 문밖에서는 아직도 아이가 울음을 그치지 않고 있었다.

"지금 돈이 한 푼도 없어가 쪼매 빌릴라 카는데."

아이를 생각하니 갑자기 돈이 필요해진 그가 이런 말을 꺼내자, 마름은 어이가 없다는 듯 그의 얼굴을 쳐다보았다. '이 녀석은 얼간이 같으면서도 방심할 수 없는 욕심쟁이로구나'라는 생각을 하면서. 그리고 사무실에서는 돈 빌려 주는 일은 전혀 하지 않으니까 친척인 가와모리한테나 가보고, 더구나 오늘 밤은 늦었으니 그 집에서 자든지 하라고 일러 주었다. 닌에몬은 울컥 화가 치밀어 올랐다. 아무 말 없이 나가려고 하는데, 아까 그 사내가 같이 가줄 테니 기다리라고 했다. 그 소리를 듣고 보니 그는 자기네 오두막이 어디에 있는지도 몰랐다.

"그라마, 마름 어른, 우쨌거나 잘 부탁드리겠심더. 주인 어른께도 잘 좀 말해 주이소. 히로오카 씨, 고마 갈랑교? 얼라가 디게 애처롭게 울어 제끼네. 자, 계시이소."

그는 능란하게 살짝 허리를 숙이고 낡은 손가방과 모자를 집어 들었다. 옷자락을 걷어 올리고 포병용 헌 구두를 신고 있는 모습은 소작인이라기보다 잡곡상의 거간꾼이었다.

문을 열고 밖으로 나오자 사무실의 벽시계가 여섯시를 쳤다. 바람은 쌩쌩 더욱 거세게 불어댄다. 아기의 그치지 않는 울음에 지친 아내는 쓸쓸히 눈 방지용 옥수수대 울타리 그늘에 멀거니 서 있었다.

길바닥이 험하니까 조심하라면서 사내는 앞장서서 국도에서 논두렁길로 접어들었다. 드센 파도처럼 넘실거리던 추수 후의 논밭은 저 멀리까지 황량하게 펼쳐져 있다. 시야를 가로막는 것은 잎이 다 떨어진 방풍림의 가느다란 나무줄기뿐이었다. 반짝반짝 빛나는 무수한 별들로 하늘은 한층 썰렁하고 어두웠다. 닌에몬을 안내한 사내는 가사이(笠井)라는 소작인으로, 천리교의 간부를 맡고 있다고도 했다.

두어 마장은 걸어온 모양인데 아기는 여전히 울음을 그치지 않았다. 목이라도 졸려 죽는 듯한 울음소리가 반향 없이 바람에 흩날리며 멀어져 갔다. 이윽고 논두렁길이 두 갈래로 나뉘는 곳에서 가사이는 걸음을 멈추었다.

"이 길을 따라 쭉 가마 오른편에 오두막이 보일끼라, 알아들었는교?"

닌에몬은 깜깜한 지평선을 바라보면서 귀에다 손을 대고 가사이의 말을 놓치지 않으려고 애썼다. 그 정도로 매서운 바람이 휘몰아치고 있었다. 가사이는 거기까지 가는 길을 누누이 일러 준 뒤, 마지막으로 돈이 필요하면 가와모리의 보증으로 조금은 융통해 줄 수 있다는 말을 덧붙였다. 그러나 닌에몬은 오두막의 위치를 알게 되자 그 다음 말은 듣지도 않았다. 굶주림과 추위에 지쳐 오들오들 떨면서 인사도 않고 냉큼 헤어져 걷기 시작했다.

옥수수대와 호장근(虎杖根) 줄기로 둘러쳐진 사방 사 미터 정도의 오두막이, 낮은 산 중턱 야트막한 경사면에 해파리 몸체처럼 앞으로 고꾸라질 듯이 기울어진 채 서 있었다. 시큼한 냄새와 퇴비 냄새가 진동했다. 오두막 안은 산짐승이라도 숨어 있을 것 같은 음산한 기운이 감돌고 있었다. 아이가 계속 울어대는 어둠 속에서 닌에몬이 말 잔등에서 무거운 짐을 땅바닥으로 끌어내리는 소리가 났다. 말라깽이 말은 등이 홀가분해지자 쌓였던 울분을 일시에 토해 내듯이 히히힝 하고 울부짖었다. 아득히 먼 곳에서 그 울음소리에 응답하는 말이 있었다. 그러고는 바람만이 미친 듯이 불어댔다.

부부는 곱은 손으로 짐을 들고 오두막으로 들어갔다. 오랫동안 불기가 없었는데도 밖에서 찬바람을 맞다가 들어와서 그런지 포근했다. 두 사람은 캄캄한 어둠 속을 더듬어 가며 주변의 낡은 자리와 짚을 끌어 모아 그 위에 털썩 주저앉았다. 아내는 깊은 한숨을 내쉬고 등의 짐과 함께 아이를 내려서는 가슴에 안았다. 젖꼭지를 물려 보았으나 젖은 나오지 않았다. 아기는 단단해져 가는 잇몸으로 젖꼭지를 꽉 깨물었다. 그러고는 악을 쓰며 울었다.

"이런 문디자슥이 와 물어뜯고 난리고."

아내는 퉁명스럽게 이렇게 말하고 품속에서 전병 세 개를 꺼내 우두둑우두둑 씹어 으깨서는 아기의 입에 갖다 대었다.

"나도 도."

별안간 닌에몬이 원숭이처럼 긴 팔을 뻗어 남은 전병을 빼앗으려고 했다. 두 사람은 말 한마디 않고 기를 쓰며 다투었다. 먹을 것이라고는 전병 세 개가 전부였으므로.

"빙신!"

내뱉듯이 남편이 이렇게 말했을 때는 승패가 가려져 있었다. 아내는 싸움에 져서 대부분을 빼앗기고 말았다. 두 사람은 또다시 아무 말도 않고 어둠 속에서 간에 기별도 안 갈 전병을 한입 가득 쑤셔 넣었다. 그러나 결국 그것은 식욕을 돋우는 매개가 되었을 뿐이다. 두 사람은 다 먹고 나서 몇 번이나 마른침을 삼켰지만, 불씨가 없고 보니 호박을 삶을 수도 없었다. 아기는 울다 지쳤는지 내팽개쳐진 채 어느새 잠이 들었다.

몸의 긴장이 풀리고 나니 틈새로 들어오는 바람이 살을 에듯이 매서웠다. 두 사람은 약속이나 한 것처럼 아기를 사이에 두고 양쪽에서 껴안고는 볏짚 속에 누워 덜덜 떨었다. 그러나 이윽고 피로는 모든 것을 정복했다. 죽음과 같은 졸음이 세 사람을 엄습해 왔다.

삭풍은 가차 없이 산과 들로 휘몰아쳤다. 칠흑 같은 어둠이 대

하처럼 동으로 동으로 흘러갔다. 맛카리누푸리 꼭대기에 쌓인 눈
만이 인광을 내뿜으며 희미하게 빛났다. 황량한 대자연이 거기에
되살아났다.

이리하여 닌에몬 부부는 어디선가 나타나 K마을 마쓰카와 농
장의 소작인이 되었다.

2

닌에몬의 오두막에서 백 미터쯤 떨어지고, K마을에서 굿찬(俱
知安)으로 통하는 노변에 사토 요주(佐藤與十)라는 소작인의 오두
막이 있다. 요주라는 사내는 몸집이 작고 얼굴이 푸르께한 데다
가 몇 년이 지나도 젊어 보이고 일하는 것은 신통치 않아 보였으
나, 아이가 많기로는 농장에서 둘째가라면 서러울 정도였다. 그
집 아낙은 씨를 다른 데서 받아 오는 모양이라고 농장의 젊은 치
들이 모이면 실없는 농담을 주고받았다. 요주의 마누라는 몸집이
다부지고 술을 잘 마시는 여자였다. 식솔이 많아 아무리 벌어도
어렵기는 매한가지여서 입성이 흐트러지고 꾀죄죄했으나, 이목
구비는 비교적 반듯해서 묘하게 남자를 끄는 음탕기가 흘렀다.

닌에몬이 이 농장에 들어온 다음 날 아침 일찍, 요주댁이 겹옷
기모노 위에 너덜너덜해진 민소매 옷을 걸쳐 입고 우물—이라고

해도 묻어 놓은 나무통 속에 붉은 녹이 떠도는 물이 반도 안 찬
— 가에서 아네초코라고 불리는 외래산 감자를 씻고 있었는데,
거기에 사내 하나가 어정어정 다가왔다. 육 척이나 되는 몸이 구
부정했고, 영양 상태가 안 좋은 흙빛 얼굴이 어깨 위에 꼿꼿이
얹혀 있었다. 당황한 들짐승 같으면서 교활해 보이는 왕방울만
한 눈이 짙은 눈썹 아래에서 번뜩거렸다. 그가 바로 닌에몬이었
다. 그는 요주댁을 보자 왠지 흐뭇해진 기분으로,

"아지매, 불씨 있으마 좀 주이소."

라고 말했다. 요주댁은 개를 만난 고양이처럼 적의와 함께 침착
하게 그를 쳐다보았다. 그러고는 응시한 채 잠자코 있었다.

닌에몬은 눈곱이 덕지덕지 낀 큰 눈을 아이처럼 손등으로 비비
면서,

"내는 저짝 오두막에서 온 사람인데, 걸뱅이 아이라카이."

라며 싱글거렸다. 순진한 얼굴이 되었다. 요주댁은 말없이 오두
막으로 되돌아갔지만, 컴컴한 오두막 안에서 아무렇게나 뒹굴며
자고 있는 아이들을 타 넘고 이로리로 가서 섶나무 가지 하나를
들고 나왔다. 닌에몬은 가지를 받아 들자마자 입을 불룩하게 하
여 바람을 불어넣었다. 그리고 한두 마디 이야기를 나누고 자기
네 오두막으로 돌아갔다.

이날도 어젯밤 바람이 남아 있었다. 하늘은 꺼림칙할 정도로
구석구석 맑게 개어 있었다. 그래서인지 바람은 땅에만 부는 듯

22

이 보였다. 요주네 밭은 일찌감치 가을 밭갈이를 끝냈지만, 그 옆에 있는 닌에몬의 밭은 온통 이삭여뀌와 명아주 같은 잡풀들로 무성하게 덮여 있었다. 뽑다 남은 대두의 깍지들이 바람에 날려 우스꽝스러운 소리를 냈다. 여기저기 우뚝 서 있는 자작나무들의, 잎이 거의 다 떨어져 나긋나긋한 하얀 나뭇가지가 바람에 휘청거리면서 빛났다. 오두막 앞 아마를 베어 낸 곳만은 떨어진 씨에서 돋아난 가느다란 줄기가 초록빛을 띠고 있었다. 그 나머지는 오두막도 밭도 서리 때문에 희끄무레하고 칙칙한 갈색 천지였다. 닌에몬의 쓸쓸한 오두막에서는 이윽고 밥 짓는 하얀 연기가 희미하게 새어 나오기 시작했다. 지붕에서인지 사방 벽에서인지 김 같은 게 새어 나왔다.

아침밥을 먹은 부부는 십 년도 넘게 살아온 사람들같이 태연하게 밭으로 나갔다. 두 사람은 일의 순서도 정하지 않고 움직였다. 그러나 겨울을 코앞에 두고 무엇을 먼저 하는 게 좋은지는 두 사람 다 본능처럼 알고 있었다. 닌에몬댁은 무늬가 희미해진 보자기를 삼각으로 접어 러시아인처럼 얼굴을 감싸고 아기를 등에 업은 채 부지런히 나뭇가지와 남아 있는 뿌리를 주워 냈다. 닌에몬은 괭이 한 자루로 만 평이 넘는 밭의 한편 구석부터 일구어 나가기 시작했다. 다른 소작인들은 들일을 마무리하고 이제는 눈막이 울타리를 치거나 장작을 패며 오두막 주변에서 일하고 있었기 때문에, 밭에서 움직이는 사람은 닌에몬 부부뿐이었다. 조금 높은

지대에서 보면 끝없이 넓게 펼쳐진 평평한 경작지에서 보금자리로 돌아가지 못한 두 마리 개미처럼 쉬지 않고 움직였던 것이다. 별 보람 없는 노력을 잠시 멈추자, 괭이 날이 햇빛을 반사하여 반짝거렸다. 해일이 이는 듯한 소리를 내며 강풍이 불어대는, 가지만 앙상한 방풍림에는 까마귀조차 없다. 황폐해진 밭에 가망이 없자 연어 어장으로라도 옮겨 간 것이리라.

점심때가 조금 지났을 무렵 닌에몬의 밭으로 남자 둘이 찾아왔다. 한 사람은 어젯밤 사무실에 있던 마름이었다. 다른 한 사람은 닌에몬의 친척이라고 하는 가와모리 영감이었다. 고집스러워 보이는 가와모리 영감은 눈을 슴벅거리며 닌에몬을 보더니 화가 치미는지 성큼성큼 그 옆으로 다가갔다.

"니는 예의도 모르는 놈이가. 우리 집에는 와 안 오노. 마름 어른이 안 캤으마 영 몰랐을 거아이가. 먼저 느그 집으로 가자."

세 사람은 오두막으로 들어갔다. 입구 오른편에는 짚을 간 말의 잠자리와, 껍질이 붙은 널빤지 두세 장을 깔아 곡물을 보관하는 곳이 있었다. 왼편에는 통나무 하나가 입구의 기둥에서부터 안쪽 기둥까지 흙바닥 위에 가로놓여 있고, 토방에는 보리 짚을 고르게 깐 위에 군데군데 거적이 펴져 있었다. 그 한가운데 만들어 놓은 이로리에는 그래도 새까맣게 그을린 쇠 주전자가 걸려 있었고,[7] 호박 찌꺼기가 들러붙은 이 빠진 밥공기 두세 개가 나뒹굴고 있었다. 가와모리 영감은 남부끄러운 듯이,

24

"누추하지만 앉으이소."

라고 말하면서 마름을 따뜻한 이로리 옆자리로 안내했다.

닌에몬댁도 머뭇거리며 들어와 송구스러운 듯이 머리를 숙였다. 그 꼴을 보자 닌에몬은 흙 바닥을 향해 침을 탁 뱉었다. 말이 움찔 놀라 귀를 쫑긋거리더니 이내 목을 뻗어 그 냄새를 맡는다.

마름은 닌에몬댁이 내미는 백탕(白湯)을 받긴 했지만 마시지 않고 거적 위에 그대로 내려놓았다. 그러고는 어려운 말로 지난 밤의 계약서 내용을 설명하기 시작했다. 소작료는 삼 년마다 다시 정하는데 삼십 평에 이 엔 이십 전이라는 것, 체납 시에는 연이할 오 부의 이자를 부가한다는 것, 주민세는 소작량에 따라 할당된다는 것, 닌에몬의 오두막은 전에 있던 작인에게 십오 엔에 사둔 것이므로 내년 안에 상환하라는 것, 수확이 끝난 뒤에는 밭을 갈아 두라는 것, 아마는 대부 면적의 오 분의 일 이상 심어서는 안 된다는 것, 노름을 해서는 안 된다는 것, 이웃 간에는 도와주라는 것, 풍작에 소작료를 늘려 받지 않는 대신 흉작에 탕감은 안 된다는 것, 농장주에게 직소를 하면 안 된다는 것, 약탈 농업을 하지 말라는 것, 그리고 운운, 그리고 운운.

닌에몬은 무슨 소릴 하는지 잘 이해되지 않았지만, 내심 '웃기고 있네' 하고 콧방귀를 뀌면서 지금까지 일하던 밭으로 나가고 싶은 마음에 입구만 바라다보고 있었다.

"말 가 있으면서 와 밭을 안 가는데? 쫌 있으마 눈 올 낀데."

마름은 추상론에서 실제론으로 파고들어 갔다.

"말 있으믄 뭐 하노. 쟁기가 없는데."

닌에몬은 코웃음을 쳤다.

"빌리믄 안 되나?"

"돈 없는데 우얍니까."

대화는 뚝 끊어졌다. 마름은 두 번째 면담으로 이 야만인을 어떻게 다루어야 할지 알 것 같았다. 여간해서는 말이 통할 놈이 아니다. 무심코 여편네에게 친절하게 굴었다가는 큰일 나겠다.

"우야든동 잘 참고 지내 보소. 이곳 주인은 하코다테의 부자로 이해심 많은 분이니까네."

그렇게 말하고 오두막을 나섰다. 닌에몬도 문밖으로 나가 마름의 활달한 뒷모습을 배웅했다. 가와모리 영감은 돈주머니에서 오십 전짜리 은화를 꺼내 닌에몬댁의 손에 쥐어 주었다. 어쨌든 마름에게 성의를 표시해 두지 않으면 민사에 손해를 볼 테니까 오늘 밤 술이라도 사 들고 가는 게 좋을 테고, 쟁기라면 자기네 것을 빌려 주겠다고 했다. 닌에몬은 가와모리 영감의 말을 들으면서 마름의 뒷모습을 지켜보고 있었는데, 이윽고 그가 요주네 오두막으로 들어가자 갑자기 어이없을 정도로 심한 질투가 몰려왔다. 그는 가래를 모아 땅바닥에 탁 뱉었다.

부부만 남게 되자 두 사람은 또다시 부지런히 각자의 일을 시작했다. 해가 기울기 시작하니 추위가 한층 심해졌다. 여기저기

땀에 젖은 데가 얼어붙을 듯이 시려 왔다. 닌에몬은 그러나 씽씽했다. 그의 캄캄한 머릿속 위쪽에는 동그란 오십 전짜리 은화가 반짝거리며 떠나질 않았다. 괭이질을 하면서 이맛살을 찌푸리며 그 환상을 떨쳐 내려고 했다. 그러나 아무리 떨쳐 버리려고 해도 번쩍이는 은화가 떨어지지 않아 바보처럼 혼자 씩 웃음을 지었다.

저녁이 되니 곤부다케의 한 귀퉁이에는 다시 한 무리의 구름이 드리워지고 그쪽으로 해가 지고 있었다.

닌에몬은 자신이 갈아 놓은 드넓은 밭을 만족스러운 듯이 한번 둘러보고는 오두막으로 돌아왔다. 재빠르게 괭이를 씻고 말여물을 장만했다. 그 다음 머리에 동여맨 수건 밑으로 흘러내린 땀을 소매로 닦고 밥을 짓고 있는 아내에게 아까 그 오십 전짜리 은화를 내놓으라고 했다. 닌에몬댁은 그 돈을 내놓기까지 뺨을 두세 차례 얻어맞아야 했다. 닌에몬은 이윽고 훌쩍 집을 나섰다. 닌에몬댁은 혼자 쓸쓸하게 저녁밥을 먹었다. 닌에몬은 은화 한 닢을 작업복 앞주머니에 넣어 보기도 하고, 꺼내 보기도 하고, 엄지손가락으로 공중으로 퉁겨 보기도 하면서 시가지로 향했다.

아홉시—아홉시라면 농장에서는 꽤 늦은 시각이다—를 지나 술기운에 기분이 좋아진 닌에몬은 돌연 사토 요주네 집 앞에 나타났다. 요주댁도 저녁녘에 마신 반주로 취해 있었다. 요주와 함께 세 사람은 이로리를 둘러싸고 앉아 또다시 술을 마시며 허물없이 실없는 이야기를 주고받았다. 닌에몬이 집으로 돌아온 것은 열한시가 넘어서였다. 닌에몬댁은 거의 사위어 가는 이로리의 불빛을 등지고 누워 솜이 삐죽삐죽 삐어져나온 이불을 반은 깔고 반은 덮은 채 곤히 잠들어 있었다. 닌에몬은 장난꾸러기처럼 비틀거리며 다가가 "왓!" 하는 소리와 함께 몸을 덮쳐 아내를 껴안았다. 하지만 놀라 잠에서 깬 아내는 조금도 웃지 않았다. 갑작스러운 소란에 아기가 깼다. 아내가 아이를 안아 올리려고 하자 닌에몬은 아내의 팔을 밀치고 옆에서 꽉 껴안았다.

"와? 아직 삐졌나. 이래 니만 위해 줘도 삐치나, 니는 기여븐 짐승이데이. 함 봐라, 내 인자 니한테 비단옷 입히 줄끼다. 마름 놈(그는 장소를 가리지 않고 침을 뱉었다)이 잠꼬대하고 있을 동안에 나는 지주하고 무릎 맞대고 이야기할 끼다, 빙신. 내를 누가 알겠노. 니 참말로 기엽데이. 참말로 기엽데이. 자, 자, 니도 이카는 거 좋제?"

라고 지껄이면서 호주머니에서 얇은 나무 종이에 싼 찹쌀떡을 꺼내어 그중 하나를 아내 입에 숨이 막힐 정도로 쑤셔 넣었다.

3

건조한 바람이 며칠이고 거세게 불어대더니 구름이 맑은 하늘을 어지럽히기 시작했다. 진눈깨비와 햇빛이 서로 쫓고 쫓기다가 어느 사이엔가 눈이 내리기 시작했다. 그렇게 될 때까지 닌에몬은 밭의 일부밖에 갈지 못했으나, 가을밀을 파종할 수 있을 만큼은 되었다. 억척스런 아내 덕분에 한 해 겨울은 너끈히 날 수 있는 땔감도 준비되었다. 다만 끼니가 걱정이었다. 말 잔등에 싣고 온 양식만으로는 며칠 못 버틴다. 어느 날 닌에몬은 말을 시가지로 끌고 나가 팔아 치웠다. 그리고 밀과 조, 콩을 꽤나 비싼 값에 사올 수밖에 없었다. 말이 없어졌으므로 마차를 끌 수도 없어서 그는 눈이 굳어질 때까지 밥만 축내며 멍하니 지내고 있었다.

눈이 굳어지자 그는 아내와 아이를 남겨 두고 벌목을 하러 떠났다. 맛카리누푸리 산기슭에 있는 불하된 국유림에 들어가 그는 뼈가 부서져라 일했다. 눈이 녹기 시작하자 이와나이로 가 청어 어장에서 일했다. 그리고 산에 쌓인 눈이 다 녹을 무렵, 눈에 그을고 바닷바람에 타서 그는 깜둥이가 되어 돌아왔다. 호주머니는 꽤나 두둑해졌다.

닌에몬은 농장으로 돌아오자마자 건강한 말 한 마리와 쟁기, 써레, 그 밖에 필요한 종자들을 골라 사들였다. 그는 날마다 오두막 앞에 우두커니 서서 다섯 달 동안 쌓이고 쌓인 눈이 녹아 질퍽거리는 밭에서 자비로운 햇살을 받아 수증기가 자욱이 피어오르기를 이제나저제나 기다리며 바라다보았다. 맛카리누푸리는 날마다 따스함이 감도는 보랏빛으로 감싸여 있었다. 숲 속에 쌓인 눈이 드문드문 녹아 없어진 자리에는 복수초의 파란 싹이 먼저 고개를 디밀었다. 개똥지빠귀와 박새가 마른 나뭇가지를 오가며 나지막하게 울기 시작했다. 나뭇잎이고 오두막이고 썩을 만한 것은 모두 썩을 대로 썩었다.

닌에몬은 시야에 들어오는 몇 채 안 되는 소작 농가들을 보며 '엿 먹어라' 하고 생각했다. 미래의 꿈이 선명하게 머릿속에 그려졌다. 삼 년이 지난 후 그는 농장에서 제일가는 소작인이 된다. 오 년 후에는 작지만 어엿하게 독립한 농민이 된다. 십 년째에는 제법 넓은 농장을 소유한다. 그때 그는 서른일곱이 된다. 모자를 눌러쓰고 겹망토에 고무 장화를 신은 자신의 모습이 생각만 해도 쑥스러웠다.

드디어 파종 시기가 왔다. 산불로 까맣게 탄 조릿대 잎이 기적을 일으키는 부적처럼 여기저기서 날아드는 파종 때가 온 것이다. 넓은 농토는 별안간 활기에 넘쳤다. 시가지에는 종자상과 비료상들이 몰려들었고, 단 한 집밖에 없는 작부집에서는 밤마다 샤미센 튕기는 소리가 가늘게 울려 나왔다.

닌에몬은 튼실한 말에 잘 벼린 쟁기를 달고 밭으로 나갔다. 땅속의 흙은 적당한 습기를 머금고 있어서 갈아엎을 때마다 숨 막힐 듯한 흙 냄새가 풍겨 왔다. 그 냄새가 닌에몬의 피에 기를 팍팍 불어넣어 주었다.

모든 일이 순조롭게 진행되었다. 뿌린 씨앗은 기지개를 켜듯 쑥쑥 자라났다. 닌에몬은 가까운 이웃에 사는 소작인들에게 입만 벌렸다 하면 싸울 듯이 덤벼들었으나 육 척이 넘는 그에게 감히 대드는 사람은 하나도 없었다. 사토 요주 같은 사람은 그의 모습을 보기만 하면 슬금슬금 숨어 버렸다.

"이크, '아직도'가 왔다!"

동네 사람들은 그를 두려워하며 피했다. 이제 얼굴이 있을 법도 한데 하고 올려다 보면 아직도 안 보인다고 해서, 사람들은 그에게 '아직도'라는 별명을 붙였던 것이다.

가끔 요주댁과 그의 관계가 사람들의 입에 오르내리게 되었다.

눈이 돌아갈 정도로 바쁜 농사일에 치여 하루 종일 일을 하고 나면 아무리 노동으로 뼈가 굵은 농민들이라도 저녁을 먹는 둥 마는 둥 하고 잠자리에 들게 마련이나, 닌에몬만은 해가 저물어도 좀이 쑤셔서 견딜 수가 없었다. 그는 별빛을 의지하며 야수처럼 맹렬히 일에 매달렸다. 저녁밥은 이로리의 불빛으로 대충 끼니를 때웠다. 그리고 훌쩍 집을 나와 농장의 사당 옆에 있는 소작인 집회소에서 여자와 만났다.

사당은 언덕배기에 있는 숲 속에 있었다. 어느 날 밤 닌에몬은 거기서 여자를 기다리고 있었다. 바람은 자고 비도 내리지 않는 적막한 밤이었다. 여자는 의외로 빨리 올 때도, 부아가 치밀도록 늦게 올 때도 있었다. 닌에몬은 휑뎅그렁한 건물 입구 부근에서 무릎을 껴안고 귀를 기울이고 있었다.

나뭇가지에 달려 있던 가랑잎이 새순에 밀려나 이따금씩 스르르 땅 위로 떨어졌다. 우단처럼 부드러운 공기는 움직이지 않은 채 그를 위로하듯이 감싸 주었다. 날카로워지던 그의 신경은 그 것을 느끼지 않을 수 없었다. 그리움 같은 포근함이 그의 가슴에 피어올랐다. 그는 어둠 속에서 야릇한 환각에 빠지며 엷은 미소를 지었다.

발자국 소리가 들려왔다. 그의 신경은 일시에 곤두섰다. 그러나 이윽고 그 앞에 우뚝 선 것은 분명 여자의 형상이 아니었다.

"니, 누고?"

낮았지만 어둠을 뚫고 눈을 부릅뜬 그의 목소리는 분노에 떨고 있었다.

"누고 했디마 히로오카네. 여 머 하러 와 있노?"

닌에몬은 목소리의 주인이 시코쿠(四國) 원숭이라는 별명이 붙은 가사이임을 알자 성이 났다. 가사이는 농장에서 아는 것이 제일 많았고 또 부자였다. 그것만으로도 울화통이 터지기에 충분했다. 그는 와락 가사이에게 달려들어 멱살을 움켜쥐었다. 카악 하고 모은 침을 하마터면 그의 얼굴에 뱉을 뻔했다.

요즈음 부랑자들이 밤마다 집회소에 모여서 모닥불을 피우는 바람에 화재가 날 우려가 있어 사당의 관리를 맡고 있던 가사이는 그들에게 으름장을 놓을 심산으로 살펴보러 온 것이었다. 가사이는 물론 떡갈나무 몽둥이쯤은 손에 들고 있었으나, 상대가 '아직도'이고 보니 입을 뗄 수 없을 정도로 움츠러들고 말았다.

"니, 내가 여자 만나는 거 훼방 놀라카제. 내 일에 끼들면 가마 안 놔둔데이. 모가지 비틀어뿐데이."

그의 말은 씩씩거리는 숨소리 속에 짓눌려 부르르 떨고 있었다.

"그건 오해라카이."

가사이는 빠른 말투로 여기 오게 된 경위와 긴히 부탁할 일이 있는데 잘 만났다는 말을 했다. 닌에몬은 저자세로 나오는 가사이에게 흥미를 느꼈는지 잡았던 멱살을 슬며시 놓고 문지방에 걸터앉았다. 캄캄한 어둠 속에서도 가사이가 눈을 동그랗게 뜨고 화상 입은 반쪽 얼굴을 손바닥으로 문지르고 있는 것이 상상되었다. 이윽고 닌에몬 옆에 앉은 가사이는 지금까지 당황하던 모습과는 달리 느긋하게 담배쌈지를 꺼내고 성냥불을 켰다. 긴히 부탁할 일이란 소작인들의 지주에 대한 불만에 관한 것이었다. 삼백 평에 이 엔 이십 전이라는 소작료는 이 지방에서는 볼 수 없는 높은 세인 데다 흉년이 들어도 깎아 주지 않기 때문에 소작인들은 하나같이 빚을 지고 있었다. 돈으로 받을 수 없다고 판단되면 마름은 밭떼기로 압수해 버린다. 따라서 시가지에 있는 상인들로부터 눈이 튀어나올 정도로 바가지를 쓰고 식량을 사야 했다. 그러니까 이번에 지주가 오면 다 같이 소작료를 내려 달라고 요구해 보자는 것이었다. 가사이는 소작인들의 대표로 되어 있지만 혼자서는 불안하니까 닌에몬도 나와서 힘을 보태 달라는 말이었다.

"말 같은 소리를 지끼라. 이 엔 이십 전이 머가 비싸다 카노. 느

그들 뼈다구는 돈 벌라고 만들어진 거 아이가. 내는 주인 어른한
테 한 푼 빚도 없으이까네 내는 그런 거 모린다. 니가 지주가 돼
봐라. 지금보다 더 욕심이 날끼다…. 씨잘데기없는 소리 치우고
고마 꺼지라."

닌에몬은 또 가사이의 번들거리는 얼굴에 침을 뱉고 싶은 충동
에 시달렸으나 참고 마루 바닥에 뱉었다.

"그리 간단히 말할 게 아이라카이."

"와? 간단히 말한 게 뭐 잘못됐나. 가라, 고마 가라카이."

"그캐도 히로오카…."

"니, 한 대 맞아 봐야 갈끼가."

여자를 기다리고 있던 닌에몬에게는 이 훼방꾼이 미적거리고
있는 게 못마땅해서 말투도 행동도 점점 거칠어졌다.

집요한 가사이도 일어서지 않을 수 없었다. 머쓱해진 분위기를
얼렁뚱땅 넘기고 화난 기색도 없이 언덕을 내려갔다. 두 갈래 길
에서 왼쪽으로 가려고 하자, 어둠 속에서 지켜보고 있던 닌에몬
이 큰 소리로 "오른쪽으로 가라카이" 하고 엄명했다. 가사이는
그 말을 거스르지 않았다. 여자가 왼쪽 길로 오는 것이다.

닌에몬은 또다시 혼자가 되어 어둠 속에 쭈그리고 앉았다. 분
에 못 이겨 부들부들 떨었다. 공교롭게도 여자가 오는 게 늦었다.
그는 분통이 터질 것 같았다. 여자의 오두막으로 쳐들어갈 기세
로 일어선 그는 백주대로를 걷는 듯한 걸음걸이로 덤불 길을 성

큼성큼 걸어갔다. 문득 덤불이 무성한 곳에서 그는 야수의 민감함으로 어떤 낌새를 알아차렸다. 흠칫 멈추어 서서 안쪽을 들여다보았다. 쥐 죽은 듯이 조용한 밤의 적막 속에서 조롱하는 듯한, 웃음을 참는 여자의 소리가 음란하게 들려왔다. 훼방꾼이 와 있는 것을 눈치 채고 숨어 있었던 것이다. 익숙해진 여자의 체취가 코를 찔러 왔다.

"문디가시나."

외치자마자 그는 덤불 속으로 뛰어들었다. 잘 때 외에는 벗는 적이 없는 짚신 바닥의 까칠한 촉감을 두세 발짝 느꼈는가 싶었는데, 네 발짝째에는 부드럽고 물컹물컹한 육체가 밟혔다. 그는 무심코 발의 힘을 빼려다가 광포한 충동에 사로잡혀 온몸의 무게를 싣고 말았다.

"아얏!"

그 소리를 듣고 싶었던 것이다. 넌에몬의 육체는 순식간에 기름이 부어진 듯 용솟음치는 혈기로 현기증이 날 지경이었다. 그는 여자에게 확 달려들어 마구 때리고 발로 찼다. 여자는 연신 아프다고 외치면서도 그에게 감겨들었다. 그리고 그를 물어뜯었다. 그는 마침내 여자를 안아 들고 길가로 나왔다. 여자는 넌에몬의 얼굴을 날카로운 손톱으로 할퀴면서 달아나려고 했다. 두 사람은 으르렁거리는 개처럼 서로 뒤엉켜 싸웠다. 쓰러지면서도 싸웠다. 그는 결국 여자를 놓쳤다. 벌떡 일어나서 뒤쫓아 가려는데 쏜살같이 내빼려던 여자는 되돌아서 덥석 안겨 왔다. 두 사람은 욕정을 이기지 못하고 또다시 서로 때리고 할퀴었다. 머리채를 움켜쥐고 길 위로 여자를 질질 끌며 갔다. 집회소에 도착했을 때는 두 사람 모두 상처투성이가 되어 있었다. 극도로 흥분한 여자는 불덩어리 같은 육체를 후들후들 떨면서 마루 바닥에 쓰러졌다. 그는 어둠 속에 떡 하니 버티고 서서 타오르는 흥분으로 비틀거렸다.

4

봄 날씨가 순탄했던 데 비해 그해는 유월 초순부터 냉해와 장마가 함께 홋카이도를 덮쳐 왔다. 가뭄에도 기근은 없다는 말은 논이 많이 있는 내지의 사정이고, 밭만 있는 K촌에서는 비가 많은 편이 차라리 낫다고는 하지만 그해의 오랜 장마에는 한숨을 쉬지 않는 농민이 없었다.

산도 밭도 온통 새파래진 가운데 오두막만은 색이 바뀌지 않아 자연경관을 더럽히고 있었다. 가을비처럼 차가운 비가 하늘을 뒤덮은 잿빛 구름 속에서 줄기차게 내린다. 나지막한 밭이랑에 깔아 놓은 나무 발판들은 차 오른 물 위에 둥둥 떠 있고, 그 판자들 틈바구니로 줄풀이 길게 뻗어 나왔다. 올챙이들이 밭에서 헤엄치며 돌아다닌다. 두견새가 숲 속에서 쓸쓸하게 운다. 팥을 판자 위에 굴리는 듯한 빗소리가 멀리서 온종일 들려오다가 잠시 멈추면 나무고 풀이고 맥을 못 추게 할 요량인지 습기를 머금은 찬바람이 쌀쌀하게 불어왔다.

어느 날 지주가 하코다테에서 오니까 집회소로 모이라는 전갈이 조장으로부터 전해졌다. 닌에몬은 그런 일에는 아랑곳없이 아침부터 마차를 끌고 시가지로 나갔다. 운송점 앞에는 벌써 짐마차가 두 대 와 있었는데, 제자리걸음을 하며 힘없이 서 있는 말의 갈기는 비 때문에 채찍을 몇 가닥 늘어뜨린 듯이 꼬여 있었고 그 끄트머리에서는 물방울이 뚝뚝 떨어지고 있었다. 말의 등에서는 수증기가 피어올랐다. 문을 열고 가게 안에 들어가니 짐마차 끄는 일을 부업으로 삼는 젊은 농부 셋이 흙 바닥에서 모닥불을 쬐고 있었다. 짐마차를 끄는 농부들은 농부 중에서도 특히 모험심이 많고 성미가 괄괄한 무리들이었다. 그들은 화끈거리는 불기운이 얼굴에 닿지 않도록 손이나 발을 들어 막으면서, 장마를 틈타 마을에 들어온 노름꾼들 이야기를 나누고 있었다. 노름꾼들이 한탕 하려고 마을에 들어왔다가 호되게 당하고 주막집에서 쫓겨났다는 이야기를 했다.

"니도 노름해가 한몫 잡아 봐라."

그중의 하나가 닌에몬을 부추겼다. 가게 안은 우중충했다. 닌에몬은 어두운 표정으로 침을 뱉으면서 모닥불 앞자리에 끼어들어 잠자코 있다. 철버덕철버덕 귀에 거슬리는 짚신 소리를 내며 가게 앞을 오가는 사람이 이따금씩 있을 뿐, 어디에서고 이 계절의 활기라고는 찾아볼 수가 없었다. 젊은 사무원은 펜을 쥔 손으로 턱을 괴고 졸고 있었다. 이렇게 그들은 짐이 오기를 멀거니 두시간 남짓 기다렸다. 듣기 거북한 젊은 사내들의 시답잖은 잡담도 자연히 음울한 기분에 눌려 여차하면 침묵과 하품이 퍼지곤 했다.

"한판 해보까?"

갑자기 닌에몬은 이렇게 말하고 좌중을 둘러봤다. 그는 보기 드물게 천진한 미소를 띠고 있었다. 모두 미소 띤 그의 얼굴을 보자 빨려 들어가듯이 그의 말에 따르지 않을 수 없었다. 멍석이 펼쳐졌다. 네 사람은 빙 둘러앉았다. 농부 하나가 사무원의 책상 위에서 녹차 잔을 들고 왔다. 또 한 사내의 작업복 주머니 속에서는 주사위 두 개가 나왔다.[8]

가게 사무원이 잠을 깨어 보니 그들은 흥분된 목소리를 억지로 죽여 가며 정신없이 승부에 빠져 있었다. 사무원은 잠깐 유혹을 느꼈지만 마음을 고쳐먹고는,

"가게에서 이카믄 안 되는데."

라고 하자,

"카마 짐 갖고 온나."

닌에몬은 개의치 않았다.

한낮이 되도록 짐은 회송되지 않았다. 닌에몬은 자기가 먼저 말을 꺼내 놓고도 재미를 못 보는 승부에 몰두했다. 어디로 튈지 자신도 모르는 기분이 곧장 나쁜 쪽으로만 기울어 갔다. 애를 태우면 태울수록 그의 예상은 빗나갔다. 속이 상한 그는 벌떡 자리에서 일어섰다. 상대방이 뭐라 하든 뒤도 돌아보지 않고 가게를 나왔다. 비는 잠시도 쉬지 않고 내리고 있다. 점심을 짓는 연기가 굼뜨게 땅 위를 기어간다.

성이 난 그는 마차를 끌고 오두막으로 돌아오고 있었다. 그칠 줄 모르고 내리는 비로 초목도 땅도 흠뻑 젖었고, 하늘까지 땅 위로 떨어질 듯이 축 늘어져 있었다. 재미를 못 본 노름으로 애가 탄 닌에몬의 심정과 딱 들어맞는 답답한 광경이었다. 그는 뭔가 화끈한 짓을 해서 울분을 발산하고 싶었다. 마침 자기 밭 근처까지 왔을 때, 사토 요주네 큰 아이들 셋이 학교에서 돌아오는 길인 듯 책보를 비스듬히 등에 메고 머리부터 흠뻑 젖은 채 질러가기 위해서 닌에몬네 밭 안을 걸어가고 있었다. 그 광경을 본 닌에몬은 "야!" 하고 고함쳐 아이들을 불러 세웠다. 뒤를 돌아본 아이들은 '아직도'가 있는 것을 보자 기겁하여 안색이 하얗게 변했다. 얻어맞을 때처럼 팔을 눈높이까지 들어 올려 막으면서 도망도 못 가고 서 있었다.

"이놈아들! 와 남의 밭에 발을 들여놨노! 농부의 아 새끼들이 밭 귀한 줄도 모르나. 이리 몬 오나!"

닌에몬은 장승처럼 버티고 서서 노려보면서 소리쳤다. 아이들은 벌써 겁에 질려 울먹거리며 주춤주춤 닌에몬에게 다가왔다. 기다리고 있던 닌에몬의 주먹은 느닷없이 열두 살쯤 된 큰딸의 야윈 뺨을 일그러뜨릴 정도로 세차게 때렸다. 세 아이는 한꺼번에 아픔을 느낀 듯이 소리 높이 울기 시작했다. 닌에몬은 크건 작건 닥치는 대로 후려갈겼다.

오두막으로 돌아와 보니, 아내는 거적 위에 퍼질러 앉아 말에게 줄 짚을 싹둑싹둑 자르고 있었고, 아기는 짚으로 만든 낡아 빠진 바구니 밖으로 문어 같은 머리통을 내밀고 처마에서 떨어지는 낙숫물을 쳐다보고 있었다. 그의 기분에 어울리지 않는 갑갑함이 밀려와, 운송점의 가게 앞에 비교하니 하나에서 열까지가 다 변소처럼 지저분했다. 그는 말없이 침을 뱉으며 말을 묶어 놓고는 금방 다시 밖으로 나갔다. 비가 피부 속까지 스며들어 으슬으슬 추웠다. 그는 점점 더 울화가 치밀었다. 걸음을 재촉하며 사도네 오두막으로 향했다. 그러나 불현듯 집회소에 가 있을 것이라는 생각이 나자 그 길로 곧장 신사를 향해 서둘렀다.

집회소에서는 아침나절부터 오십 명 가까운 소작인들이 지주가 오기를 기다리고 있었지만, 한낮이 지나도록 감감무소식이었다. 지주가 이윽고 마름과 함께 두꺼운 외투를 걸치고 왔다. 상좌에 앉아 점잖게 사당 쪽을 향해 손뼉을 세 번 치고 묵배(默拜)를 하고서는 자리에 있던 사람들에게 반도 알아듣지 못할 말을 우쭐

거리며 훈계하듯 했다. 소작인들은 어리둥절해하면서도 지주의 말이 잠시 끊어지면 지당하다는 듯이 고개를 끄덕였다. 드디어 가사이가 소작인들의 요구를 제출할 차례가 왔다. 그는 우선 주인 어른은 부모이며 소작인은 자식이라는 말부터 꺼내고는 소작인 측의 요구를 상당히 강력하게 주장한 다음, 그러나 그것은 무리한 청이라는 둥 무지한 자기네들의 생각이라서 그렇다는 둥 그런 일은 우선 나중으로 돌려도 괜찮다는 둥, 자신이 꺼낸 말을 스스로 부정하는 듯한 말을 덧붙이는 것을 잊지 않았다. 닌에몬은 마침 그때 도착했다. 그는 입구에 있는 판자벽에 기대어 가만히 듣고 있었다.

"이렇게 여러 가지로 부탁했으이 우리도 마음을 다잡아 묵고 마름 어른한테는 마음 씨이는 일 없도록 하입시데이(여기서 그는 일동을 죽 둘러본 모양이었다). 「모든 나라가 마음을 합쳐서」라는 천리교 노래에도 있는 거 맨치로 정한 대로 하긴 해야겠지만, 사람이 많다 보이 그럴 수도 있겠지만도 아마 같은 거를 주인 어른, 억수로 마이 심은 사람도 있어가 되게 죄송하게 됐십니다만, 무리가 통하마 도리도 안 통하이 그카마 안 되지예."

닌에몬은 농장의 규칙 따위는 아랑곳하지 않고 밭의 절반이나 아마를 심었다. 그 말은 닌에몬을 빗대어 하는 말처럼 들렸다.

"오늘 같은 날 코빼기도 안 비치는 돼먹지 못한 인간이 있다카이."

닌에몬은 화가 치밀어 귓속이 찡하고 울렸다. 가사이는 여전히 막힘 없이 술술 지껄이고 있었다.

　지주가 다시 훈시 비슷한 말을 하는 듯했지만, 이윽고 어수선하게 사람들이 일어서는 기척이 났다. 닌에몬은 숨을 죽이고 나오는 사람들을 살폈다. 지주가 마름과 함께 가사이가 받쳐 든 우산을 쓰고 나왔다. 젊은 시절 노동으로 단련되었는지 건장한 지주의 모습은 어딘가 사람을 주눅 들게 했다. 닌에몬은 가사이의 뒷모습을 노려보았다.

　시간이 좀 흐르자 갑자기 장내에서 허심탄회하게 담소하는 소리가 들리더니, 소작인들은 두세 사람씩 이야기를 주고받으면서 자기네 오두막으로 돌아갔다. 사토는 조금 늦게 혼자 나왔다. 작달막한 뒷모습은 혈기에 넘치는 청년 같았다. 닌에몬은 사시나무처럼 부들부들 떨며 성큼성큼 다가가더니 뒤에서 냅다 그의 오른쪽 귀 언저리를 후려갈겼다. 느닷없이 얻어맞아서 쓰러질 듯이 비틀거리던 사토 요주는 뒤도 돌아보지 않고 귀를 감싸쥐며 맹수의 포효에 놀란 토끼처럼 앞서 가던 두세 사람 쪽으로 부리나케 달려가 그들은 방패로 삼았다.

　"니가 거지가, 도둑이가, 아이면 짐승이가. 잘도 니 아들 시켜가 남의 밭 못 쓰게 밟아 났제? 니 오늘 함 죽어 봐라! 여 온나!"

　닌에몬은 불같이 화를 내며 달려들었다. 싸우는 두 사람과 말리는 두세 사람이 한 덩어리가 되어 뻘건 진흙탕 속을 뒹굴었다. 넘어져 얽히고설켜 있던 사람들이 겨우 두 사람을 떼어 놓았을 때, 사토는 어딘가 심하게 다쳐 초주검이 되어 있었다. 말리던 사람들은 싸움에 말려든 탓에 부득이 닌에몬을 따라 해결을 보기 위해 사토 요주네 오두막까지 가야 했다. 오두막 안에서는 사토의 큰딸이 한쪽 구석에 웅크리고서 아프다고 소리치며 아직도 울고 있었다. 이로리를 사이에 두고 마주 앉은 요주댁과 닌에몬댁이 목청을 높여 싸우고 있었다. 요주댁은 책상다리를 하고 앉아 부젓가락을 오른손에 쥐고 있었다. 등에 아이를 업은 닌에몬댁도 속사포를 쏘아대고 있었다. 얼굴이 피와 흙으로 범벅이 된 사토 뒤에 닌에몬이 들어오는 것을 보더니, 요주댁네는 이유도 물으려 하지 않고 덜덜 떨리는 이를 악물고, 원숭이처럼 입술 사이로 이빨을 드러내 보이면서, 앞을 가로막고 서서 튀어나올 것 같은 눈알로 노려보았다.

말도 나오지 않았다. 별안간 부젓가락을 확 치켜들었다. 하지만 닌에몬은 얼른 부젓가락을 빼앗아 들었다. 물어뜯으려고 달려드는 것을 밀쳤다. 그리고 싸움을 말리던 사람들이 술이나 한잔 하자고 권하는 것도 듣지 않고 아내를 재촉하여 오두막으로 돌아와 버렸다. 요주댁은 닌에몬 등 뒤에 욕설을 퍼부으며 분노의 정령 퓨리처럼 맨발로 뒤쫓아 왔다. 그리고 오두막 앞에 버티고 서서 정신이 나간 사람처럼 끊임없이 닌에몬 부부에게 욕지거리를 퍼부었다.

닌에몬은 잠자코 이로리 옆에 앉아 요주댁의 광태(狂態)를 쳐다보았다. 그것은 닌에몬에게는 뜻밖의 결과였다. 묘하게도 그의 마음은 혼란스러워졌다. 요주댁이 자기한테서 갑자기 멀어진 것에 화도 나고 웃음도 나고 조금 아쉽기도 했다. 닌에몬이 상대해 주지 않자 그녀는 집 안까지 들어오지는 못했다. 그래서 쉰 목소리로 악을 쓰며 빗속으로 사라졌다. 닌에몬의 입가는 자못 인간답게 자조적인 표정으로 일그러졌다. 결국 자신이 현명치 못했음을 깨달았다. 하지만 이내 될 대로 되라고 생각했다.

그는 모든 것에 대한 흥미가 싹 사라졌다. 조금 피곤했다. 비로소 모든 사실을 알게 된 아내가 질투 섞인 말투로 집요하게 따지고 든다면 장난기 없이 어떤 잔악한 행동이든 서슴지 않게 될 것을 알자, 그는 자신이 두려워졌다. 그는 아내에게 빌미를 주지 않기 위해서 이 일 저 일 쉴 새 없이 시켰다. 그리고 때늦은 점심을 배불리 먹었다. 젓가락을 탁 내려놓자마자 진흙투성이에 흠뻑 젖은 입성 그대로 또다시 훌쩍 집을 나섰다. 이 마을에 들어온 도박단이 벌여 놓은 노름판을 향해 그의 발길은 저절로 움직였다.

5

잘도 내린다고 생각하던 장마가 한 달을 내리 쏟아지더니 마침내 그쳤다. 여름이 성큼 찾아왔다. 어느 틈에 꽃이 피었다가 졌는지 날이 개고 보니 숲 속에 있는 산벚나무도 백목련도 푸르디푸른 잎으로 바뀌었다. 한증막 같은 후텁지근한 더위가 몰려와 밭의 잡초는 작물들을 뒤덮을 만큼 자라났다.

오랜 장마로 번식하지 못했을 것이라며, 장마의 단 한 가지 이점으로 농민들이 입을 모으던 곤충들은 무서운 기세로 불어나기 시작했다. 양배추 주위에는 흰나비 떼가 어지러이 날아다녔다. 대두에는 콩벌레가 우글거렸다. 맥류에는 깜부기의 조짐이, 감자에는 갈색 반점이 생기는 베토병의 징후가 보였다. 등에와 파리 떼는 자연의 척후병처럼 무리 지어 날아다녔다. 농부의 가족들은 모두 젖은 채 쌓아 두었던 빨랫감을 널어 놓은 오두막에서 연장을 들고 밭으로 나갔다. 자연에 맞서는 필사적인 투쟁의 서막이 열린 것이다.

콧노래도 부르지 않고 땀을 비료 뿌리듯이 흙 위에 떨어뜨리며 허리를 반으로 접고 땅에 매달렸다. 밭을 가는 말은 머리를 푹 수그리고 마르지 않은 흙 속에 발을 내딛으며 끊임없이 꼬리로 등에를 쫓고 있었다. 휙 하는 소리와 함께 날아온 말꼬리에 정통으로 맞은 등에는 피를 빨아먹어 볼록해진 채 배에서 톡 떨어졌다. 발랑 뒤집어져서 철사 같은 다리를 오므렸다 폈다 하며 바동거리는 모습은 목숨이 다한 듯이 보였다. 그러나 잠시 후 그놈은 날개를 사용해 능숙하게 몸을 뒤집었다. 그러고는 비실비실 풀잎 속으로 기어들어 갔다. 그러다가 십사오 분 후에는 다시 날개를 활짝 펴 윙 소리를 내며 눈부신 햇살 속으로 힘차게 날아올랐다.

여름 곡물들이 죄다 흉작인 데 비해 아마만큼은 평년작 수준이다. 파란 우단 바다가 되고 청자색 융단이 깔리더니, 거친 자연의 귀공녀인 아마 밭은 이윽고 자잘한 무늬 같은 열매를 그 섬세한 줄기 끝에 맺고서 아름다운 갈색으로 변했다.

"이래 아마를 심으가 우알라 카노? 밭이 말라죽어뿌마 다음에는 아무것도 몬한단 말이다. 클 났네."

어느 날 마름이 밭을 한 바퀴 둘러보고 와서는 닌에몬에게 이렇게 말했다.

"우리도 클 났소! 당신네들 곤란한 거하고 우리가 곤란한 거하고는 근본이 틀리요. 입에 풀칠도 몬한다 말이라! 우린!"

닌에몬은 이렇게 퉁명스럽게 쏘아댔다. 그의 앞에 있는 규정이란 우선 먹는 것이었다.

어느 날 그는 마차에 아마 다발을 올려다 볼 징도로 잔뜩 쌓아올리고서 굿찬 제마(製麻) 공장으로 나갔다. 제마 공장에서는 비교적 근수를 잘 쳐주었을 뿐만 아니라, 다른 지역이 흉작이어서 결실을 보지 못한 탓에 아마 씨를 아주 비싼 값으로 사들이겠다고 약속해 주었다. 닌에몬의 주머니 속에는 백 엔이란 돈이 들어와 두둑해졌다. 그는 밭에 아직도 수두룩하게 남아 있는 아마를 생각했다. 닌에몬은 대폿집으로 들어갔다. 거기에는 K마을에서는 볼 수 없는 예쁜 여자도 있었다. 술은 반드시 그를 정해진 형태로 취하게 하지 않았다. 어떤 때는 그를 분노하게, 어떤 때는 우울하게, 어떤 때는 난폭하게 그리고 어떤 때는 마냥 기분 좋게 만들었다. 그날의 술은 물론 그를 기분 좋게 했다. 함께 마시고 있는 사람들이 이해관계가 없다는 사실에 그는 마음이 편했다. 그는 술에 취해 큰 소리로 농지거리를 했다. 그렇게 말할 때의 그는 어리석고 덩치만 큰 어린아이였다. 같이 있던 사람들은 자연히 그에게 이끌려 주위로 몰려들었다. 술집 여자까지 마음이 끌리는 대로 그의 무릎에 기대어 그가 뺨을 비벼대도 앙탈을 부리지 않았다.

"니 뽈따기에 내 수염 나마 우끼겠데이."

그는 이런 말을 했다. 묵직한 그의 입에서 이런 농담이 튀어나오자 여자는 배꼽을 잡고 웃었다. 해가 뉘엿뉘엿 질 무렵 그는 대폿집을 나와 포목점에 들러서 요란한 색의 모슬린 자투리를 샀다. 또 맥주 작은 것 세 병과 깻묵을 마차에 실었다. 굿찬에서 K마을로 통하는 국도는 맛카리누푸리의 산기슭에 있는 분비나무숲 사이를 누비고 있었다. 그는 마차 위에 책상다리를 하고 앉아 병나발로 맥주를 들이켜며 걸쭉한 목소리로 노랫가락을 뽑았다. 몇 아름이나 되는 분비나무는 풀고사리 속에서 하늘을 찌르며 곧게 뻗어 있었고 보일락 말락 하는 하늘에는 희미한 낮달이 숨었다 나타났다 하며 빛을 발했다. 그는 이윽고 마차 위에 널브러졌다. 말은 다녀 본 길이라 울퉁불퉁한 산길을 살피며 걸어갔다. 마차는 기우뚱거리기도 하고 덜컹거리기도 했다. 그 안에서 그는 기분 좋은 꿈속으로 들어갔다가 재미있는 현실로 나오곤 했다.

닌에몬은 문득 깊은 잠에서 깨어 눈을 떴다. 그의 눈앞에는 곧 가와모리 영감의 심각하고 고집스런 얼굴이 비쳤다. 닌에몬의 가벼운 기분으로는 그 표정이 너무 우스워 일어나면서 웃음을 터트리려고 했다. 그러다가 자신이 마차 위에 있고 집 앞에 와 있는 것을 깨달았다. 오두막 앞에는 마름도 사토도 조장인 아무개도 있었다. 이것은 이 오두막 앞에서는 보기 드문 광경이었다. 가와모리 영감은 닌에몬이 눈을 뜬 것을 보자,

"빨리 안에 드가 봐라! 너거 아 다 죽어 간다! 이질에 걸렸데이!"
라고 말했다. 몽롱하던 꿈속에서 한걸음에 이 무서운 현실로 불려 나온 닌에몬의 마음은 처음에는 그의 얼굴을 한바탕 웃음으로 일그러뜨리려고 했으나, 바로 다음 순간 그의 얼굴은 단박에 굳어 버리고 말았다. 그는 얼굴의 모든 피가 한순간 머리로 확 몰리는 것 같았다. 닌에몬은 취기가 일시에 사라져 마차에서 뛰어내렸다. 오두막 안에는 두세 명이 더 있었다. 마누라는, 하고 보니 끊어질 듯 미약한 숨소리를 내고 있는 아기 옆에 웅크리고서 엉엉 울고 있었다. 가사이가 예의 낡은 가방을 무릎 쪽으로 끌어당겨 부적 같은 것을 꺼냈다.

"아, 히로오카 씨, 마침 잘 왔소."
가사이가 재빨리 닌에몬을 발견하고 이렇게 말하자 닌에몬댁

은 두려워하는 듯한, 원망하는 듯한, 호소하는 듯한 표정으로 남편을 돌아다보고 아무 말 없이 다시 울기 시작했다. 닌에몬은 얼른 아기한테 가보았다. 문어같이 큰 머리통만이 닌에몬의 아기라고 생각되는 유일한 징표였다. 겨우 한나절 사이에 이렇게까지 변할 수가 있는가 하는 의심이 들 정도로 그 작은 아기는 쇠약해져 있었다. 닌에몬은 그 모습을 보자 화가 치밀 정도로 허전하고 불안해졌다. 지금까지 경험해 본 적 없는 그리움과 귀여움이 애타게 사무쳐 왔다. 그는 가져 본 적이 없는 것을 억지로 떠안은 듯한 당혹감에 어찌할 바를 몰랐다. 그렇게 떠안은 것은 무척이나 무겁고 차가운 것이었다. 무엇보다 그는 배의 힘이 빠져나가는 듯해서 부아가 났지만 어쩔 도리가 없었다.

가사이가 거드름을 피우며 부적을 공손히 받쳐 들었다가 아기의 복부에 대고 주문을 외우면서 문지르는 것이 유일한 의지가되었다. 옆에 있는 사람들 역시 기적이 일어나기를 기다리는 듯이 가사이의 행동을 지켜보고 있었다. 아기는 힘이 빠진 가련한 목소리로 여전히 울고 있었다. 닌에몬은 창자가 뒤틀리는 것 같았다. 그나마 울고 있는 동안은 나았다. 아기가 울음을 그치고 큼직한 눈을 뜬 채 깜빡이지 않게 되자, 닌에몬은 어리석게도 간절한 눈길로 가사이를 지켜보았다. 오두막 안은 사람들의 열기로무더웠다. 가사이의 훌렁 벗겨진 이마에서는 땀방울이 주르륵 흘러내렸다. 그 모습이 닌에몬에게는 숭고하게조차 보였다. 삼십 분 정도 아기의 배를 문지르고 나서 가사이는 또다시 낡은 가방 속에서 종이로 싼 것을 꺼내 공손히 받쳐 들었다. 그리고 입에 수건을 물고 그것을 펴고는, 사방 삼 센티미터 정도의 무슨 글인가 쓰여 있는 종이 쪼가리를 끄집어내 손끝으로 둥글게 말았다. 물을 가지고 오게 하더니 그 안에 담갔다. 아기에게 마시게 하라고 내미는 그 물을 받아 든 닌에몬은 먹일 용기가 나지 않았다. 닌에몬댁은 얼른 남편 대신 물을 먹였다. 목이 타던 아기는 기다렸다는 듯이 받아 마셨다. 닌에몬은 고마웠다.

"내도 아를 잃은 기억이 있어가 니 마음 잘 안다아이가. 이 아를 살릴라카마 우야든동 열심히 천리대왕님께 빌라카이, 알겠나? 인간의 힘으로는 우째 몬하는 일이니까네."

가사이는 그렇게 말하며 의기양양해했다. 닌에몬댁은 울면서 손을 모았다. 아기는 계속해서 피똥을 쌌다. 그리고 오두막 안이 캄캄해진 해질 녘에 뭔가 도움을 청하는 어른스러운 표정을 눈빛에 담고서 멍하니 한 바퀴 빙 둘러보고는 차차 숨이 끊어졌다.

아기가 죽고 나서야 마을의 의사는 순사와 함께 겨우 당도했다. 부의 봉투 대신 종이에 싼 것을 가지고 마름도 왔다. 초롱이라는 낯선 물건이 오두막 안을 들어갔다 나왔다 했다. 닌에몬 부부가 코를 막지 않을 수 없는 석탄산 냄새는 두 사람을 오두막에서 쫓아냈다. 두 사람은 가와모리 영감 옆에서 서쪽으로 기울어진 달빛 아래 멀거니 서 있었다.

도와주러 왔던 사람들은 한 사람 두 사람 떠나고 마침내 가와모리 영감도 가사이도 가버렸다.

　쥐 죽은 듯이 고요한 밤의 서늘함과 적막함 속에서 풀벌레 소리가 희미하게 들려왔다. 닌에몬은 괜스레 아내에게 화가 나서 견딜 수가 없었다. 아내 역시 마찬가지로 괜히 남편이 미워서 견딜 수가 없었다. 아내는 마차 옆에 쭈그리고 앉아 있었고, 닌에몬은 아무데나 침을 뱉으면서 오두막 앞을 서성거렸다. 다른 농가에서 이런 흉사가 있었다면 이웃에서 적어도 두세 사람이 술을 사들고 와 이런 저런 이야기로 밤을 지새울 것이다. 닌에몬의 집에는 가와모리 영감조차 남지 않았다. 아내는 그게 너무나 섭섭하여 훌쩍이고 있었다. 두 사람은 세 시간 가량 그렇게 하는 일 없이 멍하니 오두막 앞에서 처량한 모습을 달빛에 드러내고 있었다.

　이윽고 닌에몬은 무슨 생각을 했는지 어기적어기적 오두막 안으로 들어갔다. 아내는 눈에 쌍심지를 켜고 고개만 뒤로 돌려 동굴 같은 오두막 입구를 돌아보았다. 잠시 후 닌에몬은 아기를 업고 괭이 한 자루를 오른손에 들고 오두막에서 나왔다.

　"따라온나."

　그렇게 말하고 그는 성큼성큼 국도 쪽으로 나갔다. 울음소리 하나로 동물과 동물이 서로를 이해하듯이 아내는 닌에몬이 뭘 하려는지 알아차린 듯 몸을 일으켜 그 뒤를 따라갔다. 그러면서도 계속 훌쩍거렸다.

부부가 도착한 곳은 국도를 따라 굿찬 방면으로 두어 마장 더 가다가 왼편 언덕 위에 있는 마을의 공동묘지였다. 묘지로부터 마쓰카와 농장이 훤히 바라다보이고, 루베시베와 니세코안의 산들도 강 건너의 곤부다케도 손에 잡힐 듯이 가깝게 보였다. 여름밤의 투명한 공기는 푸르름을 띠었고, 달빛이 빛나는 모든 물체 위에 인처럼 머물고 있었다. 모기 떼가 윙윙거리면서 두 사람에게 달려들었다.

　닌에몬은 시체를 등에 업은 채 작은 묘표와 석탑이 늘어서 있는 빈터에 구멍을 파기 시작했다. 괭이가 흙 속에 박히는 소리만이 풍경과 전혀 어울리지 않게 둔탁하게 울렸다. 아내는 웅크리고 앉아 가끔 뺨으로 날아드는 모기를 손으로 쳐서 죽이면서 울고 있었다. 구십 센티미터 정도 구멍을 파 내려가더니 닌에몬은 괭이 든 손을 멈추고 손등으로 이마의 땀을 닦았다. 여름밤은 고요했다. 그때 무서운 생각이 확 떠올라 가슴이 덜컥 내려앉았다. 그는 그 생각에 스스로 놀란 듯이 어이가 없어 눈을 동그랗게 떴다가 이윽고 엉엉 소리를 내면서 어린아이처럼 울부짖기 시작했다. 마치 괴물이 울부짖는 소리 같았다. 아내는 어리둥절해서 눈물 범벅이 된 얼굴로 두려운 듯이 남편을 지켜보았다.

　"가사이, 그 시코쿠 원숭이 새끼가 내 아를 죽였다. 죽였다!"

　그는 괴물이 울부짖는 울음소리 속에서 이렇게 외쳤다.

　다음 날 그는 또 마차에 아마 다발을 실으려고 했다. 거기에는 요란한 색의 모슬린 자투리가 비구름 사이로 나타난 무지개처럼 아침 이슬에 촉촉이 젖은 채 너저분한 마차 위에 그대로 놓여 있었다.

6

난폭한 닌에몬은 아기를 잃고 나서부터는 손을 쓸 수 없을 정도로 더욱 광포해졌다. 그 광포한 성질을 부추기듯이 작렬하는 여름이 왔다. 초봄의 장마를 보상하려는지 비는 한 방울도 내리지 않았다. 가을에 수확해야 할 작물은 잎 끝이 서서히 누렇게 떠갔다. 자연에 저항할 수 없는 절망의 한숨 소리가 말없는 농부들의 모습에서 메아리쳤다.

엉덩이 붙일 틈도 없이 한창 바쁜 농번기에 말시장이 시가지에 섰다. 평소라면 사람들은 쳐다보지도 않았겠지만, 밭일을 내팽개친 농부들은 자포자기하는 심정으로 말을 사고파는 일로라도 돈을 좀 벌어 보려고 했기 때문에, 경매가 시작되기 전부터 뜻밖에 많은 사람이 몰려들었다. 경매 당일에는 근방에서까지 구경꾼들이 왔을 정도로 붐볐다. 농장 사무소 뒤쪽 공터에는 임시 막사가 세워져 말발굽까지 반짝반짝하게 닦인 말이 서른 마리 정도 모여 있었다. 그중 닌에몬이 내놓은 말은 특히 사람들의 눈길을 끌었다.

그 다음 날에는 경마가 있었다. 농장주까지 일부러 하코다테에서 보러 왔다. 포장마차나 가설 무대가 세워지고, 제례 시에 사용하는 독특한 향이 풍기는 곳을 한껏 차려입은 아가씨들이 강렬한 색을 뿌리면서 걷고 있었다.

경마장의 울타리 주변에는 사람들이 새까맣게 모여들었다. 농장주 서너 명은 결승선 부근에 한 단 높게 설치한 관람석에서 구경했다. 마쓰카와 농장의 주인 옆에는 가사이의 딸이 어린아이의 보모로 앉아 있었다. 그녀는 이삼 년 전부터 하코다테로 나가 마쓰카와 댁에서 일하고 있었다. 아버지를 닮아 얼굴이 갸름한 그녀는 하코다테의 생활로 촌티를 벗어 이 지방에서는 눈에 띄게 세련되어 보였다. 경마에 참가한 젊은이들은 이 묘령의 아가씨 앞에서 솜씨를 뽐내기에 바빴다. 남의 첩에게 눈독 들여서 어쩔거냐며 빈정대는 자도 있었다.

아무튼 경마의 열기는 대단했다. 승부가 가려질 때마다 터져 나오는 환성은 메마른 공기를 타고 전해져 사람들을 집구석에 가만히 놔두질 않았다.

그 무렵 닌에몬은 노름에 빠져 있었다. 처음에는 일부러 져주는 척하는 도박꾼의 속임수에 말려들어 열을 올린 것이 실패의 원인으로, 깊이 빠져 들어갈수록 손해를 보았지만 손해를 볼수록 깊이 빠져 들어가지 않을 수가 없었다. 아마를 판 돈은 벌써 다 날렸다. 그래도 말만은 끝까지 팔 생각이 없었다. 남은 것이라곤 귀리뿐이었으나, 그것은 파종할 때부터 사무실과 계약을 해서 사무실에서 도맡아 육군 군수 창고에 납품하기로 되어 있었다. 그편이 경쟁해 가며 상인들에게 파는 쪽보다 수지가 맞았던 것이다. 상인들이 어찌 사무실의 술책을 앉아서 보고만 있겠는가. 그들은 농가를 가가호호 방문하며 군수 창고보다 훨씬 높은 가격으로 인수하겠다고 유혹했다. 군수 창고에서 매입 대금이 나와도 일단 사무실을 거쳐야 했다. 매입 대금 중에서 소작료를 빼고 소작인들에게 내주기 때문에 농장으로서는 소작료를 거두는 데 이것만큼 편리한 수단이 없었다. 소작료를 안 낼 결심을 하고 있던 닌에몬은 웃기는 이야기라고 생각했다. 그는 마음을 정했다. 그리고 경마 때문에 사람들의 주의가 산만해진 틈을 포착하여 상인과 결탁해서 사무실로 보내야 할 귀리를 덜컥 다 내주고 말았다.

닌에몬은 이 거래가 끝나자 경마장으로 향했다. 자기의 말로 경주에 참가하기로 되어 있었기 때문이다. 그는 안장 없이 말 타는 데 명수였다.

그는 자기 차례가 되자 안장도 얹지 않은 말을 타고 출발선 쪽으로 갔다. 사람들은 그 말을 보자 경의를 표하듯 저마다 고개를 끄덕이며 올해 경기에서는 단연 일등감이라며 한 목소리로 칭찬했다. 그렇게 쑥덕대는 소리를 듣자 기분이 좋아진 닌에몬은 싫든 좋든 이겨 보이고야 말겠다고 다짐했다. 여섯 필의 말이 출발선으로 다가섰다. 깃발이 휙 내려졌을 때 닌에몬은 일부러 출발을 늦추었다. 그는 다른 말들이 떠난 뒤 제일 안쪽 코스로 들어가 고삐를 바싹 당겨 말을 달리게 했다. 벌겋게 달아오른 그의 얼굴에서 귀뿌리까지 먼지를 품은 강풍이 숨이 막힐 정도로 불어 닥치는 것을 그는 상쾌하게 느꼈다. 이윽고 경기장을 팔십 퍼센트쯤 돌았을 무렵 계산대로 말고삐를 늦추자, 말은 한껏 머리를 치켜들고는 하나 둘 뒤처진 말부터 앞지르기 시작했다. 그가 채찍과 호령으로 말을 재촉하면서 처음에 목표로 삼았던 선두의 말에 육박했을 때는 결승점이 눈앞에 다가와 있었다. 초조해진 그는 철썩철썩 채찍질을 가했다. 처음에는 자기 말의 코가 경쟁 상대 말의 엉덩이에 닿을락 말락 했으나, 이윽고 한 걸음 한 걸음씩 두 말의 거리는 좁혀졌다. 터질 듯한 함성이 정신없이 달리는 닌에몬의 귀에 또렷이 울려 왔다. 이제 다 왔다고 그는 생각했다. 그때 갑자기 관람석 아래에서 놀고 있던 마쓰카와 농장 주인의 아이가 아장아장 경기장 안으로 걸어 들어왔다. 그것을 본 가사이의 딸이 저도 모르게 뛰어들었다.

'큰일 났다.'

관중은 일시에 마른침을 삼켰다. 그때 선두로 달리던 말이 그녀의 현란한 옷 색깔에 놀랐는지 몸을 휙 틀어 닌에몬의 말 앞으로 돌았다. 그리고 생각할 겨를도 없이 닌에몬은 공중으로 날아올랐다가 내동댕이쳐지듯 땅바닥에 나뒹굴었다. 그는 어기차게 뒹굴다가 벌떡 일어섰다. 곧바로 자기 말이 있는 데로 달려갔다.

말은 아직 누워 있었다. 뒷다리의 반동을 이용해 일어서려고 버둥대다가 앞다리가 꺾여 쓰러지고 말았다. 이런 일에 훈련이 안 된 구경꾼들은 밀물처럼 닌에몬과 말 주위로 몰려들었다.

닌에몬의 말은 앞다리가 둘 다 부러졌다. 닌에몬은 망연자실한 채 어리둥절한 표정으로 몰려든 인파를 바라보고 서 있을 수밖에 없었다.

수의사를 겸하는 대장간 주인의 얼굴을 군중 속에서 발견하고 겨우 정신을 차린 닌에몬은 말의 뒤처리를 부탁하고 비실비실 경마장을 빠져나왔다. 그는 뭐가 뭔지 도통 알 수가 없었다. 몽유병 환자처럼 사람들 사이를 밀어 헤치며 걸어 나갔다. 사무실 모퉁이까지 오자 이유도 없이 갑자기 길바닥의 돌멩이를 두세 개 집어 들고는 출입구의 유리문을 향해 던졌다. 유리가 석 장 정도 와장창 부서지며 흩어졌다. 그는 그 소리를 들었다. 그러나 그 소리는 귀를 막고 듣는 것처럼 멀리서 들려왔다. 그는 유유히 그곳을 떠났다.

그가 정신이 들었을 때는 어디를 어떻게 걸어왔는지 곤부다케 아래로 흐르는 시리베시강 기슭의 둥그런 돌 위에 걸터앉아 멍하니 수면을 바라보고 있었다. 그의 눈앞을 투명한 물이 끊임없이 같은 모양의 파문을 그렸다가는 사라지고 그렸다가는 사라지며 흐르고 있었다. 그는 꼼짝 않고 물결의 노닥거림을 바라보다가 먼 과거의 기억이라도 더듬듯이 오늘 일어난 사건을 머릿속에 떠올려 보았다. 모든 일이 남의 일처럼 차례차례 손에 잡힐 듯이 되살아났다. 그러나 자기 몸뚱이가 나가 떨어지는 장면까지 오자 기억의 실오라기가 툭 끊어져 버렸다. 그는 그 장면을 몇 번이고 무의식적으로 돌이켜보았다. '가사이의 딸, 가사이의 딸, 가사이의 딸이 어쨌단 말이고', 그는 자문자답했다. 점차 눈이 게슴츠레해졌다. 가사이의 딸 가사이… 가사이… 구나, 말을 병신으로 만든 놈이. 그렇게 생각해도 가사이는 그와 전혀 관계없는 사람 같았다. 그 이름은 조금도 그의 감정을 움직일 만한 힘이 되지 못했다. 그는 그런 채로 깊은 잠에 빠지고 말았다.

그는 한밤중이 되어서야 불쑥 오두막으로 돌아왔다. 입구에서는 석탄산 냄새가 확 풍겨 왔다. 그 냄새를 맡으니 비로소 정신이 들어 새삼스럽게 자기 집을 신기한 듯이 바라보았다. 그러자 그는 꿈에서 깨어난 듯이 보잘것없는 현실로 되돌아왔다. 둔해진 외식의 반동으로 사소한 일에도 예민하게 신경이 움직이기 시작했다. 석탄산 냄새는 무엇보다 먼저 죽은 아이를 생각나게 했다. 혹시 아내가 어디 다친 것은 아닐까. 그는 이로리의 불이 꺼져 캄캄한 오두막 안을 손으로 더듬으며 아내를 찾았다. 잠이 깨어 일어나 앉은 아내의 기척이 났다.

"여태까지 어데 있었는교? 말은 동네 사람들이 끌고 왔는데 억수로 많이 다쳤데예."

아내는 자지 않고 있었던 것처럼 또렷한 목소리로 이렇게 말했다. 그는 어둠에 익숙해진 눈으로 한쪽 구석을 응시했다. 말은 앞발에 무게가 실리지 않도록 배에 거적을 대고 가슴 부분을 대들보에 매달아 놓았다. 두 다리의 무릎은 흰 천으로 감겨 있었다. 그 하얀색이 캄캄한 가운데 선명하게 넌에몬의 눈에 비쳤다. 석탄산 냄새는 거기서 풍겨 났던 것이다. 그는 불기 없는 이로리 앞에 짚신을 신고 머리를 숙인 채 책상다리를 하고 앉았다. 말도 찍소리 않고 가만 있었다. 모기 우는 소리만이 공기의 속삭임처럼 미약하게 들렸다. 넌에몬은 무릎에 손깍지를 끼고 앉아 자려고도 하지 않았다.

그러나 다음 날이 되자, 그는 이 타격을 딛고 다시 예전의 그로 돌아와 있었다. 전처럼 광포하게 굴었다. 그는 쟁기를 팔아 돈으로 바꾸었다. 잡곡상한테는 귀리가 팔리면 사무실에서 직접 대금을 지불하도록 하겠노라고 하고 보리와 콩을 외상으로 샀다. 그러고는 마차를 불러 곡물들을 자기 집으로 운반해 놓고서 도박판으로 발길을 돌렸다.

경마가 있던 날 밤 동네에서는 일대 소동이 벌어졌다. 그날 밤 늦게까지 가사이의 딸은 마쓰카와의 집으로 돌아오지 않았다. 그런 날 밤에 젊은 남녀가 밭 속이나 숲 속에 몸을 숨기는 것은 흔히 있는 일이라 처음에는 걱정하지 않았는데, 좀처럼 돌아오지 않자 가사이네 집에 가보게 했으나 거기에도 없었다. 가사이는 놀라서 뛰어나왔다. 그러나 넓은 산야를 어떻게 찾아야 할지 막

막혔다. 날이 새자마자 대대적인 수색이 펼쳐졌다. 그녀는 강변의 후미진 숲 속에 실신하여 쓰러져 있었다. 정신이 든 다음에 물어보니 덩치 큰 사내가 강제로 그녀를 거기까지 끌고 가서는 잔학하기 이를 데 없는 욕을 보였다는 것이다. 가사이는 히로오카 닌에몬의 이름을 들먹거리며 득의에 찬 표정을 짓기도 하고 고개를 갸우뚱거리기도 했다. 사무실 유리창을 히로오카가 깨뜨리는 것을 보았다는 목격자가 나타났다.

범인에 대한 조사는 아주 비밀리에, 동시에 이런 시골치고는 엄중하게 진행되었다. 농장 주인인 마쓰카와는 적잖은 현상금까지 내걸었다. 하지만 아무런 단서도 잡히지 않았다. 의심은 묘하게도 히로오카에게 쏠렸다. 자기 아이를 죽인 것은 가사이라고 히로오카가 노상 떠들고 다닌 것을 누구나가 알고 있었다. 히로오카 닌에몬의 말을 못 쓰게 만든 것은 간접적이긴 하나 가사이 딸의 짓이었다. 대장간 주인이 말을 히로오카네 집으로 끌고 간 것은 밤 열시경이었지만 히로오카는 집에 없었다. 그날 밤 히로오카를 마을에서 본 사람은 아무도 없었다.[9] 도박장에도 없었다. 닌에몬에게 불리한 온갖 억측들이 난무했지만 결정적인 증거는 뭐 하나 잡지 못한 채 여름이 갔다.

가을에 수확 철이 되자 또다시 비가 내렸다. 건조시키지 못해서 힘들게 결실을 맺은 곡식까지 썩을 판이었다. 소작인들은 사무실에 떼로 몰려가 소작료를 삭감해 달라고 탄원했지만 아무 소용이 없었다. 아니나 다를까 귀리를 판 대금에서 그들은 소작료를 정확하게 공제당했다. 내년 봄의 종자는커녕 이번 겨울을 날 식량마저 부족한 농가들이 수두룩했다.

그러는 사이 닌에몬만은 귀리에 대한 사무실과의 계약을 취소했을 뿐 아니라 한 푼의 소작료도 내지 않았다. 마름은 처음에는 달래고 구슬려서 얼마나마 받아 내려고 애썼지만, 도대체가 말을 듣지 않자 재산을 차압하겠다고 위협했다. 닌에몬은 외눈 하나 깜짝하지 않았다. 차압을 하겠다니 뭘 차압한단 말인가. 아직 집세도 사무실에 내지 않았다. 그는 이런 사실을 잘 알고 있었다. 사무실에서는 마지막 수단으로 다소의 손해를 보는 한이 있더라도 이곳에서 쫓아내겠다고 윽박질렀다. 하지만 그는 완강하게 버티며 꿈쩍도 하지 않았다. 사기를 당한 잡곡상을 비롯한 여러 상인들은 원금은 고사하고 이자조차 받지 못했다.

7

'아직도', 이 이름은 마을 전체를 공포 속으로 몰아넣었다. 그가 얼굴을 내미는 곳에는 마을 사람들이 모습을 감추었다. 가와모리 영감조차 벌써 예전에 닌에몬의 보증을 취소하고 한시바삐 닌에몬이 떠나 줄 것을 재촉했다. 시가지에서도 농장 내에서도 그에게 융통을 해주려는 사람은 하나도 없었다. 사토 부부는 몇 번이고 사무실을 찾아가 닌에몬을 빨리 쫓아내지 않으면 자기네가 떠나겠다고 설쳤다. 주재소의 순사들조차 히로오카 사건에 관여하는 것을 요리조리 피했다. 가사이의 딸을 범한 것은—아무런 증거가 없음에도 불구하고—닌에몬임에 틀림없다고 단정지었다. 마을에서 일어나는 불미스러운 사건은 죄다 닌에몬에게 덤터기를 씌웠다.

닌에몬은 배짱을 두둑하게 가졌다. 그는 아직도 자신의 꿈을 지우려고 하지 않았다. 그가 후회하고 있는 것은 도박뿐이었다. 내년부터 도박에만 손대지 않는다면, 그리고 올해처럼 열심히 일하고 올해와 같은 수단을 취하기만 한다면, 삼사 년 내에 한몫 단단히 챙기는 것은 문제도 아니라고 생각했다. 곧 성공해 보일 테다, 그렇게 생각하며 그는 겨울을 맞이했다.

그러나 생각해 보니 여러 가지 곤란한 상황이 그의 앞을 가로막고 있었다. 식량은 한 해 겨울을 날 만큼은 있었으나 돈은 서글플 정도로 남아 있질 않았다. 말은 경마 이후 쓸모가 없어졌다. 만약 겨우내 돈벌이를 하러 나간다면, 그가 없는 새에 마음 약한 아내가 오두막에서 쫓겨날 것은 너무나 뻔했다. 그렇다고 집에 틀어박혀 있으면 가만히 앉아서 밥만 축내는 꼴이 된다. 내년에 쓸 종자조차 마련할 길이 없는 것도 잘 알고 있었다.

불을 쬐면서 못 쓰게 된 말의 앞다리를 가만히 응시하며 생각에 잠긴 채 며칠을 보냈다.

사토를 비롯하여 그가 경멸하는 농장의 소작인들은 찍소리도 못하고 소작료를 빼앗겨, 상인들에게 무거운 빚을 지고 있음에도 불구하고 어쨌든 큰 걱정 없이 겨울을 맞이했다. 눈을 막을 튼튼한 울타리를 만들어 놓지 않은 집은 한 집도 없었다. 가난한 나름대로 모여서 술을 마셨고 서로 돕기도 했다. 닌에몬에게는 사람들이 합세해서 자기만 따돌리고 있는 것처럼 여겨졌다.

겨울은 거침없이 깊어졌다. 넓디넓은 하늘이 눈으로 파묻힌 것처럼 어디고 할 것 없이 새하얘졌다. 눈은 하염없이 그칠 줄 모르고 내렸다. 인간의 가련한 패자의 흔적을 말해 주는 밭도 승리를 자랑하는 자연의 영토인 삼림도 똑같이 눈 속에 파묻혀 갔다. 하룻밤 사이에 한 자고 두 자고 마냥 쌓이는 날도 있었다. 오두막과 나무들만이 하늘과 땅 사이에 있어 지저분한 얼룩처럼 보였다.

닌에몬은 어느 날 무릎까지 파묻히는 눈 속을 헤치며 사무실로 갔다. 다만 얼마라도 좋으니 자기 말을 사달라고 부탁해 보았다. 마름은 콧방귀를 뀌며 서지도 못하는 말은 돈 먹는 기계나 마찬가지라고 비아냥거렸다. 그리고 한술 더 떠서 새로 들어올 사람이 생겼으니 오두막을 비워 달라고 몰아붙였다. 안 떠나고 머뭇거리고 있으면 이제까지와 같이 미적지근하게 넘어가진 않겠다, 이 마을 순사로 감당을 못하면 굿찬에라도 부탁해서 조치를 취할 테니 그리 알라고 으름장을 놓았다. 닌에몬은 마름의 말만 들으면 이상하게 울화가 치밀었다. 코를 납작하게 해줄 테니 두고 보라고 큰소리를 치고는 오두막으로 돌아왔다.

돈을 먹는 기계—그건 틀림없었다. 닌에몬은 연민의 정으로 지금까지 말을 살려 둔 것을 후회했다. 그는 눈 속으로 말을 끌고 나갔다. 힘을 못 쓰게 된 말은 정겨움에 주인 손에 콧등을 문질렀다. 닌에몬은 오른손에 감추어 들고 있던 도끼로 미간을 내리치려고 했지만, 도저히 그럴 수가 없었다. 그는 다시 말을 끌고 오두막으로 돌아왔다.

다음 날 그는 행색을 갖추고 하코다테로 갔다. 지주와 담판을 벌여 가사이가 이루지 못한 소작료의 탕감을 실현시키고 소작인들의 감정을 누그러뜨려서, 농장에 그대로 눌러앉아 조금은 마음 편히 살고 싶었던 것이다. 그는 기차를 타고 하고 싶은 말을 충분히 생각해 보려고 했다. 그러나 기차에 탄 많은 사람의 얼굴은 이미 그의 마음을 불안하게 만들었다. 그는 적의를 품은 눈빛으로 한 사람 한 사람 노려보았다.

하코다테 역에 도착하자 그는 벌써 건물의 웅대함에 간이 떨어질 뻔했다. 모양새 없는 이층 목조 건물에 지나지 않았지만 기둥 하나에도 그는 놀랄 만한 비용을 상상했다. 그는 또 눈이 말끔히 치워진 넓은 도로를 보고 놀랐다. 하지만 그의 자존심은 그런 광경에 눌릴 수만은 없었다. 툭하면 겁이 나서 움츠러드는 마음을 펴고 또 펴면서 그는 거인처럼 위엄을 부리며 느릿느릿 걸어갔다. 사람들은 고개를 돌려 가며 자연에서 방금 따온 듯한 이 사나이에게 눈길을 떼지 않고 쳐다보곤 했다.

이윽고 그는 지주의 저택에 들어섰다. 농장 사무실에서 상상하고 있던 것과는 천양지차로 굉장한 대저택이었다. 마루로 올라설 때 그는 짚신을 벗고 저도 모르게 허리춤에서 수건을 뽑아 발바닥을 깨끗하게 닦아 냈다. 맑은 물의 표면 이외에 자연 속에는 결코 있을 수 없는 반들반들하게 빛나는 마루 위에서 으스스한 한기를 느끼면서 그는 안내를 받아 안으로 들어갔다. 예쁘게 차려입은 하녀가 주인 방의 미닫이문을 열자 숨이 막힐 것같이 강렬하면서도 불쾌한 냄새가 그의 코에 확 풍겨 왔다. 그리고 방 안은 여름처럼 더웠다.

마루보다 단단한 새 다다미에는 군데군데 짐승의 털가죽이 깔려 있었는데, 장지문 가까이의 커다란 흰곰 털가죽 위에 폭신폭신한 방석을 깔고 황갈색 비단 솜옷을 입은 농장 주인이 대형 이로리에 손을 쬐며 책상다리를 하고 앉아 있었다. 닌에몬을 보자 눈매가 매섭게 변하더니 그대로 도코노마[10] 쪽으로 눈길을 돌려버렸다. 닌에몬은 지주의 일별에 한 대 얻어맞은 듯 들어가지도 못하고 엉거주춤 서 있자, 지주의 눈길이 다시 도코노마에서 이쪽으로 돌아오려는 기미가 보였다. 닌에몬은 두 번이나 사나운 눈총을 받는 게 두려운 나머지, 어색한 걸음걸이로 스윽스윽 다다미 스치는 소리를 내면서 지주의 코앞까지 다가가 가능한 한 조그맣고 궁색하게 앉았다.

"왜 왔나?"

낮고 힘 있는 목소리에 다시 한 대 얻어맞고 닌에몬은 고개를 번쩍 들었다. 지주는 까맣고 굵은 여송연 같은 것을 입에 물고서 파란 연기를 몽실몽실 내뿜고 있었다. 숨이 막힐 듯한 불쾌한 냄새가 그의 콧속을 콕콕 찔렀다.

"소작료도 한 푼 안 내고 무슨 염치로 찾아왔는데? 내년부터는 마음 고쳐먹는 게 좋을 게야. 그리고 인사치레라도 제대로 배운 다음에 다시 오려거든 오고. 미련한 놈."

그러고는 방을 뒤흔드는 듯한 웃음소리가 크게 들려왔다. 닌에몬이 자기도 알 수 없는 말을 잠꼬대처럼 늘어놓는 것을, 처음에는 되묻기도 하고 보충하기도 하더니 마침내 지주는 더 참을 수가 없었던지 이런 소리를 내지른 것이었다. 닌에몬은 커다란 웃음소리 하나하나에 얻어맞은 것처럼 머리를 움츠리고 있다가 인사도 못하고 넋 빠진 사람처럼 일어섰다. 그의 얼굴은 방의 열기와 흥분으로 김이 날 정도로 붉게 상기되어 있었다.

닌에몬은 완전히 기가 죽어서 콧구멍만한 자기 집으로 돌아왔다. 그에게는 농장의 하늘까지도 지주의 크고 다부진 손아귀에 들어 있는 것 같았다. 눈을 머금은 구름은 숨이 막힐 지경으로 그의 머리를 짓눌렀다.

'미련한 놈.'

그 노성이 여차하면 그의 귓속에서 울려 퍼졌다. 이 얼마나 판이한 생활인가. 인간이 이렇게 다를 수 있단 말인가.

'지주 어른이 사람이라면 나는 사람이 아니다. 내가 사람이라면 지주 어른은 사람이 아니다.'

그는 이렇게 생각했다. 그리고 어이가 없어서 입을 다문 채 생각에 잠겼다.

섶나무 가지가 타닥타닥 타고 있는 이로리 건너편에는 누더기로 감싼 닌에몬댁이 머리가 헝클어진 채 흐리멍덩한 눈과 입을 옹이 구멍처럼 벌리고 멍하니 앉아 있었다. 소록소록 눈은 하염없이 내리기 시작했다. 닌에몬댁의 무릎 위에는 아기도 없었다.

그날 밤부터 날씨는 격변하여 눈보라가 되었다. 다음 날 아침 닌에몬이 눈을 떠보니, 밖에서 들어온 눈이 발에서 허리께까지 얇게 쌓여 있었다. 날카로운 휘파람 소리를 내며 휘몰아치는 바람은 오두막을 흔들어대고 있었다. 바람이 잦아들자 기운 없는 고요함이 이로리까지 찾아왔다.

닌에몬은 아침부터 술이 마시고 싶었지만 한 방울도 남아 있을 리가 없었다. 잠자리에서 눈을 뜨고부터 이상하게 생각에 빠져 있던 그는 뭘 하려는지 벌떡 일어나서 도끼를 집어 들었다. 그리고 말 앞에 섰다. 말은 반가운 듯 코끝을 디밀었다. 닌에몬은 무표정한 얼굴로 입을 우물거리면서 말의 눈과 눈 사이를 살살 쓰다듬다가 돌연 몸을 띄우는 듯이 뒤로 젖히고 도끼를 치켜드는가 싶더니 온 힘을 다해 미간을 내리쳤다. 둔탁한 소리가 그의 가슴을 울리고 말은 외마디 소리도 지르지 못한 채 앞무릎을 꿇고 옆으로 쿵 쓰러졌다. 뒷다리로 차듯이 경련을 일으키며 눈물을 머금은 눈은 가련하게도 뭔가를 응시하고 있었다.

"미쳤나? 와 이카는교? 불쌍쿠로."

설거지를 하고 있던 닌에몬댁이 이 광경을 돌아보더니 겁이 나는지 두려운 눈빛으로 일어나면서 이렇게 말했다.

"닥치라! 떠들마 니도 때려죽일끼다!"

닌에몬은 살인자가 살아남은 자를 위협하듯 낮고 쉰 목소리로 윽박질렀다. 폭풍우가 갑자기 멎은 것처럼 두 사람의 마음에는 무거운 침묵이 엄습해 왔다. 닌에몬은 축 늘어진 오른손에 도끼를 든 채로, 닌에몬댁은 걸레같이 더러운 행주를 가슴에 댄 채로 서로의 눈치를 살피며 우두커니 서 있었다.

"여 좀 와봐라."

이윽고 닌에몬은 신음하듯이 도끼를 움직거리며 아내를 불렀다. 그는 아내의 도움을 받아 말가죽을 벗기기 시작했다. 피비린내가 오두막을 진동했다. 두꺼운 혀가 옆으로 늘어진 얼굴 가죽만을 남긴 말은 이윽고 알몸이 되어 지푸라기 위에 굳은 채 널브러져 있었다. 하얀 힘줄과 빨간 살이 징그러운 줄무늬를 나타냈다. 닌에몬은 가죽을 둘둘 말아서 새끼줄로 꽁꽁 묶었다.

그러고 나서 닌에몬댁은 닌에몬이 시키는 대로 오두막집을 치우기 시작했다. 등에 짊어질 만큼 잡곡도 꾸려서 크고 작은 짐이 두 개 만들어졌다. 닌에몬댁은 남편의 심중을 알아차리자 또다시 길고 괴로운 떠돌이 생활을 해야 하는 서러움에 울먹거렸으나, 남편의 불같은 성질이 무서워 눈물을 삼키고 또 삼켰다. 닌에몬은 오두막 한가운데에 떡하니 서서 구석구석 꼼꼼히 살펴보았다. 두 사람은 잠자코 눈길용 짚신을 신었다. 닌에몬댁이 보자기를 머리에 쓰고 짐을 짊어지자 닌에몬은 뒤에서 부축해 일으켜 주었다. 마침내 닌에몬댁은 몸을 떨면서 울음을 터트렸다. 의외로 닌에몬은 꾸짖지 않았다. 그리고 자신은 큰 짐을 번쩍 들어 짊어지고 그 위에 말가죽을 실었다. 두 사람은 약속이라도 한 듯 다시 한 번 오두막 안을 둘러보았다.

오두막의 문을 열자 얼굴을 제대로 들 수 없을 정도로 세찬 눈보라가 몰아쳤다. 짐을 짊어져 무거운 두 사람의 몸은 아직 단단해지지 않은 하얀 눈 속에 허리께까지 파묻혔다.

닌에몬은 일단 문밖으로 나섰다가 잠깐 기다리라더니 다시 오두막 안으로 들어갔다. 짐을 짊어진 채 그는 새끼줄 한쪽 끝을 불이 살아 있는 이로리 속에 집어넣고, 다른 한쪽 끝을 벽으로 가지고 가서 그 위에 잘게 썬 여물용 짚을 뿌렸다.

하늘도 땅도 하나가 되었다. 쌩 하고 바람이 휘몰아치면 쌓여 있던 눈은 제풀에 춤을 추듯이 휙휙 날아올랐다. 그것이 옆얼굴을 치며 화살보다도 빨리 하늘로 날았다. 사토 요주의 오두막과 그 주변의 나무들이 보였다 안 보였다 한다. 삭풍에 맞서 걸어가는 두 사람의 반신은 금세 하얗게 변했고, 가느다란 바늘로 쉴 새 없이 콕콕 찌르는 듯한 자극으로 두 사람의 새빨간 얼굴은 무감각해졌다. 두 사람은 눈썹에 얼어붙는 눈을 털어 내며 눈 속을 헤쳐 나갔다.

국도로 나가자 눈길이 나 있었다. 아무도 밟지 않은 눈 구덩이에 빠지지 않도록 닌에몬은 앞장서서 조심스레 걸어갔다. 커다란 짐을 짊어진 두 사람의 모습은 넘어질듯 기우뚱거리며 조금씩 움직여 나갔다. 공동묘지 아래를 지날 때 닌에몬댁은 합장을 하고 그쪽에 절을 하면서 걸었다. 일부러 그러는 것처럼 소리 높여 울면서. 두 사람이 이 마을에 들어왔을 때는 말도 한 마리 있었다. 아이도 있었다. 두 사람은 그것들조차 자연에게 빼앗겨 버린 것이다.

그 근방부터 인가는 끊어졌다. 휘몰아치는 눈 때문에 부러진 마른 나뭇가지가 툭하면 창 끝처럼 치고 들어왔다. 불어 닥치는 바람에 휘말려 나무라는 나무는 죄다 마녀의 머리카락처럼 미친 듯이 휘날렸다.

두 남녀는 무거운 짐 아래에서 힘겨워하며 조금씩 굿찬 쪽을 향해 갔다.

전나무숲이 저편에 보였다. 모든 나무가 벌거벗은 가운데 그 나무들은 음울한 암록색 잎을 간직하고 있었다. 쭉쭉 뻗은 나무

줄기가 하늘을 찌를 듯이 치솟아 있었고, 성난 파도와 같은 바람
소리를 내뿜었다. 두 남녀는 개미처럼 조그맣게 그 나무숲으로
다가가더니 이윽고 숲 속으로 빨려 들어가 버리고 말았다.

옮긴이 주

1) 맛카리누푸리 : 1893미터의 화산. 에조는 아이누어로 홋카이도를 의미하는데, 산의 모양이 후지산과 비슷하여 에조후지라고도 불렸다.

2) 고신즈카 : 庚申塚. 길가에 제석천의 사자(使者)·청면금강(青面金剛)을 모신 곳.

3) 이로리 : 居爐裡. 바닥을 사각으로 파서 재를 깔고 불을 피우는 곳. 난방을 겸해서 취사용으로도 사용한다. 보통은 囲爐裏로 표기.

4) 아쓰시 : 난티나무 껍질을 재료로 하여 짠 아이누의 상의.

5) 농부들 ~ 한가지였다 : 일본에서는 말처럼 긴 얼굴은 주로 상류 계급에 많다고 생각하는 데서 나온 표현.

6) 나니와부시 : 浪花節. 의리나 인정을 주제로 한 이야기에 곡조를 붙여서 노래하는 대중적인 창. 샤미센으로 반주한다.

7) 이로리에는 ~ 있었고 : 이로리 위쪽에는 천장에서 늘어뜨린 쇠줄에 갈고리를 달아서 냄비나 주전자를 걸도록 되어 있다.

8) 농부 ~ 나왔다 : 엎은 녹차 잔 속에 주사위 두 개를 넣고 흔들어 주사위에 나온 숫자로 승패를 가리는 도박을 하려는 것이다.

9) 그날 ~ 없었다 : 작가는 이 부분에서 주인공 이름을 갑자기 '히로오카'로 표기하고 있는데, 이것은 '닌에몬'이 어디까지나 흉악한 범죄의 용의자일 뿐임을 강조하고자 하는 의도로 받아들여진다.

10) 도코노마 : 床の間. 일본식 방의 상좌에 바닥을 한층 높게 만든 곳. 벽에는 족자를 걸고 바닥에는 주로 꽃이나 장식물로 꾸며 놓는다.

다시 태어나는 고통

아무도 알아차리지 못하고
주의도 기울이지 않는 지구의 한 귀퉁이에서
존귀한 영혼 하나가
모태를 깨고 나오려고 괴로워하고 있다.

1

　나는 자신의 글쓰기를 신성한 것으로 만들고 싶었다. 삐뚤어지려는 마음을 다잡으며 될 수 있는 대로 자유롭고, 올바르고, 밝은 세계로 나가 자신만의 예술의 궁전을 지으려고 몸부림쳤다. 그게 얼마나 큰 기쁨이었던가. 그와 동시에 얼마나 큰 괴로움이었던가. 내 마음 저 깊은 곳에서는 분명 — 모든 사람의 마음속에 있는 것과 같은 — 불길이 치솟고는 있었지만, 그 불길을 잠재우려는 잡다한 일상의 퇴적물 또한 만만치 않았다. 긁어내고 또 긁어내도 쉽게 불길이 타오르지 않을 때는 비참한 생각이 들었다. 나는 책상 너머 앞쪽에 열려 있는 창을 통해 겨울이 와서 눈에 파묻혀

가는 주변의 농경지를 둘러보며, 자꾸 멈칫거리는 펜을 채찍질하면서 움직여 보려고 애썼다.

춥다. 원고지가 얼음같이 차다.

해는 쏜살같이 기운다. 잿빛에서 쥐색으로, 쥐색에서 까만색으로 짙어지는 커다란 색지를 눈앞에 걸어 놓고 위에서 아래로 단숨에 훑어볼 때의 느낌과도 같은 속도로, 낮의 햇빛은 밤의 어둠으로 바뀌어 간다. 오후가 되었는가 하면 벌써 저물어 버리는 홋카이도의 겨울을 모르는 사람에게는, 해가 순식간에 좀먹어 가는 이 음산한 적막감이 상상도 가지 않을 것이다. 니세코안 구릉의 골짜기에서 이 고원의 경작지로 곧장 불어 닥치는 삭풍은, 제법 크고 가벼운 초겨울의 눈송이를 부채질해서 옆으로 옆으로 흩날려 보낸다.

눈송이는 저물다 만 햇빛의 미아처럼 보는 사람의 눈을 시리게 할 성도로 반짝이며, 장난꾸러기치럼 이리저리 흩날리던 기세와는 달리 땅으로 떨어지자마자 쌓여 있던 눈 위에서 차가운 연보라색 죽음으로 사라져 간다. 다만 창문으로 날아온 눈송이들만이 사르륵사르륵 가벼운 소리를 낼 뿐, 다른 녀석들은 모조리 벙어리다. 쾌활해 보이는 흰 벙어리들의 군무―그것은 보는 이로 하여금 눈물짓게 한다.

나는 쓸쓸한 나머지 펜을 멈추고 창밖을 바라본다. 그리고 자네를 생각한다.

2

내가 자네를 처음 만난 것은 내가 아직 삿포로(札幌)에 살던 무렵이었다. 내가 빌려 살던 집은 삿포로의 변두리를 흐르고 있는 도요히라가와(豊平川)라는 강의 오른쪽 기슭에 있었다. 둑 밑에 삼천 평쯤 되는 넓은 사과밭 안에.

그 집으로 어느 날 오후 자네가 찾아온 것이다. 자네는 시무룩한 표정에 입이 무거우며 신경질적이어서 키가 제대로 자라지 못할 듯한 소년이었다. 때가 낀 중학교 교복 깃의 단추를 성가신 듯이 풀어 놓은 그 모습이 묘하게도 나의 뇌리에 뚜렷이 남아 있다.

자네는 자리에 앉자마자 불쑥 자기가 그린 그림을 봐달라는 말부터 꺼냈다. 자네는 한 팔로는 들 수 없을 정도로 많은 유화랑 수채화를 가지고 왔다. 자신을 함부로 학대하는 사람처럼 보자기 속에서 그림 몇 장을 거칠게 쑥 뽑아 내 앞에 내놓았다. 그리고 탐색하듯이 내 얼굴을 가만히 살펴보았다. 솔직히 말하면, 그때 나는 자네를 꽤나 건방진 젊은이라고 생각했다. 그래서 자네한테는 눈길도 주지 않고 마지못해 내어 놓은 그림을 집어 들었다.

나는 첫눈에 놀라지 않을 수 없었다. 수련을 쌓은 흔적도 없고 유치한 기교이긴 했으나, 그 그림 속에는 신기하게도 힘이 실려 있어서 일시에 나를 압도해 왔기 때문이다. 나는 그림에서 눈을 들어 자네를 다시 보지 않을 수가 없었다. 그래서 그렇게 했다. 그

때 자네는 불안해하면서도 오기로 버티고 있는 듯한 눈초리로 여전히 내게서 눈을 떼지 않고 있었다.

"어떻습니까? 별로 잘 그린 그림은 아니지만 ⋯."

이렇게 자네는 자기 작품을 꽤나 얕잡아 보는 투로 말했다. 다시 한 번 솔직히 말하자면, 나는 한편으로 자네 그림에 놀라움을 금치 못하면서도 무척 오만해 보이는 태도에 일종의 반감을 느껴 한번 빈정거려 보고 싶어졌다. "별로 잘 그리지 못한 그림이 이 정도라면 회심작은 대단하겠는데?"라고 했던가.

그러나 다행히 다음 순간 나는 그런 말로 자신을 욕되게 하는 짓에서 빠져나왔다. 내 마음이 착했기 때문이 아니라, 무엇보다 자네의 그림이 자네에 대한 반감을 눌러 버릴 만큼 강렬하게 다가왔기 때문이다.

그때 자네가 가지고 온 그림 중 지금까지 내 마음속에 선명하게 남아 있는 그림이 한 장 있다. 8호짜리 캔버스에 가루가와(輕川) 근처에 있는 토탄장을 그린 듯한 가을의 풍경화였다. 황량하게 끝없이 펼쳐진 지평선의 낮은 갈대밭 일대를 뒤덮은 흰 구름 사이사이로 오후의 햇살이 희미하게 새어 나와, 갈대밭 속에 우뚝 솟아 있는 가녀린 자작나무 두 그루의 하얀 표피를 힘없이 비추고 있었다. 단색을 머금은 화필 끝이 서툴게 화폭 위를 휘젓다 그대로 날아올라 가 버린 듯한 거친 필치로, 자연 속에는 결코 존재하지 않는다는 순백색조차 다른 색과 섞지 않고 그대로 듬뿍 칠해 놓았는데, 가만히 보고 있으면 작가의 예민한 색감이 엿보이고도 남았다. 그뿐만이 아니라 이 그림이 주는 전체적인 분위기를 한층 살리는 효과를 톡톡히 발휘하고 있었다. 우울, 열예닐곱의 소년에게는 포착하기 어려운 무거운 우울을 보는 이로 하여금 금방 느끼게 해주었다.

"상당히 잘 그렸는데."

그림에 대해 솔직해진 나는 이렇게 말하지 않고는 배길 수가 없었다.

이 말을 듣자 자네가 얼굴을 약간 붉혔다고 나는 생각했다. 그러나 바로 그 다음 순간 자네는 나를 의심하는 듯한, 자신을 냉소하는 듯한 싸늘한 표정으로 잠시 동안 나와 그림을 똑같이 번갈아 보더니 얼굴을 정원 쪽으로 휙 돌려 버렸다. 그것은 사람을 업신여기는 행위로 보일 수도 있었다. 두 사람은 거북해져 입을 다물어 버렸다. 나는 무료해져서 말없이 그림을 들여다보았다.

"그건 어디가 안 좋은가요?"

별안간 자네의 퉁명스런 목소리가 또다시 들려왔다. 나는 지금까지의 묘하게도 엇갈린 기분 때문에 자신의 견해를 덜컥 말해주고 싶지가 않았다. 그러나 새삼 자네의 얼굴을 쳐다보니, 무슨 말이든 듣고야 말겠다는 진지함이 느껴졌다. 적당히 얼버무려 끝내면 경멸당할 듯한 날카로움도 엿보였다. '좋다, 그럼 잘 들어봐라' 하며 드디어 나도 작정하고 덤벼들지 않을 수가 없었다.

그때 내 입에서 어떤 어쭙잖은 소리가 나왔는지 다행히도 지금은 거의 잊어버렸다. 그러나 틀림없이 기교가 몹시 위태위태하다는 것, 자연을 보는 태도가 불친절하다는 것, 모티프가 너무 감정적이라는 것 등을 지적했을 것이다. 자네는 내가 하는 말을 묵묵히 눈을 반짝이며 듣고 있었다. 내가 하고 싶은 말을 남김없이 다 쏟아 내자, 자네는 한동안 잠자코 있더니 이윽고 입가에 미소 같은 것을 띠었다. 그게 또한 보통 미소 같기도, 야유에서 생긴 경련 같기도 했다.

그러고 나서 두 사람은 이십 분 정도 잠자코 마주 앉아 있었다.

"그럼 다시 가져올 테니 봐주세요. 이번에는 좀 더 잘 그린 것을 가져오겠습니다."

긴 침묵 끝에 자네가 몸을 일으키며 한 이 말은 나를 또 한 번 놀라게 했다. 마치 딴사람, 천진난만한 어린아이가 하는 말처럼 순수하고 밝은 목소리였기에.

인간의 마음은 희한하다. 이 목소리 하나였다. 이 목소리 하나가 자네와 나를 단단히 묶어 버린 것이다. 나는 결국 자네를 좋지 않게 본 것을 뉘우치며 다정하게 물었다.

"학교는 어디지?"

"도쿄입니다."

"도쿄라고? 그럼 벌써 개학을 했을 텐데?"

"예."

"왜 안 갔나?"

"아무리 노력해도 낙제점밖에 못 받는 과목이 있어서 가기 싫어졌습니다. … 그리고 사정도 좀 있고요."

"그림을 계속할 생각인가?"

"그래도 될까요?"

이렇게 말할 때 자네는 아까처럼 고집스럽게 사람을 다그치는 표정이 되었다.

나는 그 질문에 대해서는 뭐라고 답해야 좋을지 몰랐다. 전문가도 아닌 내가 대여섯 장의 그림을 본 것만으로 어떻게 이 소년의 앞날을 대담하게 결정지을 수 있단 말인가? 소년의 진지한 모습을 보자, 나는 모든 것이 두려워졌다. 말을 할 수가 없었다.

"저는 조만간 고향으로 ― 고향은 이와나이(岩內)입니다 ― 갈 겁니다. 이와나이 근처에 유황을 파내는 곳이 있는데, 거기 풍경을 꿈속에서도 보곤 하죠. 제가 그림으로 그려서 보내 드릴 테니 봐주세요. … 그림 그리는 걸 좋아는 하는데 재주가 없어서요."

내가 대답하지 않는 것을 보고 자네는 자책하듯이 메마르고 쓸쓸한 어투로 이렇게 말했다. 그러고는 내 앞에 꺼내 놓았던 몇 장의 작품을 아무렇게나 보자기에 꾸려서 가버렸다.

자네를 바깥 나무문까지 배웅하고 나는 널따란 사과밭을 거닐었다. 사과나무 가지는 빨갛게 영근 열매들로 휘청거리고 있었다. 어떤 나무는 잎이 다 떨어지고 새빨간 사과 알만 주렁주렁 매달고 햇볕을 쬐고 있었다. 그것은 하늘이 파랗게 맑은 초겨울의 화창한 어느 하루였다. 내 게다에 밟힌 낙엽들이 바스러지며 가루가 되었다.

풍요로움 속 허전함 같은 것이 공기 중에 켜켜이 감돌고 있었다. 마침 그 무렵은 나도 삶의 어느 기로에 서서 회의를 느끼며 방황하고 있을 때였다. 겨울을 목전에 둔 자연 앞에서 나는 몇 번이고 저도 모르게 멈추어 서서 우두커니 자네 생각을 하다가 내 생각을 하곤 했다.

하여튼 자네는 나에게 묘하게도 강렬한 인상을 심어 주고 내 앞에서 모습을 감추어 버린 것이다.

그후 자네한테서는 한 번인가 두 번 문의 편지가 왔을 뿐, 소식이 뚝 끊어지고 말았다. 이와나이에서 왔다는 사람이라도 만나면, 나는 그 항구에 이런 이름의 청년이 있느냐 혹시 그 청년을 아느냐 하고 물어보았으나 아무도 아는 이가 없었다. 유황 채굴장의 풍경화도 끝내 내게는 배달되지 않았다.

이렇게 이 년, 삼 년 세월이 흘러갔다. 그리고 어쩌다가 자네 생각이 나면 나는 인생 여로의 적적함을 맛보곤 했다. 어쨌거나 한 번 얼굴을 맞대고 어느 정도 마음이 통했던 동지가 일단 작별한 것을 마지막으로, 같은 지구상에서 호흡하며 살면서도 앞으로 영원히 다시는 만나지 못한다는 것은 얼마나 기이하고 적막하며 두려운 일인가? 사람과의 관계뿐만이 아니다. 개와도, 꽃과도, 티

끝과도 마찬가지다. 고독에 빠지기를 좋아하면서도 어딘가 순정적이고 사람을 그리워하는 내 마음은 여차하면 이 어쩔 수 없는 인간의 운명을 뼈저리게 느끼며 몹시 우울해지곤 했다. 자네도 이런 심정을 느끼게 하는 많은 사람 중의 하나였다. 더구나 얄팍한 우리 인간은 원숭이와 마찬가지로 잘 잊어버리곤 한다. 사오 년이란 세월은 자네의 기억을 내 마음에서 송두리째 지워 버리려 했던 것이다. 자네는 점차 내 의식의 경계를 넘어 잠재의식 속으로 숨어들고 있었다.

이 짧지 않은 시간은 내 일신상에 상당한 변화를 일으켰다. 햇수로 팔 년 살아온 삿포로―한마디로 거기서 여러 가지 일들이 있어났다. 아내를 맞이했고, 세 아이의 아버지가 되었다. 오랫동안 믿어 온 신앙을 버리고 교회와 인연을 끊었다. 그때까지 해오던 일에 점차 실망을 느끼기 시작했다. 새로운 생활의 싹이 주변의 거절을 무릅쓰고 움트기 시작했던 것이다. 내 눈앞에 펼쳐진 생활의 앞길에는 어렴풋이 불길한 불행의 구름이 서서히 덮쳐 오고 있었던 것이다. 나는 늘 자신의 능력을 믿어도 좋을지 의심해야 할지, 알 수 없는 두 갈래 길에서 몹시 방황했다―를 떠나, 내게는 만족을 주지 않는 도시 생활이 시작되었다. 그리고 감당할 수 없는 불행들이 잇달아 발밑에서부터 차 오르는 것을 팔짱을 끼고 구경만 해야 했다. 마음속에서 일어난 그런 위기감 속에서 나는 될 대로 되라는 식으로 생전 본 적도 없는 새로운 세계에 부득이 발을 내딛을 수밖에 없게 된 거다. 그것은 문학가로서의 생활이었다. 나는 이번에야말로 오직 혼자 걸어가야 한다고 마음을 단단히 먹었다. 또한 이 길로 들어선 이상 되든 안 되든 인류의 의지와 맞설 각오를 해야 했다. 나는 늘 자신의 역량에 의심을 품으면서 원고지를 대했다. 사람들이 잠든 뒤, 풀도 나무도 잠든 뒤, 홀로 일어나 앉아 고요한 밤의 적막 속에서 만년필 촉이 종이 위에서 움직이는 소리만을 들으며 신들린 사람처럼 정신없이 글을 써 내려간 적도 있었다. 내 주위에 망령과 같은 영혼들이 서성거리며 서로 종이 위에서 다시 태어나려고 안달하는 모습을 역력히 느낀 적도 있었다. 그럴 때 정신을 차리고 보면 내 눈에는 감격의 눈물이 고여 있곤 했다. 예술에 흠뻑 빠진 사람이 아니라면 그때의 황홀감을 어찌 맛볼 수 있으랴? 그러나 내 마음이 갈가리 찢겨, 순일(純一)한 기분이 어느 구석에도 보이지 않을 때의 허전함이란 그 무엇에 비할 바가 못 되었다. 그때의 나는 완전히 한 덩어리의 물질에 지나지 않았다. 남아 있는 것이라곤 하나도 없어서 자신이 문학가인 것조차 의심하게 된다. 문학가가 문학가인 것을 의심하는 일만큼 이 세상에 공허하고 애처로운 것이 또 있을까? 그런 문학가는 분명 생명으로부터 버림받고 있는 것이리라. 이런 순간만 오면 어김없이 내 머릿속에 떠오르는 것이 처음 만났을 때의 자네 모습이다. 자신을 믿어도 좋을지 어떨지를 몰라 다부진 의지와 냉혹한 비판이 옥신각신하는 가운데, 은연중에 모든 것을 향해 적의를 품는 자네의 그 모습. 나는 펜을 던지고 의자에서 일어나 방안을 왔다 갔다 하면서 스스로에게 말하듯이 중얼거린다.

'그 소년은 어떻게 됐을까? 길을 잃고 헤매지나 말았으면 좋겠다. 행여 자신을 과대평가해서 돌이킬 수 없게 저승길로 떠나는 일은 없겠지. 소년이여, 만일 너에게 독자적인 길을 개척해 나갈 천품이 없다면 부디 정직하고 근면한 범인으로서 일생을 마쳐 다오. 이제 이런 고통은 나 한 사람으로 충분하다!'

그런데 지난해 시월—이라고 하면, 강기슭의 우리 집에서 우연히 자네라는 사람을 안 지 꼭 십 년째—의 어느 날, 비가 부슬부슬 내리던 오후 소포 하나가 내게 배달되었다. 하녀가 그것을 가지고 왔을 때, 건어가 들어 있는 줄 알 정도로 온 방 안은 생선 비린내가 진동했다. 포장한 기름종이는 빗물과 진흙으로 더럽혀져서 발송자의 이름을 겨우 읽을 정도였는데, 거기 적혀 있는 이름이 누군지 잘 생각이 나지 않았다. 어쨌든 열어 보자고 감물을 들인 튼튼한 삼줄을 나이프로 끊었다. 기름종이를 한 겹 벗겨 내자 그 속에 또 삼줄로 꽁꽁 묶은 기름종이 꾸러미가 나왔다. 그것을 풀자 또 기름종이 꾸러미가 나왔다. 은근히 화가 날 정도로 정성껏 싼 꾸러미여서, 백합 뿌리를 벗기듯 한 꺼풀 한 꺼풀 벗겨 가니 겨우 몇 장의 신문지 속에 손때로 절은 수제 스케치북 세 권이 둘둘 말린 상태로 나왔다. 나는 비린내를 언짢아하며 그 스케치북을 펼쳐 보았다.

전부 연필로 스케치한 그림이었다. 그리고 하나같이 산과 나무만 그려져 있었다. 나는 언뜻 보고 그 그림들은 틀림없는 홋카이도 풍경이라는 것을 알았다. 뿐만 아니라 그것은 정녕 진정한 예술가만이 볼 수 있는, 그리고 그릴 수 있는 정교한 자연의 초상화였다.

"해냈구나!"

순간 나는 소년 그대로의 자네 모습을 마음 가득 그려 보며 아랫입술을 지그시 깨물었다. 그리고 나도 모르게 미소 지었다. 고백하거니와, 그것이 소설이나 희곡이었다면 그때의 내 얼굴에는 미소 대신 괴로운 질투의 빛이 역력하게 드러났을 거다.

그날 밤이 되어서야 자네가 보낸 한 통의 편지가 도착했다. 역시 두꺼운 도화지에 닳아빠진 붓으로 이렇게 두서없이 흘려 썼다.

홋카이도는 가을도 늦게 찾아왔습니다. 들판에는 매일같이 차가운 바람이 붑니다. 평상시 아끼던 나무나 화초들이 어느 사이엔가 낙엽으로 변해 버린 가을은 사람의 마음을 여러 생각으로 이끕니다. 어떤 날에는 주변의 산들이 솟아올랐나 하고 생각할 정도로 하늘이 아름다울 때가 있습니다. 그러나 대개는 바람과 함께 궂은 비가 부슬부슬 내려 길을 진창으로 만듭니다.

어제 스케치북을 세 권 보냈습니다. 언젠가 선생님께 그림을 보여 드린 뒤부터 고향에서 가난한 어부로 살고 있는 저는, 하루하루 바쁜 일과 고된 노동에 쫓겨 어떡하든 올해까지 그려 보고자 했던 그림을 끝내 그리지 못했습니다.

올 칠월부터 비로소 도화지를 묶어서 화첩으로 만들고 연필로 시도해 보았습니다. 그러나 노동으로 투박해진 손은 생각만큼 자신의 감력(感力)을 나타낼 수가 없어서 답답했습니다.

이런 보잘것없는 소묘첩을 보아 주십사 부탁드리는 게 몹시 괴롭습니다. 하지만 처음 시작했을 때부터 그린 그림을 하나도 빠뜨리지 않고 보냅니다. (중략)

우리 동네에서 어느 정도 지적 소양을 갖춘 청년이라도 자신에 대해서 진지하게 생각해 보는 자는 적은 것 같습니다. 청년들 대부분은 실속을 차려 현실에 안주하든가 허송세월을 하고 있습니다. 그렇지만 제 고향이니까 저는 좋습니다.

여러 가지가 제 가슴을 뛰게 합니다. 저의 스케치에 잘 그린 부분이 있습니까? 저는 왠지 이런 보잘것없는 것을 선생님께 보여 드리는 게 부끄럽습니다. 산은 물감을 듬뿍 찍어서 땅 위에서 하늘로 불룩 솟아오른 듯이 그려 보고 싶습니다.

제 스케치에는 저의 느낌이 잘 살아나지 않아 애가 탑니다. 제가 그린 산은 실제로 느낀 것보다 너무 평면적입니다. 나무들도 왜 그런지 입체감이 부족해 보입니다. 색칠을 해보면 좋겠지만 시간과 돈이 없어서 이런 스케치로 마음을 달래고 있습니다.

제 머리에는 여러 가지 구도가 꽉 차 있습니다만, 아무튼 아직 그림을 그릴 만한 실력은 없는 것 같습니다. 바쁘실 텐데 성가시게 해드려 매우 죄송스럽습니다. 언제든 틈이 나면 가르침을 주십시오.

시월 말

이렇게 생각나는 대로 써 내려간 편지가 얼마나 나를 감동시켰는지 자네는 아마 상상하기 어려울 것이다. 나는 문학가인 만큼 남이 쓴 글 속에서 진실과 허위를 가릴 줄 아는 예리한 직감력이 꽤 발달되어 있다. 자네의 편지를 읽으면서 나는 그만 눈물이 핑 돌았다. 비린내 나는 기름종이와 훌륭한 예술품인 스케치북과 자네의 글 사이에는 조금도 빈틈이 없었다. '감력'이라는, 자네가 만들어 낸 말은 훌륭한 내용을 담은 말로서 내 가슴에 울려 왔다. '산은 물감을 듬뿍 찍어서 땅 위에서 하늘로 불룩 솟아오른 듯이 그려 보고 싶습니다…산이 땅 위에서 하늘로 불룩 솟아오르다…. 이런 말은 자연으로 육박하는 느낌이 잘 살아나는 훌륭한 표현이었다. 말속에 스며 있는 이 힘은 대상을 가볍게 보아 넘기는 미온적인 마음으로는 흉내조차 낼 수 없는 것이었다.

'아무도 알아차리지 못하고 주의도 기울이지 않는 지구의 한 귀퉁이에서 존귀한 영혼 하나가 모태를 깨고 나오려고 괴로워하고 있다.'

나는 이렇게 생각했다. 이런 생각을 하니 이 지구라는 것이 불현듯 한층 아름답게 느껴졌다. 그러자 왠지 눈물이 나고 말았다.

그 무렵 나는 홋카이도에 갈 계획을 세우고 있었는데, 잡사에 얽매어 머뭇거리다가 날씨가 추워지는 바람에 아예 그만두려던 참이었다. 그런데 자네의 스케치와 편지를 보고 나니 자네를 꼭 만나고 싶다는 마음이 앞서 즉시 여행 준비에 들어갔다. 그로부터 일주일도 지나지 않은 십일월 오일에는 벌써 우에노역에서 아오모리(青森)로 가는 직행 열차에 몸을 실은 자신을 발견했다.

삿포로에서 용무를 마치고 농장으로 가기 전에 나는 이와나이에 있는 자네에게 편지를 부쳐 두었다. 농장에서 그리 멀지 않으니 올 수만 있다면 와달라, 되도록이면 만나고 싶다, 고 써서.

농장에 도착한 날 자네는 보이지 않았다. 다음 날은 아침부터 눈이 내리기 시작했다. 나는 창가에 책상을 갖다 놓고 원고지 앞에서 신음하면서 자네가 오기를 학수고대했다. 그리고 잘 나가지도 않는 펜을 잠시 쉬며, 이제까지 써온 과거를 회상하거나 당면한 기대 같은 것을 뇌리에 떠올려 보았다.

3

저녁 어스름은 점차 짙어지고 있었다. 농장 관리인이 램프를 가지고 온 김에 저녁상을 가져오랴고 물었으나, 나는 혹시나 자네가 오지나 않을까 하는 기대감에 조금 있다가 먹겠다고 해놓고는, 또다시 물고 늘어지듯이 원고지를 붙잡았다. 커다란 사내의 모습이 방에서 어기적어기적 사라져 가는 것을 시선의 한끝으로 느끼며, 도시에서 오래간만에 와보니 사물이든 사람이든 크고 느긋한 데에 새삼 일종의 압박감조차 느꼈다.

잘 나가지도 않는 펜이 얼마 써놓지도 못했는데, 저녁 어스름은 밤의 어둠으로 획획 바뀌어 유리창 너머는 눈과 어둠이 어슴푸레한 명암을 이루고 있었다. 자연은 뭔가에 기분이 상한 듯이 밤과 함께 거칠어지기 시작했다. 저력이 있는 둔중한 공기가 소리 없이 무겁게 집 외벽에 어깨를 힘껏 기대고 있는 모습이, 다다미 위에 앉아 있으면서도 어딘지 모르게 느껴졌다. 자연이 싸락눈을 부채질해 사방팔방 내동댕이치면서 몸부림치고 아우성치는 그 드센 기색이 벌써 코앞에 닥쳐오고 있었다. 나는 창유리에 흰 무명 커튼을 쳤다. 자연의 폭위를 막아 내기 위해 인간이 고심해서 만들어 낸 이 처량한 가옥이라는 영토가 내 눈에는 보잘것없어 보였다.

별안간 우르르르… 하는 소리가, 운동이(이런 경우 소리나 운동이나 똑같다) 천지에서 일어났다. 시작되었구나! 나는 문득 구부렸던 등을 폈다. 동시에 자연은 윗니를 아랫입술에 대고 힘껏 길게 숨을 내뿜었다. 집채가 흔들렸다. 땅 위에서 폴폴 날던 눈들이 두세 번 반동을 하다가 일시에 하늘을 향해 모반이라도 일으키듯이 휘익 솟구쳐 올라가는 그 비장한 광경이 방 안에서 움츠리고 있는 내게 생생하게 상상으로 그려졌다. 오늘은 안 되겠다. 기다려 봤자 못 올 게다. 정거장에서 오는 길은 이미 눈에 깊이 파묻혀 버렸을 테니까. 나는 눈보라에 갇혀서 쓸쓸하게 이런 생각을 하면서 다시 책상 위에 시선을 떨어뜨렸다.

펜의 움직임은 툭하면 멈추어졌다. 가벼운 진통 같은 게 이따금씩 찾아왔으나 소중한 글은 태어나 주지 않았다. 이렇게 서글프고 안타까운 시간이 삼십 분쯤 지나고 나서였을까, 농장 관리인이 또다시 어기적거리며 방으로 들어와 손님이 왔다고 알린 것은. 내 기쁨을 자네도 상상할 수 있겠지? 역시 와주었구나. 나는 벌떡 일어나 사무실로 달려갔다. 사무실의 미닫이문을 열고 반 평이 넘는 큰 이로리가 만들어져 있는 부엌으로 가보니, 그곳 토방에 한 사내가 아직 구두도 벗지 않은 채 우두커니 서 있었다. 농장 관리인도 남편과 어울리게 키가 크고 뚱뚱한 그의 아낙도 보통 키로밖에 보이지 않을 정도로 손님이라는 사내는 키가 컸다. 말 그대로 거인이었다. 머리를 푹 덮어쓴 주머니 모자가 달린 검정색 외투를 입고, 눈 범벅이 되어 입에서 하얀 입김을 훅훅 내뿜는 모습은 실제로 인간이라는 느낌이 안 들 정도였다. 어린아이까지 겁에 질린 눈길로 엄마의 무릎 위에서 몸을 웅크리며 사내를 수상한 듯 쳐다보고 있었다.

자네가 아니라고 생각하니, 나는 기대가 어긋난 실망감 때문에 애가 마르던 신경이 한층 더 초조해지는 것을 느꼈다.

"자, 어서 이리 올라오세요."

농장 관리인은 내 손님이라고 하자 될 수 있는 대로 정중하게 이렇게 말하면서, 이로리 앞의 납작한 방석을 뒤집어서 놓아 주었다.[1]

사내는 머리를 약간 끄덕여 답례하고는 이로리 근처로 다가왔는데, 천장이 높고 널따란 부엌에 켜져 있는 환한 램프불과 타닥타닥 타고 있는 나무 옹이 무늬의 이로리 불빛은 이 사내를 커다랗고 검은 덩어리로 비출 뿐이었다. 사내가 흠뻑 젖은 낡은 군화를 다 벗을 때까지 기다렸다가 나는 잠자코 앞장을 섰다. 이제는 이 사내로 인해서 쓸데없이 시간만 낭비되는 일이 없도록, 불쾌한 일이 생기지 않도록 남몰래 빌면서.

방으로 들어와 두 사람이 앉은 뒤, 나는 비로소 젊은이를 똑바로 쳐다보았다. 사내는 어설프게, 그러면서도 꼿꼿한 자세로 바닥에 무릎을 꿇고 앉아 공손히 머리를 숙였다.

"오랜만에 뵙겠십니더."

네 평 크기의 객실에 울려 퍼질 정도로 걸쭉한 목소리가 왕왕거렸다.

"누구시더라?"

거구의 사내는 다소 멋쩍은 듯이 땀에 젖은 불그레한 이마를 만지작거렸다.

"저 기모토(木本) 아입니꺼."

"뭐? 기모토 군?!"

이 사내가 자네였던가. 나는 놀라움에 새삼 사내를 빤히 쳐다보지 않을 수 없었다. 신경질적이어서 키도 제대로 자라지 못할 것 같던, 체질적으로 병약해 보이던 우울한 소년 시절의 자네 모습은 어디로 갔을까? 또 낙엽송 표피에 삐죽삐죽 나와 있던 침엽 하나하나를 놓치지 않고 애무하고 이해하려던, 스케치북에서 연상되던 예민한 신경의 소유자다운 면모는 어디로 갔을까? 천을 겹쳐서 누벼 만든 작업복을 겹으로 껴입고 의젓하고 침착하게 앉아 있는 모습이 나보다는 십오 센티미터나 더 커 보였다. 근육으로 다져진 어깨 위에 똑바로 얹혀진 황소같이 굵은 목에, 길쭉한 구릿빛 얼굴은 건강 그 자체인 것처럼 떡하니 놓여 있었다. 근육질의 얼굴은 다부져 보였으나, 윤곽이 또렷한 눈, 코, 입에는 마음에서 우러나는 관대한 미소가 자연스레 배어나, 기름기 없는 용모를 푸근해 보이게 했다.

'이 얼마나 비할 데 없이 완벽한 사내인가?'

나는 내심 이렇게 감탄했다. 자네에게 애인을 소개하는 남자는 심한 시기와 의심의 눈빛으로 애인의 마음을 지켜보지 않고는 배기지 못하리라. 자네가 보여 준 훌륭한 남성미는 내게 이런 생각까지 하게 했다.

"눈보라가 몰아쳐 오기 힘들었지?"

"어데요.… 얼매나 더분지 땀이 줄줄 흐르데요. 그것보다 길을 몰라 애를 묵었는데, 마침 물방앗간 파수꾼을 만나서 금방 알 수 있었십니더. 그 사람 참 친절하시데예."

자네의 순수한 마음이 다른 사람의 마음과 금방 통한 것 같았다. 그 물방앗간 파수꾼은 사실 이 주변에서는 드물게 마음씨가 좋은 남자였다. 자네는 허리춤에서 수건을 뽑아 김이 날 정도로 땀에 젖은 얼굴을 몇 번이고 꾹꾹 눌러 닦았다.

저녁상이 들어왔다. "더는 못 참겠습니더" 하며 자네는 이제까지 곧은 자세로 꿇고 있던 무릎을 풀어 책상다리를 했다.

"이렇게 무릎을 꿇고 앉아 본 일이 별로 없어서예."

두 사람은 아이들처럼 즐거운 마음으로 상을 마주했다. 자네의 대식(大食)은 나를 유쾌하고도 놀라게 했다. 식후의 차를 밥공기로 세 그릇이나 연거푸 마시는 사람을 나는 처음 보았다.

저녁을 마치고 나서 한밤중까지 두 사람 사이에 오간 즐거운 대화를 나는 아직까지도 똑같은 즐거움으로 기억하고 있다. 문밖에서는 고비에 이르렀는지 폭풍우가 미친 듯이 휘몰아치고 있었고, 방 안에서는 스토브를 사이에 두고 책상다리를 하고 앉아 손버릇처럼 때때로 짧게 깎은 숱 많은 머리를 쓸어 올리는 자네의 반하지 않을 수 없는 얼굴이 온 방을 환히 밝혀 주었다. 자네는 묵직한 문진이 되어 작은 방을 눈보라에서 지켜 주는 듯이 보였다. 온기가 돌면서 자네 주위에서 풍겨 나오는 생선 비린내는 온 방에 진동했지만, 그것은 거친 대해를 생생하게 연상시킬 뿐 어떤 불쾌감도 일으키지 않았다. 사람의 감각이라는 것은 변덕스러운 것이다.

'즐거운 대화'라고 했으나 그것은 재미있다는 뜻과는 물론 다르다. 왜냐하면 자네는 가끔 서툰 언변의 말꼬리를 흐리며 무거운 표정을 짓곤 했으니까. 그리고 나도 자네의 어려운 처지와 갈피를 못 잡곤 하는 나 자신의 생활을 통감하면서 어두운 마음에 휩싸여야 했으니까.

그날 밤 자네가 내게 들려준, 그때 이후 지내 온 생활의 윤곽을 여기 대강 적어 두어야겠다.

삿포로에서 자네가 나를 찾아 주었을 때 자네는 도쿄에서 진학할 길이 끊어진 상태였다. 한때 홋카이도의 서해안에서 오타루(小樽)를 능가하여 활기를 띨 것 같던 이와나이항이 뚜렷한 이유 없이 발전은커녕 날로 퇴락해 가기만 할 뿐이었으므로, 자연히 자네 집안의 형편은 점점 어려워졌다. 자네 아버지와 형과 누이동생이 합심하여 식구대로 부지런히 일을 했음에도 불구하고, 자꾸만 수렁으로 빠져 들어가듯이 가운이 다해 가는 것은 어쩔 도리가 없었다. 학문에 별 흥미가 없었으므로 성적이 신통치 않던 자네가 예술에 투신하고 싶은 열의를 품으면서도, 나날이 한산해지는 옛 항구로 돌아갈 마음이 생긴 것은 그 때문이었다. 이런 사정을 감안해 보면 그때 자네의 얼굴이 왠지 어둡고 초조해 보였던 연유를 잘 알 것 같다. 자네는 고향으로 돌아가서도, 하다못해 일하는 틈틈이 마음에 두고 있던 풍경이라도 그릴 수 있기를 바라며 삿포로를 떠났을 것이다.

그러나 자네 집에서 자네를 기다리고 있던 것은 그런 여유 있는 생활이 아니었다. 나이 든 아버지와 태어날 때부터 어부로서의 체질을 갖추지 못한 형이 여느 어부들과 조금도 다를 바 없는 옷차림으로 그물을 뜨며 자네의 귀향을 맞이했을 때, 대규모 어장의 소유주라는 분위기가 집 안에서 싹 가신 것을 두 눈으로 똑똑히 보았을 때, 분명 자네는 그때까지의 생각이 너무 안이했다는 것을 알아차렸을 것이다. 충분히 생각해 보지도 않고 이런 생활의 소용돌이 속으로 자진해서 뛰어든 것을 자네의 예술적 욕구는 어디에선가 후회하고 있었다. 그날 밤 바다의 찝찔한 공기로 꽉 찬 방에서 베개를 베고 누웠을 때, 함정에 빠진 짐승 같은 초조감에 눈을 제대로 붙일 수가 없었다고 자네는 내게 고백했다. 그랬을 것이다. 그날 하룻밤 동안의 자네 심경을 유심히 생각하는 것만으로도 나는 강렬한 인상의 소품을 하나 완성시킬 수 있을 것이라고 생각한다.

그러나 효자에다 천성으로 순수한 마음을 지닌 자네는 자네를 맞이하는 생활에서 도피하는 짓은 하지 않았다. 깃의 호크도 채우지 않고 입던 교복을 벗어던지고 자네는 작업복을 걸치는 신분이 되었다. 명태에서 대구, 대구에서 청어, 청어에서 오징어 하는 식으로 사철을 손 놓을 새 없이 고기잡이에 매달리고, 일 년 내내 북해의 거친 파도와 격심한 기후와 싸워 가며 고독한 어부 생활에 몰두하지 않으면 안 되었다. 더구나 항구에 쌓아 올린 방파제가 기사의 터무니없는 계산 착오로 파도를 막는 대신 모래를 항구 안으로 끌어들이는 판국이 된 이후, 배를 매어 두기 편리했던 해안은 순식간에 여울로 변해 버려 출어하기에 이상적인 위치에 있던 자네네 어장은 폐물이 되고 말아 부득이 비싼 세를 내고 남의 어장을 써야 했고, 홋카이도 제일이라고 할 만큼 산란기가 되면 찾아오던 청어 떼도 해마다 줄어들어 그렇지 않아도 생활에 압박을 느끼던 자네 집은 온 가족이 마음을 합치고 힘을 다해 죽어라고 일해도 날이 갈수록 가난에 쫓겨만 갔다.

어질면서도 착하고 또 사내다운 마음씨를 가진 자네는 묵묵히 이런 상황을 지켜보고만 있을 수는 없었다. 피붙이들의 생계를 위해 자네는 정당한 땀을 흘리는 것을 뉘우치거나 수치스러워할 처지가 아니어서 즉시 노동 생활의 한가운데로 뛰어들었다. 추위와 더위, 파도와 힘든 작업, 거친 사내들과의 교류는 자네의 근골과 배짱을 강철처럼 단련시켰다. 자네는 하루가 다르게 거목처럼 늠름해졌다.

"이와나이에도 어부는 많지만 완력으로는 지를 당할 자가 하나도 없심더."

자네는 당연한 이야기를 하듯 이렇게 말했다. 내 앞에 앉은 자네의 모습은 내게 그 말을 믿게 했다.

빵을 위해 생활의 밑바닥까지 내려갔던 십 년의 세월―그건 짧지 않았다. 대부분의 사람은 아마 그 기간 동안 그런 생활에서 재도약할 힘을 잃고 말았을 것이다. 세상을 둘러보면 몇백만, 몇천만의 사람들이 이런 생활에 천부의 특이한 소질을 짓밟혀 허무하게 무덤의 풀이 되고 말 것이다. 이건 정녕 슬픈 일이고 부조리한 일이다. 그러나 누가 이 부조리한 세상에 비난의 돌을 던질 수 있으랴. 이것은 슬픈 일이기는 하지만 우리 한 사람 한 사람이 어깨 위에 짊어져야만 하는 부조리인 것이다. 특이한 소질을 매장시키면서까지 당면한 생활에 몰두하지 않으면 안 되는 사람들에게, 우리는 존경에 가까운 동정을 바칠 수밖에 없는 슬픈 인생, 그것이 있는 그대로의 실상이다.

빵을 위해서 모든 정력을 쏟아 부어야 했던 십 년―그건 짧은 시간이 아니었다. 그럼에도 불구하고 자네는 성격 속에 뿌리박혀 있는 그림에 대한 동경을 한시도 버리지 않았다. 버릴 수가 없었던 것이다.

비가 오나 바람이 부나 하루도 마음 편히 지낼 날이 없는 어부 생활에도 아무 일 없이 지낼 수 있는 며칠이 일 년에 몇 번은 있다. 그럴 때 자네는 한 권의 스케치북(조잡한 도화지를 대충 그물 줄로 엮은 초등학교용)과 연필 한 자루를, 물고기의 비늘과 살점이 묻어서 딱딱하게 말라 버린 작업복 주머니 속에 쑤셔 넣고 아침부터 훌쩍 집을 나서는 것이다.

"만나는 사람마다 지를 보고 미쳤다카데예. 하지만 지는 산을 가만히 바라보고 있으마 모든 걸 다 잊어버립니더. 누구였더라, 어떤 잡지에 「사랑은 뺏는 것」이라는 글을 써서 인간이 뭔가를 사랑하는 것은 그것을 강탈하는 행위라고 말했던 것 같은데, 지는 산을 쳐다보고 있으믄 그런 마음이 들래야 들 수가 없십니더. 산이 지를 지그시 끌어안아서 지는 그저 넋을 놓고 멍하니 바라보고만 있을 뿐이라예. 그런 심경을 그려 보고 싶어서 이런 서투른 장난도 해보지만 도무지 안 되데예. 그런 산의 마음을 그린 그림이 있다카마 한 번 보기라도 했시마 좋겠는데 없더라고예. 날씨도 좋고 기분도 좋은 날에 실컷, 능력껏 그려 봤으마 싶은데, 살기도 바쁘고 그려 봤자 역시 안 될끼 뻔하고. 색도 칠해 보고 싶지만 그림물감은 고향으로 돌아갈 때 그림을 좋아하던 친구한테 줘삐리서. 지 그림같이 못 그린 것에 색칠할라꼬 다시 사는 것도 아깝고. 바다를 보면 바다를 그리고 싶고, 산을 보면 산을 그리고 싶네예. 황송할 정도로 주변에는 멋지고 근사한 기 많은데 솜씨가 부족하네예."

이렇게 말하던 자네의 말투고 모습이고가 내게는 잊을 수 없는 추억이 되고 말았다. 그때는 책상다리를 하고 앉아 양쪽 정강이를 으스러질 듯이 꽉 움켜쥐고서, 가슴에 복받치는 흥분을 낮으면서도 굵은 목소리로 점잖게 나타내려고 애썼다.

우리가 한시 넘어까지 이야기를 나누고 잠자리에 든 뒤에도 휘몰아치는 눈보라는 눈곱만큼도 기세를 누그러뜨리지 않았다. 자네는 자네대로, 나는 나대로 묘하게 잠이 오지 않는 하룻밤이었다. 짓밟혀도 또 짓밟혀도 자연이 부여해 준 섬세하고 고운 마음씨를 잃지 않는, 잃을 수 없는 자네에 대해 생각했다. 금강신처럼 건장한 자네의 육체에서 소녀와 같이 민감한 영혼을 발견하는 것은 더없이 아름다운 일이라고 생각되었다. 자네 혼자만이 인생이라는 것을 밝게 만들어 나가는 것처럼 느껴지기조차 했다. 그리고 나는 내 일을 차분히 생각했다. 아무리 발버둥쳐 보아도 여전히 진정한 자기 개성을 발견해 내지 못하고, 자칫 비뚤어진 반항심이나 적개심으로 한때의 만족을 구하거나 생활을 삐딱하게 보는 데 흥미를 찾으려고 하는 마음의 빈곤, 그것이 나를 원통하게 했다. 그리고 그날 밤은 자네의 너무나 자연스럽고 대견한 성장과 그 성장에 대해서 자네가 갖는 무의식적인 겸양과 집착이 내 마음에 감동을 주었다.

다음 날 아침, 이러고 있을 수만은 없다며 자네는 눈보라에도 불구하고 돌아갈 채비를 했다. 농장의 장정들조차 좀 더 날씨를 지켜보다 가라며 한사코 말리는 것도 듣지 않고, 자네는 맨발에 딱딱하게 얼어 버린 군화를 신고 검정색 외투를 단단히 여미고서 토방에 섰다. 북국의 겨울 생활에는 유달리 손님이 그리운 법이다. 이별이 섭섭한 것이리라, 농장 사람들도 자네에게 인정스런 말을 한 마디씩 거들었다. 모자를 푹 덮어써서 춥지 않도록 여장을 갖추라는 모두의 권유에도, 자네는 순박한 겸손으로 모자도 쓰지 않고 묵직한 말투로 작별 인사를 마치고는 미닫이 유리문을 밀고 밖으로 나섰다.

나는 유리창을 톡톡 쳐서 바깥 창에 붙어 있던 눈들을 털어 내

면서 하얗게 쌓인 눈 속을 헤쳐 나가는 자네를 전송했다. 자네의
검은 모습은 — 역시 외투에 달린 모자를 쓰지 않아서 까만 머리
가 눈송이들에게 희롱당하고 있는 — 하얀 땅 위에 허리까지 파묻
혀, 때로는 짙게 때로는 엷게 줄무늬 모양처럼 비껴 내리는 눈보
라 속을 홀로 멀어지다가 이윽고 가물가물 보이지 않게 되었다.

그리고 자네가 떠나 버린 사무소는 다시 자네가 오기 전과 같
은 단조로운 적막감과 쌓여 가는 눈 속에 갇혀 버렸다.

내가 그곳을 떠나 도쿄로 돌아온 것은 그로부터 사나흘 지난
뒤였다.

4

이제는 도쿄의 겨울도 지나고 매화가 피고 동백꽃이 피는 계절
이 왔다. 태양이 낳아 주는 자애로운 빛을 대지는 가슴을 활짝 펴
고 빨아들이고 있다. 자네가 사는 이와나이 항구의 물은 아직 흘
러내리는 눈 녹은 물로 탁할 것이다. 강철을 물에 풀어 놓은 것 같
은 해면이 여차하면 날카로운 파랑을 일으켜 해안가를 향해 온종
일 공격을 퍼붓고 있다. 그래도 질척거리는 눈길을 재주껏 골라
밟으며 금붕어 장수가 천평칭을 메고 억지로 봄을 불러 깨우려는
듯 금붕어 사라고 외치는 계절이 되었을 것이다. 바닷가에는 쓰

가루(津輕)나 아키타(秋田) 근처에서 모여든 기러기 떼 같은 어부들이 청어잡이 그물을 손질하기도 하고 큰 가마솥을 걸기도 하며, 거무칙칙한 자연 속에 모포로 만든 장갑이나 외투의 현란한 붉은 빛을 뿌리며 다니는 계절이 되었을 것이다. 요즈음 나는 다시 묘하게도 자네를 떠올리곤 한다. 자네의 의욕적인 생활상을 머릿속에 그려 본다. 자네는 내 상상의 시야에 생생하게 나타나 눈앞에서 보는 것처럼 자네 생활과 그 주변을 내게 보여 준다. 예술가에게 꿈과 현실의 경계는 없다고 해도 과언이 아니다. 예술가는 현실을 바라보면서 잠들어 있을 때도 있고, 꿈을 꾸면서 눈 뜨고 있을 때도 있으니까. 내가 상상에 맡기며 여기에 자네 모습을 옮겨 보는 일을 자네는 거부할까? 나의 둔한 머리에도 동감이라는 것의 힘이 얼마나 작용할 수 있는지를 스스로 시험해 보고 싶다. 자네의 관대함이 이 일을 허락해 줄 것이라고 믿고 시작해 보겠다.

자네를 생각할 때마다 내 머리에 떠오르는 것은 뭐니 뭐니 해도 적막하고 무시무시한 홋카이도의 겨울 풍경이다.

5

기나긴 겨울밤은 아직도 날이 샐 줄을 모른다. 라이덴 고개(雷電峠)의 반대쪽 항만의 한구석에 길게 뻗어 나온, 만들다 만 방파제는 큰 뱀의 시체처럼 새까만 자태를 멀리 해면에 드리우고 있는데, 밤눈에도 허옇게 보이는 파도의 날카로운 이빨이 쉴 새 없이 그 옆구리를 물어뜯고 있다. 모래사장에 백 척 가까이 서로 엮어 놓은 목조선들은 뱃머리를 바다 쪽으로 향한 채 떨어져 나가지 않으려고 긴 돛대를 전후좌우로 흔들어대고 있다. 그 옆에 갖가지 어구와 도시락을 가지고 모여든 어부들은 간간이 말을 주고받으며 방파제 위에 세워진 조합의 일기 예보용 신호등을 바라보고 있다. 어둠 속에서 하양과 빨강 두 개의 불빛이 야조(夜鳥)의 눈처럼 반짝반짝 빛나고 있다. 빨강과 하양 두 개의 구슬은 위험 경계를 표시하는 신호다.

배를 띄우려면 첫닭이 울 때까지 기다려야 한다. 동네 쪽은 모두 잠이 들어 불빛 하나 보이지 않는다. 그 모든 것을 덮어씌우며 얼어붙은 구름은 장막처럼 허공에 낮게 걸려서, 소리를 내진 않지만 산에서 바다 한가운데로 끊임없이 내달리고 있다. 온통 눈으로 덮인 해안은 보이는 데마다 흰 물결이 철썩이며 부서지고, 바람이 공기 그 자체를 휩쓸어 가버릴 듯한 모진 찬바람이 눈에 갇힌 산으로 불고, 어부에게 불고, 바다로 불어대면서 쏜살같이 물과 하늘의 경계를 향해 빠져나간다.

어부들의 무리에서 좀 떨어진 곳에 무리 지어 있던 여인네들의 등에서는 어린아이가 악을 쓰며 우는 소리가 난다. 잠시 후 그 소리가 잦아들자 바람이 낳는 소리의 높고 기이한 침묵이 또다시 하늘과 땅에 충만해진다.

두 시간쯤 지났다고 생각될 무렵, 아무것도 분간할 수 없는 어둠 속에서 이오가타케(硫黃ヶ嶽)의 산정 — 오른쪽 어깨를 치켜 올리고 왼쪽 어깨를 내려뜨린 — 이 구름이 낳은 괴물처럼 공중에 드러나기 시작한다. 동작이 굼뜬 대지는 아직 관심조차 기울이지 않는데 하늘은 서둘러 새벽의 광채를 빨아들이기 시작한 것이다.

모범선(항구 안에 네댓 척 있는데, 배도 크고 노련한 어부가 타고 있어서 다른 배에 지시 및 진퇴 신호를 한다)의 선장들이 머리를 맞대고 의논을 시작한다. 날개 색깔이 기분 나쁜 까마귀들의 울음소리가 어디에선가 까악까악 소란스럽게 들려온다. 어부들의 무리도 여인네들의 무리도 돌같이 정지된 침묵에서 갑자기 활기를 띠기 시작한다.

"출발!"

그 술렁거림 속에서 조수로 녹슨 늙은 선장의 쉰 목소리가 높이 울려 퍼졌다.

어부들은 느리면서도 힘차게 지금까지 지키고 섰던 자리를 떠나 각자 맡은 곳으로 가서 자리 잡는다. 여인네들은 우왕좌왕 남편이나 오빠나 애인을 돌보느라 뛰어다닌다. 이제까지 도취한 듯이 마냥 물결에 흔들리고 있던 선미에서는, 무릎이 잠기는 데까지 물속으로 들어간 어부들이 뭐라고 소리치기 시작한다. 악악거리며 소란을 떨던 목소리가 한차례 들리는가 싶더니, 배는 하는 수 없다는 듯이 오른쪽으로 왼쪽으로 흔들리며 뱃머리를 높이 치켜들고 물마루를 헤치며 미친 듯 물결치는 해안가로부터 움직여나간다. 마지막으로 악을 쓰는 고함 소리와 함께, 느리던 이제까지의 동작과는 달리 어부들은 원숭이처럼 가볍게 몸을 날려 배 위로 올라탄다. 툭하면 뱃머리를 해안 쪽으로 돌리려는 배 안에서는 긴 삿대가 몇 개 물속에 꽂힌다. 배는 별수 없이 또다시 방향을 바꾸어 바다 한가운데로 나아간다.

이렇게 배가 출항할 때의 마음은 누구든 격렬한 알레그로[2]로 끝나는 음악의 한 소절을 상기할 것이다. 와글와글 떠들어대는 청중과 같은 구름이랑 소란스런 물결 소리 속에서 어부들의 둔하면서도 라르고 피아니시모[3]라고 할 만한 움직임은, 처음에는 주위의 소음 속에 가려지다가 점점 열정적이 되고 힘이 붙으면서 영혼을 얻은 듯 어부들이 탄 배가 물살을 가르며 점차 빠른 템포를 일정하게 유지하면서 바다 한가운데로 나가는 모습은, 악사의 손으로 한껏 힘차고 대담하게 연주되는 알레그로 몰토[4]를 연상시키고야 말 것이다. 모든 것이 긴장되어 있는 곳에는 언제나 음악이 탄생되는가 보다.

배는 이미 하나의 민활한 생물이 된다. 뱃전에서는 노를 지네 발처럼 뻗고 배의 꽁무니에서는 키를 고래 꼬리처럼 내밀고, 북국 지방 어부들 특유의 구성진 기합 소리에 힘을 얻으면서 시커멓게 덤벼드는 파도에서 튀는 물방울을 헤쳐 바다 한가운데로 한

가운데로 나가 해안으로부터 멀어져 간다. 해안에서 무리 지어 배를 전송하던 여인네들은 이미 생명이 없는 까만 돌멩이로밖에는 보이지 않는다. 어부들은 노를 저으랴, 용총줄을 조정하랴, 새어 들어온 바닷물을 떠내랴 분주하게 움직이면서, 그 까만 돌멩이들과 모범선의 꽁무니에서 한일자를 그으며 괴화(怪火)처럼 흘러가는 숯불의 불티를 지켜본다.

불이 붙은 숯 덩이를 긴 쇠 부젓가락으로 집어서 높이 치켜 올리면, 그것이 바람을 타고 잇달아 불티를 날려 보내는 것이다. 모든 배는 시종 그것을 지켜보면서 진퇴를 해야 한다. 숯불이 한 개 올라왔을 때는 날씨가 나빠지는 표시이므로 배를 멈추어야 하고, 두 개가 올라왔을 때는 안전해졌다는 표시이므로 전진하는 것이다.

새벽녘의 어둠에 맹렬하게 기세를 떨치는 바람과 파도 속에서 해면 가까이에 불꽃을 흩날려 푸른 불똥을 튀기며 타오르다 사위어 가는 그 빛들은, 수백 명의 어부들을 마음대로 지배하는 운명의 손이다. 그 빛은 운명을 좌지우지하며 바다 위로 길게 꼬리를 끌면서 사라진다.

어디서부터인가 물새 떼가 길고 흰 날개를 퍼덕이면서 바람을 가르고 배 위에 나타난다. 고양이 울음소리처럼 가늘게 서로를 불러대는 이 황량한 바다의 방랑자들은, 물결에 배를 스칠 듯이 낮게 내려왔다가 날개를 뒤집으며 높이 날아올라 바람에 맞서며 잠시 멈추었다가 생각을 바꾼 양 모두가 경쾌하게 바람에 실려 간다. 그 하얀 날개가 어떤 순간에는 밝게, 어떤 순간에는 어둡게 보이면서 긴 북녘의 밤은 가고 동이 터오는 것이다. 밤의 진한 어둠은 바다 밖으로 밀려 나가고, 동쪽 하늘에는 여명의 새로운 빛이 구름을 깨뜨리기 시작한다. 어마어마한 아침노을이다. 실수로 바다에 떨어진 악마가 살집 좋은 오른쪽 어깨만 물 위에 드러내 놓고 있다. 그 어깨와 같은 라이텐산 봉우리를 쓰다듬거나 두드리며 급하게 떼 지어 가던 먹구름은, 이로리 속에 보라색을 던진 듯한 빛깔로 타올라 산골짜기의 눈까지 투명한 연보라색으로 물들여 버린다. 그렇다고는 해도 새벽녘의 이 따사로운 빛의 색깔에 비해 얼마나 차가운 하늘의 바람인가? 긴 밤 동안 싸늘하게 식어 버린 지구는 지금 가장 차가운 숨을 내쉬고 있는 것이다.

자네 이야기를 빼면 안 된다. 이미 항구를 떠나 나뭇잎처럼 조그맣게 보이는 배 안에서 자네는 주낙을 준비하며 무시무시할 정도로 장엄한 이 태양의 서막을 바라보고 있다.

자네 아버지는 키 앞에 책상다리를 하고 앉아 때때로 청우계를 살펴보면서 변화가 심한 요즘의 일기를 예측하고 있다. 바다 속에서 태어난 듯한 늙은 어부의 주름지고 예리한 눈빛은, 구름 한 점의 징후조차 놓치지 않으려고 신경을 쓰면서도 얼굴에는 목각 같은 진득한 침착성을 보인다. 자네 형은 곱아서 제대로 움직여지지 않는 손을 펴 허리께의 두꺼운 천에다 문질러 열을 내면서 용총줄을 잡고 풍향과 풍속에 따라 돛을 조정하고 있다. 고용한 어부 두 사람은 그들대로 주낙의 본 줄에 삼 미터마다 달려 있는 낚싯바늘에 미끼를 달기 바쁘다. 바다 위를 한 바퀴 둘러보면, 항구를 떠나 이리저리 흩어져서 아침 햇살에 흰 돛을 반짝이는 배라는 배는 모두 한결같이 바다 한가운데를 향해 물살을 헤치며 달려가면서 자네 배와 똑같은 일에 열중하고 있다.

동이 트면서 해풍과 육풍이 뒤바뀌어 그토록 거칠던 북국의 겨울 바다도 한동안은 잠잠해진다. 이윽고 여울에 도착한다. 자네 일행은 물빛을 보기만 해도 바다 밑으로 뻗쳐 있는 육지와 바다 그 자체의 경계라고 할 수 있는 여울이 어디까지 형성되어 있는가를 곧잘 알아본다.

돛을 내린다. 달리던 기세로 인해 미끄러져 나가던 배는 키의 조종으로 오른쪽이든 왼쪽이든 방향을 바로잡는다. 그와 동시에 부표가 달린 주낙줄의 한끝을 얼음 같은 물속으로 첨벙첨벙 던진다. 삼사 킬로미터 가까이 되는 긴 줄이 전부 바다 위에 줄줄이 드리워지기까지는, 이른 아침부터 시작해도 해가 자오선 가까이에 닿을 때까지 걸린다. 자네 일행의 배는 노의 조종으로 뱃전에 물살을 받으며 마지못해 밀고 나간다. 철썩… 철썩… 한기로 인해서 비중이 높아진 해수는, 굳어 가는 기름 같은 무게로 진한 암청색을 띠고 구름 사이로 새어 나온 햇살에 희미하게 번쩍이는 주낙의 미끼를 하나씩 삼킨다.

이제까지 꽃 같은 무늬를 그리며 해면 군데군데 햇빛을 드리우던 하늘이 별안간 엷은 구름으로 덮이더니, 어디선가 가을비와도 같은 우박이 떨어져 해수에 거품이 인다. 배와 배 사이는 금세 엷게 풀이라도 바른 듯한 희뿌연 막이 생겨 구분된다. 자네 주위에서는 작고 흰 알갱이가 메마른 소리를 내며 요란하게 배의 바닥을 친다. 자네는 이 교활한 훼방꾼으로부터 털목도리로 감싼 얼굴을 돌리고 주낙을 열심히 내려뜨린다.

갑자기 하늘이 환해진다. 우박은 어디론가 사라졌다. 그리고 새파란 해면 위에 어선은 음지가 되었다 양지가 되었다 하며 뚜렷한 윤곽을 그리고서 물결에 흔들리며 쓸쓸히 떠 있다.

변덕이 심한 날씨는 하루에도 몇 번씩 이렇게 얼굴을 찌푸리곤 한다. 그리고 해가 서쪽으로 기울어지면서 이 언짢은 기분은 점점 심해진다.

추위고 더위고 가리지 않는 어부들도 몰아치는 강추위에는 움츠러들지 않을 수가 없다. 주낙 던지기가 끝나면 몸을 떨면서 다섯 사나이는 키 앞에 피워 놓은 풍로 주변으로 모여들어 커다란 밥통에서 손으로 주먹밥을 꺼내 정신없이 먹는다. 항구를 떠날 때는 한 덩어리로 뭉쳐 있던 요선[5]들도 지금은 나뭇잎처럼 조그맣게 각자 멀리 떨어져, 가련하고 외로운 모습을 러시아 영역으로 끝없이 이어지는 해원(海原) 여기저기에 띄우고 있다. 삼십 리도 더 떨어진 육지에는 높은 산들이 중턱 윗부분만을 물 위에 드러내고서 쌓인 눈이 햇빛을 받는 자리는 은처럼, 구름에 가려진 자리는 납처럼 묘하게도 험상궂은 윤곽을 그리고 있다.

어부들은 주먹밥을 씹으면서 어제의 어획고랑 오늘 예상되는 어획량에 대해 수더분한 말투로 주고받는다. 이럴 때 자네만은 자신이 그들 사이에서 별난 이방인임을 느낀다. 똑같이 노를 젓고 똑같이 용총줄을 다루면서도 이 얼마나 서글픈 마음의 거리감인가? 없애 버리려고 몇 번이나 시도해 보았으나, 곧바로 엄습해 오는 예술에 대한 집착은 어쩔 도리가 없다.

그렇지만 살아 있는 동안에는 사람의 모험심을 자극하여 무척 씩씩하고 믿음직스러운 남자로 보이고, 죽어서는 만인에게 영웅적인 최후를 추모 받으며 유족까지 생활을 보장받게 되는 비행장교조차 되려는 사람이 거의 없는 세상에, 날씨가 흐리든 맑든 날이면 날마다 목숨을 내던지고 긴장 속에서 온종일 노동하며 생명으로 지어 낸 것과 같은 밥을 먹으면서 일생을 보내야 하는 어부의 생활, 거기에는 조금도 유희적인 여유가 없고 목숨과 맞바꾸는 진실한 작업인 만큼 말로는 형용할 수 없는 고귀함과 엄숙함이 있다. 하물며 그들은 이 미련하고 억척스런 생활을 어찌할 수도 없고 힘도 들지만, 당연하고 정당한 생활로서 긍지도 허식도 없이, 불평 한마디 않고 순순히 멍에를 짊어진 소처럼 유순한 인내와 각오로써 용감하게 받아들이고 있는 것이다. 그런 모습을 보면, 자네는 운명의 덧없음과 아름다움을 동시에 느끼며 가슴이 옥죄어 온다.

이런 생각을 하노라면 자네의 마음의 눈에는 난파선의 가슴 아픈 광경이 생생하게 떠오른다. 자네 역시 키 앞에 앉아 다른 어부들과 마찬가지로 주먹밥을 먹고는 있지만, 어느 사이엔가 사람들의 대화에서 멀어져 생각에 잠기며 침묵하고 만다. 그러고는 끝없는 회상의 미로를 더듬어 간다.

6

그것은 어느 해 삼월에 자네가 조우한 쓰디쓴 경험의 하나다. 모범선에서 얼른 철수하라는 신호가 떨어져 이제까지 불안 속에서 일하던 어선들은 세차게 들이닥치는 파도와 싸우며 주낙을 걸어 올리기 시작했으나, 불기 시작한 폭풍은 일 초 일 초 드세질 뿐이어서 선장은 부득이 주낙줄을 끊어 버리도록 해야만 했다.

"또 돈을 바다에 내삐리게 생겼데이."

자네 아버지는 마음 깊이 탄식하며 중얼거리고 자네에게 주낙줄을 끊으라고 지시했다.

바다 위는 오로지 미쳐 날뛰는 바람과 눈과 파도뿐이다. 사방에서 휘몰아치는 바람이 마음껏 바다를 후려갈기므로, 끌어올린 듯이 높이 치솟은 삼각파가 경쟁하듯 맞붙고 나면 파도는 금세 새하얀 물거품의 산으로 바뀌고, 그 봉우리가 광풍에 부서지면서 무서운 기세로 아무데로나 쓰러진다. 눈도 뜰 수 없을 만큼 거센 눈발은 파도를 쫓아가기도 하고 파도에게 쫓겨나며 휘날리기도 하여, 마치 바람의 분노에 도전하는 작은 악마처럼 얄밉게 춤추며 우왕좌왕 날아다닌다. 광풍에 날려 떨어진 구름 조각들은 커다란 안개 덩어리가 되어 해면에 닿을 듯 말 듯 바다 위를 화살보다 빨리 달아난다.

눈과 새어 든 해수 때문에 풀칠한 것보다 더 미끄러운 배 바닥을 자네는 기어가듯 뱃머리로 다가가, 왼손으로는 뱃줄의 쇠고리를 단단히 움켜쥐어 자리를 잡고 오른손에는 자석을 들고 큰 소리로 배의 진로를 뒤로 전한다. 어부 두 사람은 바람받이가 된 뱃전에서 큰 삿대 두 개를 내밀어 단단히 동여맨다. 배의 전복을 조금이라도 막아 보려는 것이다. 자네 형은 용총줄을 붙잡고 키 앞에 있는 아버지의 지시대로 돛을 올렸다 내렸다 실수하지 않으려고 안간힘을 쓰고 있다. 그러면서도 끊임없이 새어 들어오는 바닷물을 연신 뱃전 너머로 퍼낸다. 목청껏 지르는 서로의 목소리는 묘하게 들떠서 바람에 절반쯤은 지워지지만, 다섯 사람의 귀에는 매우 크게도 마음 든든하게도 들려온다.

"오른쪽으로!"

"오른쪽으로 돌리라!"

"오른쪽, 오른쪽이데이!"

"용총줄을 내리라아!"

"요선들은 안 비나? 있시마 달라붙어라!"

어떻게 붙을까 망설이는 것 같던 질풍이 이윽고 방향을 정했는지, 지금까지 목표도 없이 마냥 소란만 떨고 있던 삼각파는 점차 구릉만하게 넘실거리기 시작했다. 말 그대로 수평으로 휘몰아치는 눈발 속을, 뒤쪽에서 올려다보는 듯한 엄청난 물이 쌓여 상상도 못할 정도로 빠르게 밀어닥친다.

"엄청난 파랑이데이!"

긴장할 대로 긴장한 다섯 사람의 마음은 또다시 더 무서운 긴장 속에 휩싸였다. 어지러울 정도로 빠르던 배의 속도가 별안간 머뭇거리며 뒤로 빨려 들더니 배의 꽁무니가 불안하게 치솟으면서 배 안에 있던 물건들이 와르르와르르 앞으로 고꾸라진다. 사람들도 무엇엔가 매달리며 균형을 잡으려는 순간, 배 전체가 번쩍 치켜 올려지면서 기분 나쁠 정도로 꼼짝 않고 있더니 나락으로라도 떨어지는 듯한 무서운 기세로 파도를 타며 미끄러져 내려간다. 동시에 고막이 터질 듯한 큰 소리를 내며 거대한 파랑은 뒤로 벌렁 나자빠진다. 용솟음치는 물거품의 혼란 속에서 배가 흔들리는 와중에 앞을 바라보자, 일단 무너져 내린 파랑은 또다시 거대한 구릉으로 돌아가 눈앞의 허공을 높직이 가로막다가는 순식간에 악몽처럼 멀어져 갔다.

안도의 숨을 내쉴 겨를도 없이 뒤를 돌아보니 또 산더미 같은

파랑이다. 물의 산이다. 그때,

"위험하다!"

"우지끈."

하는 무시무시한 소리를 동시에 자네는 들었다. 그와 동시에 야수같이 민첩하게 몸을 바로잡으며 뒤를 돌아보았다. 밑동이 부러져 옆으로 쓰러져 가는 돛대와 졸지에 목숨을 잃은 것처럼 주름지며 접히는 돛, 그 밑에서 눈이 튀어나올 듯이 부릅뜨고 입을 헤벌리고 있는 자네 형의 얼굴이 눈에 들어왔다.

자네는 순간적으로 몸을 돌려 머리 위로 떨어지려는 돛대로부터 감싸 주었다. 사람들은 노를 잡으려고 법석을 떨었다. 그러나 마냥 날뛰는 배의 요동을 이겨 낼 재간이 없다. 돛이 자유로운 한 결코 배는 뒤집히는 일이 없게 할 자신이 있는 사람들이지만, 돛을 빼앗긴 마당에 손쓸 방도가 없는 것이다. 멈추어 버린 배에서 키는 더 이상 말을 안 듣는다. 배는 파도가 요동치는 대로 미친 듯이 흔들거린다.

첫 번째 파랑, 두 번째 파랑, 세 번째 파랑에서는 천운이 배를 전복에서 구해 주었다. 그러나 유난히 큰 네 번째 파랑을 보았을 때 사람들은 단념해야 했다.

눈발 때문에 부옇게 보이는 시커먼 산, 그 꼭대기에서는 불이 타오르는 것처럼 번쩍번쩍 흰 물마루가 솟았다가는 사라지고 사라졌다가는 솟아나며 매순간 높아졌다. 매섭게 부는 바람까지 파랑에 가로막혀 배 주변에는 끔찍한 정적이 펼쳐졌다. 그것만 보아도 파도 저 너머에서 밀고 또 밀고 들어오는 바람이 얼마나 거세고 강력한지를 알 수 있다. 선미를 파랑 쪽으로 바꾸지도 못하고 맥없이 표류하는 배 앞까지 줄달음쳐 오던 산더미 같은 파도는 갑자기 먹이에게 달려드는 맹수처럼 힘껏 발돋움을 했다. 그렇게 생각한 순간, 파두는 불어 닥치는 바람에 뒤로 몸을 젖히는가 싶더니 와르르 무너져 내렸다.

큰일 났다고 생각한 순간에는 이미 때가 늦어서 자네 일행은 전신을 찢길 정도로 새하얀 포말을 뒤집어쓰고는, 뒤집힌 선체에 매달리려고 버둥거리고 있었다. 자네의 눈길이 닿는 곳에는 자네 형이 머리부터 홀딱 젖은 채 미끄러워 잡을 만한 데가 없는 뱃전에 손을 댔다가는 미끄러지고 손을 댔다가는 미끄러지곤 한다. 자네는 큰 소리로 무슨 말인가를 건넸다. 형도 큰 소리로 뭐라고 하는 것 같았다. 그러나 서로 크게 벌리는 입만 보일 뿐 소리는 아예 들려오지 않는다.

비교적 작은 파도가 연달아 밀려와서는 배를 들었다 내렸다 했다. 그때마다 자네 일행은 배와의 인연이 끊겨 물속에서 표류해야 했다. 입고 있던 작업복 속까지 물이 스며들어 쇳덩어리처럼 무거운데 자네는 일사불란하게 움직이는 손발만큼이나 바쁘게 코앞에 닥쳐온 죽음으로부터 벗어날 길을 궁리했다. 희한하게도 마음의 윗부분은 어쩔 줄 몰라 당황하고 있으나, 마음의 밑바닥은 무서울 정도로 침착했다. 그것은 자네 자신조차 섬뜩해질 정도였다. 하늘이고 바다고 배고 궁리고 간에 어느 것 하나 목표도 없이 동요하지 않는 것이 없는 가운데, 자네 마음의 밑바닥만은 요상하게 차분해져서 죽진 않을 거라고 기정사실화하고 있는 배포가 도리어 두려워졌다. 그것은 '죽기 싫어', '살고 싶다', '살 수만 있다면 무슨 일이 있어도 살아야 해', '죽을 수 없다', 이런 본능의 논리적 결론이었던 것이다. 이 무섭고 맹목적인 생에 대한 집착만이, 그리고 그 결론만이 요지부동하게 자네 마음의 밑바닥에 떡하니 자리 잡고 있는 것이다.

자네는 이 강렬하고 음산한 충동에 휩싸이면서도 전복하여 물에 잠긴 배를 뒤집기 위한 노력에 여념이 없었다. 나머지 네 사람의 마음도 자네와 다르지는 않았는지, 험난한 역경과 싸우면서 자네가 있는 뱃전 쪽으로 몰려왔다. 그리고 서로 의논이라도 한 것처럼 함께 힘을 합쳐 배의 동체로 기어오르려고 하자 배는 한쪽으로 기울어지기 시작했다.

"자, 쬐매만 더!"

자네 아버지가 쥐어짠 생명을 목소리로 바꾼 것처럼 외쳤다. 일동은 다시 온 힘을 쏟았다.

때마침—정말이지 때마침, 천운이었다—그때 배의 옆구리로 산더미만한 파도가 밀려와 한쪽으로만 사람의 무게가 실린 배가 발딱 뒤집혔다. 뱃전까지 찰랑찰랑 물이 찼지만 여하튼 배는 뱃머리를 파도 쪽으로 향하고 수면 위에 떠 있었다. 배가 뒤집히는 바람에 다섯 사람 모두가 얼음 같은 바다 속으로 빨려 들어갔으나, 그 반동을 타고 배 위로 풀쩍 몸을 날리려고 했다. 그러나 두둑이 껴입은 옷은 물에 흠뻑 젖어서 여차하면 파도에 쓸려 가려고 했다. 사람들이 한쪽 뱃전에만 매달려 힘을 주면 또다시 뒤집힐 것은 뻔한 이치다.

생사의 기로에 빠져 있는 사람들의 본능은 무서울 정도로 민첩하게 움직이는 법이다. 다섯 사람 중 두 사람은 얼른 반대쪽 뱃전으로 돌아갔다. 그러고는 서로 얼굴을 바라보면서 "앗!" 하는 기합 소리와 함께 상반신의 무게를 뱃전에 실었다. 다리는 배 밑에 남아 있었지만 상반신을 물에서 건져 낸 사람들의 얼굴에 나타난 형용할 수 없는 긴장된 표정―그 모습을 자네는 잊을 수가 없다. 다음 순간 엉엉 소리 내 울든가, 그렇지 않으면 자신도 모르게 미친 듯이 웃든가 둘 중 한 가지가 나타날 것만 같은 표정―그 모습을 자네는 잊을 수가 없다.

이러한 모든 결사적인 노력은 쏟아지는 눈과 미쳐 날뛰는 파도와 해면을 스치며 달아나는 구름으로 나타난 자연의 분노 속에서 이루어졌다. 격노한 자연 앞에서 인간의 존재는 티끌만도 못했다. 인간 따위는 완전히 무시당하고 있었다. 그럼에도 불구하고 사나이들은 완강하게 자기들의 존재를 주장했다. 눈도 바람도 파도도 자네 일행은 안중에 없었지만, 자네 일행은 억지로 그것들에게 자신들의 존재를 각인시키려고 애썼다.

뱃전을 타 넘으며 질주하던 말 같은 물마루가 잇달아 빠져나간
다. 그 물벼락에 허리까지 잠기면서 자네 일행은 배 안에 남아 있
던 도구들을 닥치는 대로 집어 들고 움직여 죽음에서 벗어날 길
을 개척했다. 어떤 자는 노를 집어 들었다. 어떤 자는 깔판을, 어
떤 자는 물 퍼내는 바가지를, 어떤 자는 긴 수세미 자루를 무엇과
도 바꿀 수 없는 무기처럼 잔뜩 움켜쥐었다. 그리고 뱃전에서 몸
을 내밀고 어린아이들이 그러듯이 바닷물을 헤치기도 하고 물을
퍼내기도 했다.

수그러들 기색이 보이지 않는 광풍은 끝없이 바다 위로 불고
또 분다. 눈에 보이는 거라곤 오로지 물마루뿐이다. 영리한 개처
럼 민감하게 방향을 잘 알아내던 어부들도 지금은 어디가 동이고
어디가 서인지 구분이 안 간다. 동서남북을 절구 속에 넣고 찧은 것
처럼 혼란스러웠다.

어슴푸레한 암흑. 하늘에서부터인지 땅에서부터인지 모르게 터
져 나오는 대규환. 그 외에는 아무것도 없다.

'죽진 않는다!'

이런 상황에서도 자네 마음의 밑바닥은 묘하게 차분했다. 음산
한 기분으로 이 한 가지를 생각한다.

자네 옆에는 젊은 어부가 하나 있었는데, 그의 오른쪽 관자놀
이 부근에서 선명한 빛깔의 빨간 피가 줄줄 흘러내렸다. 그것만

이 또렷이 자네 눈에 들어왔다.

'죽진 않는다!'

그 모습을 보면서 자네는 그 생각만 했다.

이런 필사적인 노력이 몇 분이나 계속되었을까, 몇 시간이나 계속된 걸까, 시간이라는 것이 깨끗이 사라져 버린 이 세계에서는 전혀 알 수가 없다. 그러면서도 아무튼 자네가 아무것도 담아낼 수 없는 마음속에 피로라는 느낌을 의식하며 큰일 났다고 생각할 즈음이었다. 돌연 한 어부가 큰 소리로 뭐라 외친 것은. 지금까지도 다섯 사람은 뭐라고 끊임없이 서로에게 소리를 지르고 있긴 했으나, 이번의 외침은 이상하게 똑똑히 모두의 귀에 울려 왔다.

나머지 네 사람이 약속이라도 한 것처럼 그 어부를 쳐다보고는 그의 눈길이 머문 곳으로 시선을 더듬어 갔다.

배! ···· 배!

희뿌연 눈보라의 장막 저편에 똑똑히는 보이지 않았으나, 파도를 타며 사십오 도 각도로 뱃머리를 아래쪽으로 향하고 돛을 활짝 펼친 채 화살보다 빠르게 달리고 있는 배 한 척.

그것을 보자 뭔가가 복받치듯이 자네 가슴이 뭉클해졌다. 문득 서러운 눈물이 쏟아질 것 같은 심정이 되었다. 무엇보다도 먼저 자네 일행은 그 배를 향해 구조를 요청하며 가까이 다가가야 할 터였다. 다른 사람들도 자네와 마찬가지로 분명 눈앞에서 뭔가를 확인한 듯이, 이상한 소리를 지른 어부가 눈을 동그랗게 뜨고 응시하는 부근을 너도나도 바라보고 있었다. 그러면서도 누구 하나 자기네 배를 그쪽으로 밀고 가려는 사람은 없었다. 그것을 의아하게 여기는 자네조차 마음만 설레고 감상적이 될 뿐 재빠르게 움직여야 할 손은 도리어 힘이 빠졌다.

흰 돛을 활짝 펼친 그 배는 여전히 뱃머리를 아래로 향한 채 화살처럼 질주하고 있다. 몰아치는 눈보라에 가려 승선한 사람의 수는 잘 보이지 않았고, 물 위에 비교적 높게 나타난 배의 동체는 나무 색깔이라기보다 금방 칠한 회벽처럼 하얗게 보였다. 그런데 이상한 일은 물마루를 탈 때나 파도의 중턱을 탈 때나 뱃머리는 여전히 아래쪽을 향하고 있다는 사실이었다. 바람의 강약을 따라 돛을 올렸다 내렸다 하는 기색도 없다. 언제까지나 눈앞에 보이면서 사십오 도 정도 뱃머리를 아래로 향한 채 화살보다 빨리 달리고 있다.

문득 정신을 차리고 보니 그 배는 어느 사이엔가 물에서 떨어져 있었다. 파두에서 이십오륙 미터 정도 올라간 위치에서 배는 기울어진 채 화살보다도 빠르게 달리고 있는 것이다. 자네의 머릿속은 전율로 옥죄어졌다. 동시에 배는 점점 커지며 희미해져 갔다. 어느 사이엔가 그 동체는 사라져 버리고 오직 하얀 돛만 화살보다 빨리 움직여 가는 것이 보일 뿐이었다. 그러다가 그 희고 큰 돛까지 휘몰아치는 눈발 속에 희미해지더니 지워 버린 듯이 이윽고 보이지 않게 되었다.

성난 파도, 하얀 포말, 하염없이 쏟아지는 눈발, 눈앞을 스치며 달아나는 구름 안개, 자연의 대규환… 그 한가운데서 의지가지없이 시달리고 있는 자네네 조그만 목선… 역시 이 배 한 척뿐이었다.

생과 사를 헤매다 지친 상태에서 긴장할 대로 긴장한 신경에 일어난 환각이었음을 깨달은 자네는 별안간 일종의 음산한 기분이 들면서 한꺼번에 기운이 쑥 빠져 버렸다.

아까 기괴한 소리로 외치던 그 젊은 어부는 잠자듯이 스르르 정신을 잃더니, 비실거리다가 배의 바닥에 푹 쓰러지고 말았다. 어부들은 귀신에 홀리기나 한 것처럼 저도 모르게 극도의 불안감을 드러내며 서로의 얼굴을 마주보았다.

'안 죽는다!'

신기하게도 그 쓰러진 사내를 보며, 또 어부들의 불안해하는 모습을 보며, 자네는 질리지도 않고 음산한 기분으로 이 생각을 했다.

자네 일행이 정말로 한 척의 요선과 마주치기까지는 얼마의 시간이 흘렀을까? 그러나 어쨌든 운명은 자네 일행에게 무심하지는 않았던 모양이다. 갑자기 기운을 열 배나 얻은 어부들이 필사적으로 자네 배와 그 배를 연결시키고, 살짝 얼은 돛을 형태만 갖추어 올린 다음 바람이 미는 대로 배를 움직여 갈 때는 뭐라 형용할 수 없는 행복한 감사의 마음이 울컥 가슴께로 복받쳐 올라왔다.

배가 뭍에 닿으면 충분한 치료를 해줄 테니 잠시만 참아 달라고 마음속으로 용서를 구하며, 쓰러져 있는 젊은 어부를 배의 한쪽 구석으로 안아다 누인 자네는 곧 자기가 해야 할 일에 매달렸다.

이윽고 진행 방향의 물결 위에 어렴풋이 라이덴산의 봉우리가 보이기 시작한다. 산의 다리는 바다 속에서, 꼭대기는 구름 속에서, 허리는 눈 속에서 시달림을 받으면서 의연히 버티고 있는 것이 비로소 자네 일행의 눈앞에 나타났던 것이다. 그 모습을 발견했을 때 어부들 가슴의 울렁거림이란… 물고기가 물을 만난 듯한, 야수가 산에 풀려난 듯한, 태양이 서쪽을 찾아낸 듯한 그 기쁨이란… 배 안의 사람들은 저도 모르게 일시에 몸을 일으켜 까치발을 했다. 사람들의 마음까지 모두 일어났다.

"라이덴 고개가 보인다!… 북쪽으로 꺾어라, 키를… 암초를 조심해라! …눈사태도 조심해야 된데이…"

이런 소리들이 이 사람 저 사람 입에서 튀어나왔다. 그건 그렇고 배는 꽤나 멀리까지 흘러내려갔던 모양이다. 라이덴 고개에서 오십 리 정도 떨어진 여울에 있었는데, 어느 사이에 이런 곳까지 와 있었던 것이다. 순식간에 바람과 파도에 밀린 배가 눈보라 속에서 빨려 들어가듯이 시커멓게 하늘까지 뻗친 기암절벽 쪽으로 다가가는 것을 막으려고, 어부들은 돛의 방향을 바꾸고 노로 밀어내고 뱃전으로 튀어 드는 물세례를 받으며 배를 북쪽으로 몰고 갔다.

122

육지에 가까워질수록 파도는 더 더욱 분노한다. 갈기를 바람에 휘날리며 날뛰는 야생마처럼 물마루는 물결의 이삭이 되고, 물결의 이삭은 물방울이 되고, 물방울은 물보라가 되고, 물보라는 안개가 되고, 안개는 또다시 새하얀 파도가 되어 숨도 쉬지 않고 잇달아 산기슭으로 덤벼든다. 산기슭의 암벽에 부딪힌 파도는 끓어오른 열탕을 뿌린 것처럼, 수증기 같은 하얀 물방울을 대여섯 길도 넘게 높이 튀기고는 그 반동으로 바다 속으로 쏴아 쏟아진다.

이 맹렬한 기세를 느꼈기 때문일까, 절벽 끄트머리에 쌓여 있다가 서서히 사면으로 미끄러져 내려온 적설이 엄청난 땅울림과 함께 몇백 길의 높이에서 한꺼번에 쏟아져 내려온다. 산꼭대기에서 떨어질 때는 한 줌의 은가루에 지나지 않던 눈덩이가 눈 깜짝할 사이에 점점 불어나, 유성처럼 흰 꼬리를 길게 끌면서 소리 없이 쏜살같이 떨어진다. 앗 하고 놀랄 사이도 없이 그것은 몇십 미터에 달하는 수정발(水晶簾)로 변모한다. 우르르 쾅! 쏴아! 넓은 해면이 코앞에서 새하얀 평야가 된다. 겹겹이 밀려오는 산더미 같은 파도는 얼씬도 못하고 밀려나 잔물결조차 일지 않는다. 휘이잉 광풍이 사방에서 불어 닥친다. 그 대단한 기세.

자네 배는 악귀에게 쫓기고 있는 것처럼 두려움에 떨면서 열심히 동북쪽으로 키를 튼다. 자석과 같은 육지의 흡인력에서 겨우 자유로워진 배는 또다시 넘실대는 구릉 같은 파도와 싸우지 않으면 안 된다.

그래도 이와나이항이 파도 사이로 숨었다 보였다 하기 시작하자 어부들의 힘은 갑자기 다섯 배, 열 배가 되었다. 이제까지의 인원의 갑절은 타고 있는 듯이 배는 엄청난 속력으로 달렸다. 바닷가에서 쏘아 올린 봉화가 캄캄한 하늘에 번쩍 보랏빛으로 빛났다가 불꽃을 흩뿌리며 어둠 속으로 사라진다. 그것을 목표삼아 어부들은 묵묵히 모든 노를 부지런히 움직여 젓고 또 젓는다. 그 이상한 침묵이 도리어 서로 외쳐대던 처참한 고함 소리보다 마음 든든하게 느껴진다.

배가 파도를 탈 때는 해안가에 모여서 웅성거리고 있는 군중까지 보였다. 이윽고 폭풍 속에서 대포 소리 같은 폭음이 배에까지 들려왔다. 그러고는 구조용 밧줄이 뱀처럼 하늘에서 구불거리며 날아와 배에서 이십오륙 미터쯤 떨어진 물속에 풍덩 빠졌다. 어부들은 그곳으로 배를 몰고 가려고 부산을 떨었다. 두 번째 폭음이 들려왔다. 밧줄은 정확히 배에 떨어졌다. 어부 두셋이 비틀거리며 밧줄 있는 곳으로 달려갔다.

봉화의 불꽃이 소리 없이 일정한 간격을 두고 괴화처럼 먼 허공 속으로 활짝 피어올랐다가 흩어지곤 한다.

배는 밧줄에 끌려 빠른 속도로 육지 쪽으로 다가간다. 물의 깊이가 얕아지자 기를 쓰며, 소란스럽게 일렁거리는 물결 속에서 서로 단단히 연결된 두 척의 배가 반쯤 물속에 잠겨 빈사 상태로 전진하고 있다.

자네는 비로소 제정신이 들었는지 늙은 아버지가 있는 곳을 돌아다보았다. 아버지는 무릎까지 물에 잠긴 채 조타수 자리에 앉아 자네를 가만히 응시하고 있다. 지금까지 연신 자네와 자네 형을 응시하고 있었던 것이다. 그렇게 생각하자 자네는 뭐라 표현할 수 없는 혈육의 정에 사무쳤다. 자네 눈에서는 저절로 뜨거운 눈물이 핑 돌았다. 자네 아버지는 그것을 보았다.

'아버지가 살아서 갖고 다행입니더.'

'니가 살아 있어서 내도 기쁘다.'

두 사람의 눈은 한순간에 서로에게 애정을 담아 이런 말을 주고받았다. 그리고 이 기쁜 마음을 전하는 눈을 서로가 떼려고 하지 않는다. 그런 채로 잠시 시간이 흘렀다.

자네는 흡족한 마음으로 다시 일을 시작한다. 이미 눈앞에는 이와나이 동네가, 지저분하고 가난하기는 하지만 자네에게는 정겨운 이와나이의 집들이 새로 태어난 것처럼 쭉 늘어서 있었다. 수난 구제회의 제복을 입은 사람들이 우왕좌왕하며 뛰어다니는 모습이 똑똑히 눈에 비쳤다.

뭐라고도 할 수 없는 원기 왕성한 새로운 힘, 밀물처럼 가슴 밑바닥에서 불끈불끈 용솟음치는 새로운 힘을 느끼며 자네는 '한번 해보자' 하는 각오를 다지듯 노를 으스러지도록 움켜쥐었다. 그러고는 기합을 넣어서 기운을 돋우며 젓기 시작했다. 눈물이 줄줄 뺨을 타고 흘러내렸다.

벙어리처럼 지금까지 잠자코 있던 다른 어부들의 입에서도 별안간 씩씩한 기합 소리가 터져 나와 자네에게 호응했다. 노는 베틀의 바디처럼 물결을 가르고 찢으며 격렬하게 움직였다.

해안에 있는 사람들이 불러대는 소리가 자네 일행의 귀에 들려왔다. 그러자 자네는 점점 꿈속으로 빨려 들어가듯이 아련한 느낌이 엄습해 왔다. 다시 한 번 아버지를 바라보았다. 아버지는 조타수 자리에 앉아 있었다. 그러나 그 모습은 아까처럼 자네에게 아무런 애틋한 느낌도 주지 않았다.

이윽고 배 밑창에 사각사각 모래 스치는 소리가 났다. 배는 지체 없이 자네가 태어나고 자란 그 땅 위로 끌어올려졌다.

'죽진 않았다.'

하고 자네는 생각했다. 동시에 순간 눈앞이 캄캄해졌다. … 자네는 그 다음 일이 어떻게 되었는지 모른다.

7

자네는 어부들과 무릎을 나란히 하고 주먹밥을 입으로 옮기면서 마음만은 마치 이방인처럼 떨어져 나와 이런 생각을 해본다. 얼마나 진지하고 험난한 어부의 생활인가? 인간이란 살기 위해서는 싫더라도 죽음 근처까지 가지 않으면 안 된다. 말하자면 몸을 던져 죽음에게 다가가 죽음이 한눈팔고 있는 사이에 날치기하듯 생의 한 조각을 빼앗아 도망쳐 와야 하는 것이다. 죽음은 모르는 체하고 봐준다. 인간은 빼앗아 온 생을 즐기며 핥아먹지만 얼마 안 있어 그 생은 또 바닥이 나고 만다. 그러면 또다시 죽음의 눈치를 살피며 죽음 쪽으로 살금살금 다가간다. 어떤 자는 죽음이 너무나 무관심해 보여 그만 마음 놓고 대담하고 거만하게 굴려고 한다. 그러면 죽음이 한입에 삼켜 버려 그자는 이미 저 세상 사람이 되는 것이다.

어떤 자는 나이를 먹으면서 무기력해져 죽음의 모습이 날로 무섭게 눈에 비치기 시작한다. 그래서 그 죽음에 가까이 가려는 모험을 주저한다. 그러면 죽음은 성가시다는 듯 서서히 엉덩이를 들고 일어나 슬금슬금 그자에게 다가온다. 방울뱀의 표적이 된 작은 새처럼 그자는 옴짝달싹 못하고 만다. 다음 순간 그자는 이미 저 세상 사람이 되는 것이다.

사람이 살아가는 모습은 이런 식이라는 생각이 든다. 정말이지 무상하다고도 뭐라고도 표현할 길이 없다. 그중에서 어부의 삶은 유독 치열하다. 그들은 죽음을 향해 싸움을 걸기라도 하는 듯한 절박한 심정으로 출항한다. 어쨌든 육지에서는 위선도 미봉도 어느 정도 통용된다. 어떤 의미에서는 필요하다고까지 생각된다. 바다 위에서 이런 것은 약에 쓰려고 해도 없다. 맨몸뚱이뿐인 실력과 천운만이 모든 어부가 믿는 구석이다. 그런 생활은 정말이지 비장하다. 그들이 그것을 의식하지 않고 모두가 이렇게 살아가는 거라고 체념하며, 의심도 불평도 없이 자신을 위해 또 부양해야 할 부모와 처자식을 위해 날마다 배 밑 바로 아래는 지옥인 경계에 몸을 내던져 뼈가 으스러지도록 열심히 일하는 모습은 정녕 비장하다. 그리고 비참하다. 무슨 연유로 인간은 이런 끝이 보이지 않는 고생을 하며 살아가야 한단 말인가?

세상에는, 특히 자네가 소년 시절을 보낸 도시에서는 날마다 안일한 삶을 식상할 정도로 탐하면서 평생을 꿈결처럼 보내는 사람이 있다. 도시만의 이야기가 아니다. 점점 쇠락해 가는 이 이와 나이의 작은 동네에도 이삼백만 엔의 재산을 조상으로부터 물려받아 오타루에 근사한 별장을 지어 첩을 들이고, 자신은 도쿄의 어느 고등학교를 어찌어찌 졸업하고, 대화를 나누어 보면 그다지 우둔해 보이지 않으나 일 년 내내 이렇다 할 직업 없이 무료함을 달래기 위한 향락에 몸을 맡기고, 그래도 다 쓰지 못하고 남은 정력은 부자들의 사치의 하나인 짜증으로 푸는 사람이 있다. 자네는 그런 사내를 잘 알고 있다. 초등학교 시절에는 교실까지 같은 반이었다. 그랬는데 십 년인가 하는 세월 동안 두 사람의 생활은 엄청나게 격차가 벌어진 것이다. 자네는 그런 사람들을 부럽다고 생각해 본 적이 한 번도 없다. 그 사람들의 생활이 얼마나 공허한지 상상할 줄 아는 힘을 자네는 충분히 지니고 있으니까. 그리고 그들이 그런 생활로 나가는 것도 일리가 있다고 납득한다. 돈은 있는데 재능이 평범하다면 그런 식으로나마 어느 정도 삶의 권태에서 벗어날 수밖에 없으리라고 은근히 동정심마저 생긴다. 그 사람들이 생에 포만감을 느끼며 사는 건 좋다. 그러나 자네 주변에 있는 사람들은 왜 그런 무시무시한 생사의 갈림길 속에서 요행을 바라는 운명에 놓여 있는 것일까? 왜 그들은 그런 경우, 죽는 순간까지 한 치의 틈도 용납하지 않고 방어 자세를 취하면서 살아야만 하는 것일까? 이 문제는 자네에게 풀 수 없는 수수께끼 같은 기분이 들게 한다. 정녕 생은 죽음보다 불가사의한 모양이다.

그들은 남이 보기에는 아무래도 불행하게 비칠 것이다. 그러나 자네는 자신의 불행에 비하면 훨씬 행복한 것이리고 생각한다. 어쨌든 그들은 그런 생활을 하는 게 사는 것이라고 여긴다. 그들은 아예 체념을 하고 처음부터 그런 생활에 젖어 눈곱만큼도 의심하지 않는 것이다. 그런데 자네는 끊임없이 초조해하며, 눈앞의 생활을 의심하고 게다가 안주하지 못하고 있다. 자네는 기꺼이 부모님을 위해서, 어려운 가정 형편을 위해서 건장한 육체와 정력을 바치고 있다. 아버지의 가벼운 감기가 나아 오랜만에 자네와 함께 고기잡이에 나갔다가 저녁때 귀가하여 십 와트짜리 어두운 전등불 밑에서 온 식구가 단란하게 밥상에 둘러앉아 수저를 들 때, 자네 아버지는 목각처럼 무뚝뚝한 얼굴에 보기 드물게 미소를 지으며,

"오늘 지녁은 진짜 밥맛이 좋데이."

하면서, 감사의 표시를 하듯이 밥공기를 눈높이 가까이 치켜들었다가 내리는 것[6]을 볼 때면, 자네는 뭐니 뭐니 해도 진정으로 행복을 느끼지 않을 수가 없다. 자네는 눈앞의 생활을 결코 후회하는 것은 아니나 툭하면 마음이 어두워진다.

'그림을 그리고 싶다!'

자네는 자나 깨나 기도하듯이 이 하나의 소망을 가슴 깊이 소중하게 간직하고 있다. 이 소망을 떨쳐 버릴 수 있다면 세상사는 간단할 것이다.

사랑, 서로 사모하는 사랑이라도 이 정도로 집착하진 못하리라고 자신의 마음을 가련하게 여기며 절절히 생각할 때가 있다. 자네의 두툼한 가슴속에서는 깊은 한숨이 절로 나온다.

비가 오는 날 토방에 앉아 형이랑 누이랑 주낙줄을 수선하다 보면, 어쩌다가 일에 정신이 팔려 오순도순 주고받던 세상 이야기도 뚝 끊어지고 손끝만 바삐 움직일 때가 있다. 이런 순간, 자네는 무심결에 일손을 놓고 망연히 꿈이라도 꾸듯이 전에 보아 두었던 산의 풍경을 떠올린다. 이 산과 저 산 사이의 거리감은 경계선을 이런 곡선으로 진하게 그리기만 하면 잘 살아날 게 틀림없다, 이런 생각에 빠지는 것이다. 그러다가 가위를 쥔 손이 저절로 상상하고 있는 곡선을 무릎 위에 몇 번이고 그렸다가는 지우고 그렸다가는 지운다.

또 어떤 때는 바다에 나가 주낙줄을 걷어 올리는 중요하고 분

130

주한 시간에, 자네는 판자 위에 걸터앉아 나란히 세워 놓은 두 개의 맥주병 사이로 낚싯줄을 끌어당길 때, 낚시에 걸려 올라오던 명태가 병에 걸리면서 바늘이 빠져 팔딱거리며 배의 동체로 떨어지는 것을 물끄러미 바라본다. 그리고 심홍색 물감을 엷게 물에 푼 것보다 선명한 빛을 띤 비늘 색에 넋을 잃고 움직이던 손길을 멈추고 만다.

이런 경우, 문득 제정신이 든 순간처럼 자네를 비참하게 만드는 일도 없다. 졸다가 들키기라도 한 사람처럼 자네는 눈이 둥그레져 창피한 듯이 주위를 둘러본다. 어떤 때는 형이나 누이가 어두워지는 저녁 노을빛에 마음이 조급해져 한눈팔 겨를도 없이 엉킨 주낙줄을 풀거나 끊어진 가닥을 잇고 있다. 어떤 때는 어부들이 추위에 얼어 시뻘게진 손을 새우등처럼 꼬부리면서 숨 가쁘게 주낙줄을 걷어 올리고 있다. 그러면 자네는 어린아이처럼 귓불까지 벌게진다.

'이 얼마나 한심한 이중생활인가? 나는 도대체 내게 주어진 운명적 생활에 남자답게 복종할 각오가 되어 있지 않았던가? 그런데도 아직 쥐꼬리만한 재능에 미련을 가지고 분수에 맞지 않는 야심을 버리지 못한 모양이다. 어느 쪽 생활에도 진지해질 수가 없다. 나의 그림에 대한 열망만으로 본다면 화가가 되고도 남겠지만, 그만한 재능이 있느냐 하는 점에 있어서는 판단이 서지 않는다. 물론 내게 그림 그리는 방법을 가르쳐 준 사람도 없고, 그림을 봐준 사람도 없다. 이와나이에서 오직 하나뿐인 말상대 K는 내 그림을 볼 때마다 감탄한다. 그리고 어떤 고생이 따르더라도 화가가 되라고 권유한다. 그러나 K는 첫째 내 친구이고, 둘째 그림에 대해 나 이상으로 안다고는 생각되지 않는다. K의 말은 언제나 나를 격려해 주고 채찍질해 준다. 그러나 언제나 그 격려가 괜히 자만심만 키워 주는 건 아닌가 하는 의구심이 든다. 어떻게 하면 이 이중적인 생활을 돌파할 수 있을까? 나의 출생을 보더라도, 이제까지의 운명을 보더라도 나는 어부로서 일생을 마치는 게 마땅하다. K는 성미가 까다로운 아버지 밑에서 가엾게도 약사로서의 일생을 보내기로 결심한 것 같다. 내가 보기에는 K야말로 훌륭한 문학가가 될 소질이 있는데도 꿈을 접고 자기 운명을 체념하고 있다. 가엾게도 체념했다. 잠깐, 가엾다는 말은 사실은 K의 경우가 아니라 그렇게 생각하고 있는 나 자신에게 해당되는 말이다. 나는 정말이지 불쌍한 놈이다. 아버지한테도 미안하고, 형이나 누이한테도 미안하다. 이런 일생을 어떤 식으로 보내는 게 정말 나다운 삶이 되는 걸까?'

나란히 앉아 있는 어부들 사이에 듬직한 사내답게 떡하니 책상다리를 하고 앉아 있으면서도, 자네는 그들과는 아주 다른 먼 나라 사람 같은 외로운 심정으로 이런 생각을 하는 것이다.

이윽고 어부들은 주변 정리를 끝내고 유유히 몸을 일으켜 배의 동체 사이에 쌓여 있는 눈을 한 움큼 쥐고는 손바닥으로 비벼서 손가락에 붙어 있는 밥알을 닦아 낸다. 그러고는 주낙줄을 끌어 올리기 시작한다.

서쪽으로 기울어지기 시작하던 햇발은 발길을 서두른다. 더구나 위쪽에서부터 수그러들 기색 없이 불어대는 바람에 해면은 신기하게도 잔잔하게 찰랑거리고, 그 위를 싸락눈 섞인 눈발이 휙 몰려왔다가는 가버리고 가버렸다가는 몰려온다. 자네 일행은 장갑을 벗어 빨갛게 언 손으로 빙점 이하의 물에 흠뻑 젖은 주낙줄을 한쪽 끝부터 걸어 올리기 시작한다. 칠팔 미터 간격마다 두 자는 됨직한 대구가 펄떡거리며 끌려 올라온다.

십 리 가까이나 드리워진 주낙줄을 전부 끌어올렸을 무렵에는 해상은 먹물을 탄 우유처럼 어슴푸레하게 어둠이 깃들어, 주변에 있던 어떤 어선은 돛을 달고 항구를 향해 가고 어떤 어선은 여전히 쓸쓸한 영차 소리를 바다 위에 울리며 분주히 주낙줄을 걸어 올린다. 저녁 어스름 바다 위에 점점이 떠 있는 작은 어선을 바라보는 것은 슬픈 일이다. 그곳에는 인간의 생활이 덧없는 잔가지를 쓸쓸히 드러내고 있기 때문이다.

자네 일행의 배는 해풍이 육풍으로 바뀌기 전에 항구에 닿으려고 돛을 달고 노를 저어 육지로 향한다. 날이 개었다가는 흐려져 내리곤 하는 눈 사이로 이와나이를 둘러싸고 솟아 있는 산들 중 제일 높은 봉우리부터 차차 수평선 위에 모습을 드러낸다. 뱃노래를 부르며 어부들은 낯익은 산봉우리들을 이어 가면서 항구의 위치를 어렴풋이나마 짐작한다. 거기에는 아내와 어머니와 딸들이 차가운 갯바람을 쐬며 해안가에 서서 이런 저런 이야기를 주고받으며 어부들이 돌아오기를 학수고대하고 있는 것이다.

역시 우윳빛 같은 쌀쌀한 저녁 안개에 싸여 있는 라이덴 고개의 고갯마루가 크고 위엄 있어 보이기 시작하면, 방파제 끝 쪽에 있는 등댓불이 명멸하면서 배의 진로를 비추어 준다. 날마다 일어나는 일이지만, 그 빛을 보면 자네뿐 아니라 동료들의 가슴에는 오늘도 무사히 살아 돌아왔다는 뿌듯한 희열이 저절로 솟아나 육지에 대한 야릇한 향수가 느껴진다. 어부들의 뱃노래는 한층 더 우렁차게 울려 퍼지고, 자네 아버지는 배의 꽁무니에 어획을 알리는 깃발을 올린다. 그 깃발이 바람에 팔락팔락 나부끼는 소리가 난다. 그 소리가 듣기 좋다.

점차 가까워지는 이와나이 동네는 노란 가로등 불빛 외에는 아직 불을 켜지 않아 까맣고 적적히게 가로누워 있다. 눈이 드문드문 녹아 버린 모래사장에는 오늘 아침과 마찬가지로 여인네들이 여기저기 몇 군데 모여서 돌멩이처럼 꼼짝 않고 서 있다. 흰 물결이 희미하게 바다 냄새와 물결 소리를 흘리며, 그들의 발밑에 달려갔다가는 사라지고 달려갔다가는 사라지는 모습이 바라다보인다.

돛이 내려졌다. 배는 해안가 파도에 심하게 흔들리면서 선미를 해안 쪽으로 돌려 차차 물가로 다가간다. 해산물 회사의 문양이

찍힌 한텐[7]을 입거나 개털 비슷한 것을 안에다 댄 외투를 단단히 여미며 입은 장정들이 우왕좌왕 뛰어다니는 언저리를 향해 자네 형이 능숙한 솜씨로 선미에 달린 밧줄을 휙 집어던지면 몇십 명이나 되는 남녀가 얼른 달려들어 끌어당긴다. 배는 연신 상하로 흔들리는 뱃머리에 물보라를 뒤집어쓰며 모래사장으로 끌어올려져 이윽고 팔딱이다 지친 물고기처럼 시커멓게 가로누워 움직이지 않는다.

어부들은 노와 키와 돛을 대충 정돈하고는 뱃전을 타고 뭍으로 뛰어내린다. 해산물 제조 회사의 인부들은 그들과 교대하여 배 안으로 원숭이처럼 날아올라 탄다. 그리고 아직 죽지 않은 대구의 꼬랑지를 쥐고 돌멩이를 던지듯이 모래 위로 내던진다. 해변에서 기다리고 있던 장정들은 눈이 빙빙 돌 정도로 재빠르게 마릿수를 세며 커다란 삼태기에 던져 넣는다. 어부들은 늘 그렇듯이 마릿수를 세는 회사 인부에게 불평을 터트리며 아우성친다. 온종일 조용하던 바닷가도 이 시간만은 복작거린다. 어떤 여인네는 소란스런 분위기에 끼어들어 남자들과 한편이 되어 싸울 듯이 덤벼들기도 한다.

그러나 이런 시끌벅적한 장터 분위기도 길게 가진 않는다. 목숨을 건 험난한 하루의 노동 결과는 불과 십 수 분 사이에 어이없이 회사 사람들에게 처분되어 버리고 마는 것이다. 자네가 여인네들 틈에서 누이동생을 발견하여 재빨리 눈길을 주고받으며 이야기를 나눌 겨를도 없이, 해변에는 마구 짓밟힌 모래와 해초와 작은 물고기들이 모래투성이가 되어 남아 있을 뿐이다. 그리고 회사의 인부들은 뒤도 돌아보지 않고 다시 다른 어선을 향해 달려간다.

이렇게 이와나이의 모든 어부가 열심히 잡아 온 생선은 눈 깜짝할 사이에 남의 것이 되어 굴뚝에서 시커먼 연기를 토해 내는 괴물 같은 회사의 제조 공장으로 운반된다.

저녁놀도 없이 해는 완전히 기울고, 눈은 보랏빛으로 물들고, 불빛은 광채도 없이 그저 빨갛게만 보이는 초저녁이 된다. 어부들은 아침때와 마찬가지로 몇 무리의 검은 그림자로 나뉘어 지칠 대로 지친 육신을 이끌고 각자의 집을 향해 간다. 한기가 오장까지 얼어붙게 만들어 자네 일행은 입도 벙긋거리기 싫은지 말 한마디 안 한다. 여인네들은 들뜬 기분으로 그날 하루 동안 뭍에서 일어난 여러 가지 사건들—시건들이라고 해야 별로 신기할 것도 재미있을 것도 없다— 을 늘어놓지만 모두들 입을 꾹 다문 채 들으며 걸어간다. 하지만 그게 얼마나 흐뭇한 일인지 모른다.

그러나 자네는 집이 가까워질수록 묘하게도 마음을 위협해 오는 것이 있다. 그것은 요 몇 해 동안 잇달아 일어난 집안의 갖가지 불행에서 비롯된 것이다. 오랜 병고 끝에 남편보다 먼저 세상을 떠난 어머니를 비롯해서, 가족의 주변에는 기이하게도 죽음이라는 것이 집요하게 따라다니는 듯하다. 형의 첫아이도 잃었다.

땀방울의 결정으로 만들어 놓은 은행의 저금은, 그 은행이 불경기로 파산한 탓에 물거품이 되고 말았다. 목숨만큼 소중하던 어장이 방파제의 잘못된 설계 때문에 못 쓰게 된 건 앞에서 이야기한 대로다. 인내심 없는 사람들의 집단인 경우에는 재산이 썩은 나무 쓰러지듯 축나는 일이 허다하다. 하나 자네 집안은 아버지나 형이 강인하고 정직한 사람들이었으므로 모든 기구한 운명을 정면으로 받아들여 뼈가 으스러지도록 일한 덕분에, 그나마 그날그날을 별 부족함 없이 보내고 있는 것이다. 그러나 자네 가정을 덮친 운명의 압박 같은 것은 그 주변에서는 얼마든지 볼 수 있는 일이다. 추녀를 나란히 하고 살고 있으면 어느 집이고 고만고만하게 생계를 꾸려 가는 듯이 보이지만, 한 집 한 집 들여다보면 요즈음 이 동네에서는 비참한 일이 여기저기서 터지고 있다. 어느 집은 눈에 띄게 영락해 갔다. 폭풍에 날아간 지붕을 언제까지 그대로 내버려 두어 새는 비를 맞고 사는 집이 적잖다. 이목구비가 반듯한 적령기의 처자가 시집갔다는 소문도 없이 자취를 감추는 집도 있다. 집 모양이 훌륭해졌구나 하고 보면 주인이 바뀌거나 했다. 슬며시 땅속으로 끌려들어 가는 듯한 으스스한 영락의 징후가 동네 전체에 감돌고 있는 것이다.

사람들은 암암리에 이런 징후에 위협을 받고 있다. 언제 어떤 일이 일어날지 모른다, 이런 불안은 끊임없이 주민들의 마음을 무겁게 짓누른다. 집에 불이 난다든가, 집에서는 안 나도 이웃의 화재로 인해 재난을 당한다든가, 가지고 있던 배가 침몰한다든가, 한창 일할 나이의 형이 죽을병에 걸린다든가, 청어 떼가 전연 다른 길로 빠져나간다든가, 그물로 청어 떼를 포위하는 배가 떠내려간다든가, 이런 상상할 수 있는 여러 가지 불행 중에 하나라도 만나면 자네 집은 꼼짝할 수 없는 큰 타격을 입는 것이다.

녹초가 된 육신을 집으로 옮기면서, 집채는 터무니없이 큰 데비해 전등불 빛이 어울리지 않게 어두운 것으로 단박에 자기 집임을 알 수 있는, 자신이 태어난 판자 지붕의 가옥을 눈앞에 바라보면서 자네는 운명에 대한 의구심 때문에 자연히 발걸음이 더뎌지곤 한다. 그래도 문턱을 넘어서면 토방 한구석에 있는 아궁이에서는 불길이 따뜻한 빛을 내뿜으며 물엿처럼 부드럽게 타오르고 있다. 이로리가 있어 온통 시커멓게 그을린 드넓은 방은 깨끗하게 정돈되어 있어서 아늑한 기분이 된다. 형수와 누이의 자상한 마음 씀씀이를 고맙게 느끼며 자네는 즐거운 마음으로, 가지고 온 어구―추위 때문에 꽁꽁 얼어붙어 서로 부딪히면 딱딱 돌이 부딪히는 소리를 낸다―를 각각 제자리에 챙겨 두고 나서, 역시 서걱서걱 소리가 나는 정도로 얼어붙은 작업복을 하나하나 벗어서 아궁이 근처에 걸어 놓고는 평상복으로 갈아입는다. 온종일 냉기로 얼어붙은 몸은 곧 열을 발산하여 얼굴이 뻘게질 정도로 화끈화끈 달아오른다. 평상복의 훈훈함, 따뜻한 물 한 잔의 짜릿한 맛.

기분 좋을 만큼 배불리 저녁밥을 먹은 동료 어부들이,

"어르신, 안녕히 주무시이소."

라며 인사를 하고 모두들 돌아간 뒤에는 오붓하게 다섯 식구가 이로리의 불기에 벌게진 얼굴로 죽 둘러앉는다. 문밖에는 사르륵 사르륵 싸락눈 섞인 눈이 하염없이 내리고 있다. 일곱시밖에 안 되었는데도 이미 바깥은 한밤중 같다. 어느 집이고 다 조용해 어린아이 우는 소리가 간혹 들릴 뿐이다. 다만 저 멀리 유곽이 있는 쪽에서는 아침에 늦잠을 잘 수 있는 사람들이 술에 취해 흥겹게 떠드는 소리가 드문드문 바람에 실려 전해진다.

"나는 먼저 자야겠다."

약간의 반주로 한낮의 피로가 한꺼번에 몰려와 눈이 가물가물 감기던 아버지가 먼저 이로리 옆에 자리를 펴고 눕는다. 이윽고 형과 형수도 옆방으로 가고 나면 이로리 옆에는 자네와 누이동생만이 남는다.

시간이 고요히 쓸쓸하게, 그러나 살갑게 지나간다.

"안 자나?"

바느질하던 손을 멈추고 누이동생은 다소곳이 얼굴을 들면서 자네에게 묻는다.

"먼저 자라. 난 괜안타."

책상다리를 한 무릎 위에 스케치북을 펼쳐 놓고 이리저리 각도를 달리하며 들여다보고 있던 자네는 누이를 쳐다보지 않으며 퉁명스럽게 이렇게 대꾸한다.

"아침에 또 흔들어 깨바야 일어날라꼬?"

한쪽 볼에 빙긋 웃음을 띠며 누이동생은 자네에게 놀리는 시선을 던진다.

"뭐라꼬?"

"뭐라꼬가 아이다. 그런 거 들다봐가 뭐 하노? 다들 웃는데. 야마사[8]네 둘째아들은 틈만 나면 잘 기리지도 못하는 그림 기리는데, 그림 기리가꼬 뭐 할끼고 카매."

자네는 얼굴을 번쩍 치켜든다.

"누가 그카더노?"

"누구기는… 다들 그칸다카이."

"니도 그캤나?"

"난 안 캤다."

"됐다. 그라마 그걸로 된 기다. 잘 알도 몬하는 사람들 지 맘대로 떠들라 캐라. 이거 봤나?"

"봤다. … 뒤쪽에서 본 장원 풍경이제? 산은 내 마음에 드는데, 구름이 너무 검지 않나?"

"알도 몬하면서 잘난 척하지 마라."

그리고 두 사람은 얼굴을 마주보며 정답게 웃는다. 추위는 등골까지 속속들이 스며들고, 문밖에는 칼바람이 잦아든 하늘에서 소리 없이 눈이 내려 쌓이고 있는 모양이다.

이번에는 자네가 먼저 말을 꺼낸다.

"어서 자그라."

"오빠 먼저 자라카이."

"너 먼저 자라 안카나… 내일 또 제일 먼저 일나야 안 되나… 문은 내가 잠글낀께."

두 사람은 짐짓 고집을 부리다가 마침내 누이가 먼저 자기로 한다. 자네는 반 시간쯤 더 스케치를 들여다보다가 추위를 이겨낼 재간이 없자, 이윽고 몸을 일으켜 짚신을 끌고 토방으로 내려가 아궁이의 불씨가 꺼졌는지를 꼼꼼히 살피고 어구도 대충 한 번 훑어본 뒤, 출입문에 자물쇠를 채우고 눈이 창문 틈새로 들어오지 못하도록 꼭 닫고서는 다시 이로리 곁으로 돌아온다. 이로리 양쪽에서 웅크리고 잠들어 있는 아버지와 누이동생의 모습이 훌훌 타고 있는 마른 나무뿌리의 불빛에 어슴푸레 비치는 것을 쓸쓸하게 바라본다. 하루하루 생명줄에서 멀어지는 노인과 활기찬 생명력을 주체하지 못하는 누이동생의 잠든 얼굴은 깜박이는 불빛 앞에서 환상과도 같은 신비스런 모습을 그려 낸다. 이 노인의 늙어 가는 앞날에는 어떤 운명이 기다리고 있을까? 이 처녀의 앞길에는 어떤 운명이 기다리고 있을까? 미래는 어둡기만 하다. 거기서는 무슨 일이든지 일어날 수 있다. 두 사람의 잠자는 모습을 바라보며 자네는 이런 생각에 잠긴다. 그렇다면 순진하게 그들의 앞날에 행복이 깃들기를 비는 수밖에 없다. 인간의 힘이라는 것이 이런 엄숙한 순간에는 가장 미덥지 못한 것 같다.

자네는 스케치북을 머리맡에 끌어다 놓고 꾀죄죄한 이불 속으로 기어들어 가 얼음 같은 이불의 냉기가 체온으로 더워질 때까지 눈을 말똥말똥 뜨고서, 누이동생의 잠든 얼굴을 연민에서인지 애정에서인지 알 수 없는 눈물겨운 심정으로 마냥 쳐다본다. 이 것은 자네가 누이동생에 대해 유년 시절부터 뭔가를 빌어 주고 싶을 때면 반드시 품게 되는 그리운 감정이다. 그것도 이윽고 쏟아지는 피로의 꿈이 감싸 안는다.

지금 이 와 나이에서 눈을 뜨고 있는 사람은, 아마도 아침까지 늦잠을 잘 수 있는 부잣집 게으름뱅이와 등대지기와 개 정도일 것이다. 밤은 춥고도 적막하게 깊어 간다.

8

기모토 군. 자네는 내가 이렇게 멋대로 상상의 나래를 펼친 것을 내가 문학가라는 이유로 용서해 줄 수 있을까? 나의 상상력은 끊일 줄 모르고 계속 용솟음쳐 나온다. 그게 사실과 맞아떨어지든 아니든, 자네는 내가 이렇게 펜을 쥐고 있는 의도에 악의가 없다는 점만은 알아줄 것이다. 그리고 순진한 미소로 나의 유일한 생명인 공상이 제멋대로 성장해 가는 것을 지켜보아 줄 것이다. 나는 이렇게 믿고 좀 더 써 내려가 보겠다.

청어를 잡는 시기, 이 시기는 북방에 사는 사람들이 가슴에 절실한 그리움을 느끼는 계절 중 하나다. 이 시기가 되면 오랫동안 땅 위를 점령하고 있던 동장군이 노쇠해 간다. 북풍도 눈도 이로리도 솜옷도 설상화(雪上靴)도 마찬가지로 노쇠해 간다. 구름 한 조각의 모양새만 보아도 자연의 의도와 예언을 남달리 예민하게 알아차리는 어부들의 눈에는 아침저녁으로 날씨가 봄다워지기 시작한 것이 역력하다. 북서풍이 동쪽으로 돌아가면서 단색으로 딱딱하게 얼어붙어 있던 구름이, 증기에 쪄진 듯이 뭉게뭉게 흐트러지기 시작하며 연하고 따스한 빛의 청운으로 바뀌어 간다. 아침부터 바람 없이 맑게 갠 오후 같은 때 바닷가에 나가 보면, 초록빛을 엷게 띤 하늘 저 멀리 수평선 위에는 휘장을 한일자로 두른 듯한 눈구름의 퇴적층에 햇살이 비쳐 일대가 장밋빛으로 반짝인다. 얼마나 기묘하면서 아름다운 빛깔인지. 겨울은 저만치 물러간 것이다. 이렇게 생각하자 불행을 극복하고 행복을 맞이한 사람만이 느끼는, 과거에 대한 관대한 회상이 서서히 해변에 서 있는 사람의 가슴속에 번져 온다. 다섯 달 동안의 기나긴 엄동설한을 황소처럼 우직하게 참아 낸 북국 사람들 마음에, 조금만 더 길었더라면 심사가 뒤틀릴 뻔한 북국 사람들 마음에 봄의 약속이 훈훈하고 자애롭게 퍼지기 시작한다.

아침저녁의 한기는 겨울과 별반 다를 바가 없다. 습기 띤 쇠붙이가 풀처럼 손끝에 철썩철썩 달라붙곤 한다. 하지만 해가 중천에 떠오르면 과연 추위에도 어딘가 금이 간다. 바닷가는 갑자기 활기를 띠기 시작하는데, 헛간에서는 큰 가마솥과 청어 기름 짜는 틀이 나오고, 청어잡이 신호선과 청어 몰이선에 덮어씌웠던 거적은 벗겨지고, 철새와 함께 모여든 어부들은 비단을 짜듯이 눈 녹은 모래사장을 왔다 갔다 하면서 북새통을 이룬다.

대구는 한차례 어획을 끝냈고, 청어 떼의 도래를 알리는 선두 무리는 아직 오지 않았다. 바다에 나가 일하는 사람들은 이때 잠시 숨 돌릴 여유를 갖는다. 겨우내 노리고 있던 이 여가 시간에 자네는 어느 날 아침 훌쩍 집을 나선다. 물론 주머니 속에는 손때 묻은 스케치북과 연필 한 자루를 넣고서.

집을 나서니 거리에는 어부들과 날품팔이 여인들과 해산물 중개인 같은 사람들이 들뜬 마음으로 생기에 넘쳐 부지런히 오가고 있다. 맨 밑에서 굳어진 눈은 얼음판이 되고, 그 위를 눈 녹은 물이 한겨울의 먼지에 물들어 토탄장의 샘물 같은 색으로 질척질척 고여 있다. 말이 모는 썰매에 재목처럼 큼직하고 싱싱한 장작을 잔뜩 싣고 이 험한 길로 끌고 온 한 중년 아낙이 자네를 보자, 고삐를 늦추고 허리를 펴며 큰 소리로 농담삼아 말을 건다.

"아이고, 총각은 벌써 바닷가로 나가나?"

"아입니더."

"바닷가로 안 간다꼬? 그럼 또 산으로 가나. 고기 잡는 사람이 틈만 나마 산으로 올라가니 이상하네. 맘에 드는 색시라도 있나

보제? 하하하…. 많이 질투해 줄 테이까 내 썰매 좀 밀어도고."

"괜히 사람 놀리시마 청어 떼가 안 옵니데이. 참 싱거분 할매네."

"할매라꼬!? 남들이 들으마 큰일 날 소리 하네. 사람들이 웃겠데이?"

사실 이 아낙네가 떠들어대는 농담 소리에 거리를 오가던 사람들은 재미있다는 듯이 히히거린다. 자네는 난처해져서 썰매의 뒤로 돌아가 육칠 미터쯤 밀어 주어야만 했다.

"그래그래. 총각은 정말로 힘이 장사데이. 바닷가까지 밀어 주면 총각한테 쏙 반할 낀데."

자네는 어이없어하며 썰매에서 떨어져 도망치듯 갈 길을 재촉한다. 실실 웃으며 두 사람의 문답을 듣고 있던 군중들은 한꺼번에 와하하 웃음을 터트린다. 사람들의 박장대소에 섞여 아낙네는 또 누군가에게 큰 소리로 말을 걸고 있는 게 한가롭게 들려온다.

'봄이 오는구나.'

자네는 어쨌든 호의에 찬 마음으로 이 사람들을 이해한다.

이윽고 어부들 동네를 지나 이 시가지에서 가장 번화한 거리로 나오자, 겨우내 비워 두었던 서양식 이층 건물의 창문마다 덧문이 열린 채 삿포로에 있는 어느 대형 백화점의 임시 분점 개설 준비가 한창이다. 지푸라기와 신문지가 삐져나온 커다란 나무 상자 몇 개가 점포 앞에 나뒹굴고 있고, 현란한 홍보용 채색 깃발이 활동 사진관 앞처럼 줄줄이 걸려 있다. 그리고 재빠른 점원이 열 명쯤 분주하게 움직인다. 자네는 이 대규모 임시 점포가 이와나이의 소매상들에게 얼마나 큰 타격을 입힐까를 생각하면서, 자네들이 잡아 온 생선을 자금이 없는 탓에 외지에서 투자하는 해산물 제조 회사에 헐값으로 넘기고 있는 원통함을 떠올리지 않을 수가 없다. '커다란 손에는 잡혀 먹히게 마련이지' 하고 생각하며 자네는 그 점포의 모퉁이를 돌아 비교적 한적한 골목길로 꼬부라진다.

이 골목길을 백 미터쯤 가면 약국이 한 채 있고, 그 옆에 조그만 조제실이 마련되어 있다. 자네는 조제실 유리창 안을 들여다본다. 나란히 진열된 약병 밑 조제 탁자 앞에 등받이도 없이 파내서 만든 걸상에 사무용 검정 가운을 걸친 작달막한 젊은이가 우울한 모습으로 앉아 열심히 작은 책자를 읽고 있다. 그는 K라고 하며, 자네가 이와나이에서 마음을 트고 지내는 유일한 친구다. 자네는 희뿌연 유리창을 손가락 끝으로 톡톡 두드린다. K는 기민하게 책에서 눈을 들어 이쪽을 돌아본다. 그러고는 놀란 듯이 자리에서 일어나 유리창문을 연다.

"어디 가?"

자네는 잠자코 주머니에서 스케치북을 꺼내 보인다. 두 사람은 서로를 이해한다는 듯이 미소를 주고받는다.

"자네는 오늘 못 나가지?"

자네는 도쿄에서의 유학 시절을 기념하기 위해 소중하게 간직해 두었던 학생 말투를 사용하는 것이 이 친구를 만났을 때의 하나의 즐거움이다.

"못 나가. 요즈음은 어부들이 모일 때라 이와나이에 사람 수가 늘어난 탓인지 바쁘거든. 근데 오늘은 아직 추울 텐데. 손이 곱아서 잘 안 움직일걸."

"뭐, 그림은 못 그려도 산이라도 바라보면 되지. 한동안 나가 보지 못했으니까."

"난 지금 이걸 읽고 있었는데(K는 미켈란젤로의 서간집을 자네 눈앞에 내밀어 보인다) 아주 잘 썼어. 이러고 있으면 안 되겠다는 생각이 들어. 하지만 감히 근처에도 못 따라갈 거야. 어설픈 예술가가 되느니 이 어두컴컴한 약국에서 묵묵히 일생을 보내는 편이 내게는 맞아."

이렇게 말하며 친구는 작고 우울한 얼굴에 한층 더 우울한 표정을 짓는다. 자네는 격려의 말도 위로의 말도 잊고 마음이 켕기는 사람처럼 스케치북을 주머니 속에 집어넣는다.

"그럼 갔다 올게."

"그럴래? 돌아가는 길에 또 들러서 이야기라도 하다 가."

이런 말을 주고받은 뒤 자네는 그 지저분한 유리창에서 떠난다.

남쪽으로 남쪽으로 길을 따라가면 셋푸바시(節婦橋)라는 작은 나무다리가 있고, 그 다음부터는 더 이상 민가가 나오지 않는다. 시궁창 흙을 치대어 놓은 것 같던 눈길은 차차 깨끗해지고, 지면 가까운 데가 물로 변한 눈길 속에 자네의 낡은 군화는 여차하면 푹푹 빠진다.

눈으로 뒤덮인 들판은 라이덴 고개의 기슭으로 완만한 오르막 길이 되어 넓어지고, 때마침 걷혀 가는 구름 사이로 새어 나온 햇살이 땅 위에 나타나는 그늘과 양지를 은빛과 쪽빛으로 선연하게 물들이고 있다. 차가운 공기 속에서 얼굴이 확 달아오를 정도로 눈이 강하게 반사된다. 자네의 얼굴은 금세 눈에 타서 뻘게지며 땀이 배어난다. 지금까지 푹 덮어썼던 쓰개를 벗어젖히자 시야가 갑자기 확 트이며 멀리까지 내다보인다.

이 얼마나 광대하고 장엄한 광경인가? 이부리(胆振)의 분수령에서 갈리며 서남쪽을 향하는 일련의 첩첩연봉이 지평선에서 힘차게 뻗어 올라 차차 높아지면서, 이와나이의 남쪽으로 달려 내려오면 거기는 뜻밖에도 육지의 끝이 되므로, 돌연 물가까지 달려온 발 빠른 말이 가지런히 앞발을 정돈하고 목을 쑥 빼 올리듯이, 산은 급격히 우뚝우뚝 치솟아 하늘을 찌를 듯하다. 당장에라도 엄청난 소리를 내며 무너져 내릴 듯이 보이면서도 몇백만 년이고 몇천만 년이고 옛 모습 그대로 솟아 있다. 지금은 오직 하얀 눈색으로만 뒤덮여 있는데, 구름이 하늘에서 움직일 때마다 산은 앉음새를 고치기라도 하는 양 모습을 바꾼다. 자네는 오래간만에 가까이서 그 산을 바라보니 날듯이 기쁘다. 다른 일은 까맣게 잊어버린다.

자네는 그저 무턱대고 제대로 길도 보이지 않는 적설 속에 한 걸음씩 발을 들여놓는다. 눈앞에 거무스름하게 보이는 느릅나무 그루터기를 목표로 허리까지 파묻히는 눈 속을 걸어가, 그 위에 군화 신은 발을 올려놓고 다리의 눈을 털며 잠시 머문다. 그리고 눈을 고정시키고서 다시 한 번 눈밭 끝 쪽에 우뚝 솟은 라이덴산을 신기한 듯이 넋 나간 사람처럼 망연히 바라보고 있다. 보고 또 봐도 싫증 나지 않는 산의 위용이 전번에 본 것과 다를 리 없으련만 자네의 눈에는 전혀 다른 표정으로 비친다. 지난번에 본 것은 엄동설한 때였다. 역시 오늘과 똑같은 자리에 서서 추위에 언 손으로 연필도 움직이지 못하고 가만히 지켜보기만 했었는데, 그때 산은 지면에서 조용히 솟아올라 눈구름에 갇힌 하늘을 꽉 움켜잡고 있는 듯이 보였다. 그 느낌은 무척이나 집요하고 강력한 것이었다.

자네는 그 앞에서 짓눌려 꼼짝할 수 없는 위압감을 느꼈다. 오늘 보는 산은 좀 더 순박한 크기와 풍요로움으로 조용히 자네를 감싸 안는 듯이 보인다. 평소에 자기 마음을 이해해 주는 사람 하나 없이 이상한 사람 취급을 받아 오던 자네에게는, 이 자연이 자네에게 요구해 오는 친밀감은 정겨웠다. 자네는 좀 더 눈을 들어 그리웠던 친구를 대하는 것처럼 다정하게 산의 자태를 응시했다.

마치 친한 마음과 마음이 만났을 때 서로에게 느끼는 따뜻한 눈물겨움이 자네의 사내다운 가슴에 솟아난다. 자연은 살아 있다. 그리고 인간 이상으로 진하고 깊은 감정을 지니고 있다. 자네는 같은 인간의 언어지만 영어는 모른다. 그러나 자연이 하는 말은 영어보다 훨씬 이해하기 쉽다. 어떤 때는 자네가 쓰고 있는 일본어보다 더욱 감정 표현이 풍부하고 평이하며 명료한 말로 자연은 자네에게 말을 걸어 온다. 이 눈물겨운 심정을 그림으로 그려 보고 싶은 것이다.

그리하여 주머니에서 예의 그 스케치북을 꺼내 그루터기 위에 올려놓는다. 펼쳐진 스케치북과 산을 번갈아 보면서 자네는 정성 들여 연필을 깎는다. 그리고 싸구려 도화지 위에는 투박하고 거친 자네의 손에 어울리지 않는 섬세한 선이 그려지기 시작한다.

마치 사람의 초상을 그리려는 화가가 그 사람의 이목구비를 하나하나 면밀하게 관찰하듯이, 자네는 산의 한 가닥 주름, 한 줄기 습곡에도 자신만이 이해할 수 있는 의미를 찾아내려고 애쓴다. 실제 자네의 눈에는 산의 모든 변변이 그내로 갖가지 표징으로 보인다. 햇볕과 구름의 명암으로 채색된 켜켜이 쌓인 눈에는, 열정을 갖고 밝혀내려 애쓰는 사람들에게만 풀리는 고귀한 수수께끼가 숨겨져 있다.

자네는 하나의 수수께끼를 풀었다고 생각할 때마다 뛰어오를 듯한 기쁨을 느낀다. 지금은 그 어떤 생활의 고충도, 세상에 대한 불안이나 불행도 없다. 자기 자신에게 품었던 의구심도 없다. 어린아이처럼 쾌활하고 순진한, 외곬으로 파고드는 마음… 자네의 입술에서는 저도 모르게 경쾌한 휘파람 소리가 흘러나왔고, 연필을 쥔 손은 춤추듯 리듬을 타고 종이 위를 움직이거나 산의 크기나 각도를 가늠해 본다.

그렇게 몇 시간이나 지났을까. 자네 앞에는 '시간'이라는 것조차 존재하지 않는다. 이윽고 하나의 스케치가 완성되자 가볍게 만족의 숨을 몰아쉬며, 움직이던 손을 멈추고서 다른 한 손으로 스케치북을 눈앞에 들어올렸을 때, 자네는 가벼운 피로 — 가볍다고는 해도 자네가 배에서 한나절 일하는 노동의 결과보다 가볍지 않은 — 를 느끼며, 오늘의 작업이 보람찬 수확이 되기를 빌었다. 도화지 위에는 이리저리 부는 바람 탓에 갈피를 잡지 못하는 구름 사이로, 산봉우리가 드러났다 가려졌다 하면서 새하얗게 우뚝서 있는 라이덴산의 위용과 그 앞에 펼쳐진 드넓은 설원 여기저기에 우거져 있는 침엽수림, 희미하게 연기를 땅 위에 드리우며 군데군데 서 있는 궁상맞은 농가, 이들 사이를 날카로운 칼로 뚝잘라 놓은 것 같은 깊은 계곡, 이들 모두가 특이하고도 깊은 감동속에서 독특한 필치로 그려져 있다.

자네는 잠시 그림을 쳐다보며 흐뭇해한다. 서글픈 화구들이긴하나, 어쨌든 오래간만에 숨겨진 실력이 형태를 취해 발휘되었다고 생각하자 기뻤던 것이다.

그러나 의구심은 기다리고 있었던 양, 만족감을 충분히 맛볼틈도 없이 발밑에서부터 슬금슬금 기어올라 와 자네를 불안하게 만든다. 자신에게 알랑거리는 자에게 경계의 눈빛을 감추지 않는 사람처럼, 자네는 자신의 만족스러운 기분을 엄격하게 따져 보려고 한다. 그리고 방금 완성한 그림을 냉정한 시선으로 산의 자태와 비교하기 시작한다.

어느 부분에 만족하고 있는 것일까? 이건 자연의 모사에 지나지 않는 건 아닌가? 저기 보이는 산은 모습 그대로 관대함과 희망을 상징하는 하나의 살아 있는 덩어리인데, 스케치북에 축소되어 있는 똑같은 모양의 산은 아무 표정 없는 선과 면의 집합체로밖에는 보이지 않는다.

이 슬픈 사실을 발견하자 자네는 신경질적으로 얼른 다음 페이지를 펼친다. 그리고 한층 더 겸손하면서도 강한 애착을 갖고 끈질긴 인내심으로 어떻게든 산의 느낌 그대로를 화면에 살려 내려는 새로운 노력을 시작하자, 자네는 또다시 모든 것을 잊고 흐트러짐 없이 작업에만 심혈을 기울인다. 그리고 점심 먹는 것도 잊고 넉 장이고 다섯 장이고 스케치를 완성했을 때 이미 해는 뉘엿뉘엿 기울고 있었다.

그러나 도저히 그 자리를 떠날 수가 없을 만큼 자연은 끊임없이 아름답게 소생한다. 아침나절의 산에는 아침의 생명이, 한낮의 산에는 한낮의 생명이, 저녁나절의 산에는 또 차분한 저녁 산의 생명이 있다. 산은 선과 음양뿐만 아니라 색채에 있어서도 해가 서쪽으로 기울어지면 근사한 마술처럼 불가사의한 모습을 드러낸다. 산봉우리의 어떤 부분은 강철처럼 차갑고 단단했으며, 또 어떤 부분은 기화(氣化)된 색소처럼 투명하여 사라져 버릴 것만 같았다. 저녁이 가까워지면서 흐릿해지기 시작한 공기 속에, 묵묵히 숙연하게 서 있는 그 위세에는 퍼내고 또 퍼내도 한이 없을 새벽녘의 신비감마저 깃들어 있다. 문득 쳐다보니 산 중턱보다 높음 직한 허공에 작고 까만 점 하나가 소리 없이 움직이며 원을 그린다. 커다란 독수리임에 틀림없다. 자세히 보니 그 녀석은 길게 펼친 두 날개를 조금도 움직이지 않고, 커다란 소용돌이를 탄 가랑잎처럼 몸 전체를 약간 기울이면서 조용하고 느긋하게 원을 만들고 있다. 산이 말을 할 듯한 살아 있는 생명체로 보이는 자네의 눈에 오히려 이 독수리가 살아 있는 물체로 느껴지지 않는다. 하물며 평원 여기저기에 흩어져 있는 농가 같은 것은 산이 사람에게 주는 생명감에 비하면 비참한 무기물 몇 개에 지나지 않는다.

해는 한겨울에 비하면 눈에 띄게 길어지긴 했으나 이미 저녁 어스름은 짙어지고 있었다. 그와 함께 추위도 심해졌다. 낙조에 물들어 빛을 호흡하는 듯이 보이던 구름은 연기 같은 흰빛과 엷은 쪽빛의 음지와 양지를 보이고, 구름과 함께 창공의 반을 점령하고 있던 산은 부지불식간에 추운 색으로 딱딱하게 퇴색되어 갔다. 그리고 안개라고도 할 만한 얇은 장막이 자네와 자연 사이를 가로막기 시작한다.

자네는 저도 모르게 한숨을 내쉰다. 이루 말할 수 없이 암울한 마음—그것은 마치 젊은 사람이 연인을 그리워할 때 그 사랑이 행복임에도 불구하고 가슴속이 아려 오는 것 같은—이 희한하게도 자네를 눈물짓게 한다. 자네는 코를 훌쩍거리면서 스케치북을 탁 접고는 연필과 함께 주머니 속에 집어넣었다. 추위에 언 손은 주머니 속의 온기를 정겹게 느꼈다. 그루터기 위에 놓아두었던 주먹밥은 먹고 싶은 생각이 없어 그대로 집어 허리에 매달았다. 한나절 내내 서 있기만 한 다리는 움직이려고 하자 감전이라도 된 듯이 저렸다. 겨우 눈 속에서 발을 빼내어 자네는 한 걸음 한 걸음 제 길을 따라 되돌아 나온다.

저 멀리 앞에서는 산에서 싣고 온 목재와 신탄(薪炭)을 부린 말썰매가 어른거리고, 말방울 소리가 맑게 울리며 어렴풋이 들려온다. 그것은 방랑자가 아득한 고향의 하늘을 바라볼 때와 같은 정겨움을 느끼게 한다. 들릴락 말락 하는 쓸쓸하면서도 청량한 그 소리가 특히 정겨웠다. 불가사의한 유혹의 세계에서 돌연 현세로 돌아온 사람처럼 자네 마음은 몽롱하여 예술 세계와 현실 세계의 분명치 않은 경계선을 넘으려고 하는 것이다. 그러면서 자네는 걸음을 멈추지 않는다.

어느 사이엔가 자네는 시내로 돌아와 아까 갔던 조제실의 조그만 공간에서 친구 K와 마주 앉아 있다. K는 자네의 스케치를 홍분된 눈길로 뒤적거리며 살펴본다.

"추웠지?"

라고 묻는 K에게 자네는 아직도 정신을 온전히 차리지 못한 표정으로,

"음. …춥진 않았어. …이 선이 무딘 건 추워서가 아냐."

라고 대답한다.

"무뎌 보이지는 않아. 자네가 모든 것을 잊고 정신없이 연필을 놀린 게 역력한걸. 오늘 그린 건 정말 다 내 마음에 든다. 자네도 조금은 만족하지?"

"실제 산과 비교해 봐. …난 아버지한테도 형한테도 미안해."

자네는 서둘러 덧붙인다.

"뭐가?"

K는 의아하다는 듯이 스케치북에서 눈을 들어 자네 얼굴을 빤히 쳐다본다.

자네의 마음속에서는 쓰디쓴 잿물 같은 것이 솟아올라 온다. 고기를 잡으러 나가지는 않지만, 어부의 집에는 하루인들 한가한 날이 없는 것이다. 오늘도 자네가 하루 내내 그림을 그리고 있는 동안 자네 집에서는 틀림없이 온 식구가 바쁘게 일하고 있었을 것이다. 정치망 수선, 그물 칠 장소의 해저 지형, 가마솥을 걸 자리, 부두의 개조, 신탄의 구입, 쌀과 소금의 운반, 중개인과의 계약, 비료 회사와의 교섭… 이 밖에도 청어잡이가 시작되기 전에 어장의 소유주가 해놓아야 할 일은 태산같이 많은 것이다.

자네는 그림을 그리는 것을 도락이라고는 생각하지 않는다. 그럴 뿐만 아니라 자네에게는 생활보다도 더욱 엄숙한 일이다. 그러나 자연과 껴안고 자연을 화폭에 살리는 일은 자네가 사는 고장에서는 자네 혼자만이 알고 있는 기쁨이요 슬픔인 것이다. 다른 사람들은 ― 자네의 아버지도 형제도 이웃사람들도 ― 그저 희한한 어린아이 장난으로밖에는 보지 않는다. 자네가 생각하고 있는 바를 그 사람들 머릿속에 이해가 가도록 주입시키기란 엄두도 못 낼 일이다.

자네는 이치로 따지자면 하등의 수치심을 느낄 필요가 없다고 생각한다. 그러나 실제로는 결코 그렇지가 않다. 예술의 신성함을 믿고 예술이 실생활 위에 군림해야 한다는 것을 믿어 의심치 않는 자네도, 이러한 사실들이 자신과 연관되면 무의식 중에 입장이 어려워지는 것이다.

'내가 예술가가 될 수 있다는 자신감만 생기면 한시도 지체 않고 현재의 생활을 짓밟고라도, 육친들을 희생시켜서라도 나가야 할 방향으로 나가겠지만… 가족들이 고생하며 열심히 사는 모습을 보면 나 자신의 천재성이 그리 쉽게 믿어지지가 않는다. 이 정도 그림을 그리는 주제에 그들에게 예술가연하는 건 무섭기도 할 뿐더러 분수에 넘치는 짓이다. 나는 이런 자신이 원망스럽다. 그리고 두렵다. 다른 사람들은 모두 그토록 진심으로 만족하고 하루하루를 살아가는데, 나만은 마치 음모라도 꾸미는 사람처럼 노

156

상 어두운 마음으로 사니까 말이다. 어떻게 하면 이 괴로움, 이 고독감에서 구원받을 수 있을까?'

평소의 이런 생각이 K와 마주 앉아 있어도 머리에서 떠나지 않았으므로, 자네는 저도 모르게 아버지한테도 형한테도 미안하다고 말해 버렸던 것이다.

'뭐가?' 라고 반문한 K도 자네도 그대로 입을 다물어 버린다. K는 대답을 듣지 않아도 자네의 마음을 알고도 남았고, 자네는 또 자네대로 K 자신은 깨끗이 단념하고 있으면서 친구만이라도 예술에 대한 신념을 간직하길 열망하는 그의 쓸쓸하고도 자기를 버린 따뜻한 마음씨를 충분히 느끼고 있었기 때문이다.

두 사람의 눈동자는 우울한 빛을 내뿜으면서 서로의 눈길을 피하려는 듯이, 다소 수그러든 스토브 불을 바라본다.

이런 침묵에 자네는 한없는 쓸쓸함을 느낀다. 자신을 측은하게 여기는 것인지 K를 측은하게 여기는 것인지 알 수 없는 슬픈 감정이 울컥 치밀어 K의 손을 잡고 토닥여 주고 싶은 충동을 몇 번이나 느끼면서, 나약한 마음을 물리치려고 근질근질해진 손을 팔짱을 끼면서 꽉 움켜쥔다.

문득 거무칙칙해진 천장에서 늘어뜨려진 전구가 빛을 발한다. 깜짝 놀라 창밖을 보니 벌써 거리는 캄캄하다. 겨울 해는 빠르게 서산으로 넘어간다는 것을 새삼 절감한다. 깨끗이 닦지 않은 전구는 먼지와 손때로 한층 어두웠다. 그래서 작은 실내가 더욱 음울하다.

"저녁 먹어라!"

K의 아버지의 거칠고 노기 섞인 음성이 약국 쪽에서 무척 퉁명
스럽게 들려온다. 평소에 자네를 자기 외아들의 나쁜 친구쯤으로
간주하고, 자네가 갈 때마다 한 번도 기분 좋은 모습을 보인 적이
없는 아버지다운 목소리였다. K는 반항기를 보이는 듯하더니 어
두운 표정을 점점 더 어둡게 지을 뿐, 선뜻 대들 기색 없이 아버
지의 마음과 자네의 마음을 살피기라도 하듯 목소리가 들린 쪽과
자네 쪽을 번갈아 쳐다본다.

자네는 오래 앉아 있었던 것이 K의 아버지 기분을 상하게 한
모양이라고 생각하고 자리를 뜨려고 한다. 그러나 K는 자네에게
그런 기분이 들게 한 것을 몹시 미안하게 여긴 듯, 한사코 저녁을
같이 먹자고 권한다.

"그럼 나는 점심 싸온 게 그냥 있으니까 여기서 먹을게. 걱정
말고 먹고 와."

자네는 이렇게 말하지 않으면 안 되었다. K는 자네에게 저녁
식사를 권하면서도 사실은 그 말을 부모에게 꺼내기가 쉽지 않았
지만, 그렇다고 미안한 마음으로 자네를 그냥 돌아가게 하는 것
도 가슴이 아파 심란했던지, 자네의 말을 듣자 활로를 찾은 사람
처럼 밝은 표정을 띠며 조제실에서 나간다. 이것도 생각해 보면
일가의 빈곤이 K의 마음속에 스며 있다는 증거다. 자네는 혼자가

되자 마음이 시시각각 어두워질 뿐이다.

그러나 저녁밥이라는 소리를 듣고 문틈으로 새어 들어오는 생선구이 냄새를 맡자, 자네는 별안간 허기가 느껴진다. 그래서 허리춤에 매달아 두었던 꾸러미를 끌러 스토브에 바싹 다가앉아서 걸상에 앉은 채로 무릎 위에서 주먹밥을 꺼낸다.

홋카이도에는 대나무가 없다. 대나무 껍질 대신 얇게 벗긴 나무껍질로 싼 커다란 주먹밥은 딱딱하게 얼어 있었다. 봄이 왔다고는 하나 온종일 찬 기운이 도는 그루터기 위에 놔두었던 탓에, 주먹밥 알갱이 하나하나가 굳어져서 푸슬푸슬 손가락 사이로 부스러져 떨어진다. 맛은 어떤가 하고 입에 넣어 보니, 쌀이 지닌 단맛은 완전히 사라지고 맛없는 섬유질 덩어리 같은 감촉만이 차갑게 혀끝에 전해진다.

자네 눈에서는 느닷없이 생각지 않은 뜨거운 눈물이 주르륵 흘러내린다. 가만히 앉아 있을 수 없는 적막감이 까맣게 가슴속에 퍼진다.

자네는 슬며시 자리에서 일어나 주먹밥을 도로 싸서 허리춤에 매달고 스케치북을 주머니에 챙겨 넣고는 조용조용 출입구로 가서 장화를 신는다. 장화의 가죽은 저녁 찬바람에 얼어 철판처럼 딱딱하고 차가웠다.

눈은 인광 같은 희미한 빛을 발하며 캄캄하게 저물어 버린 가옥의 지붕들을 뒤덮고 있다. 호젓한 이 골목길은 사람 그림자조차 전혀 보이지 않는다. 잠시 걸어서 예의 그 백화점 분점 모퉁이 가까이에 이르자, 한 사내아이가 스케이트 게다(게다 밑바닥에 스케이트 날을 단 것)를 신고 울퉁불퉁하게 언 길 위를 드르륵드르륵 소리를 내면서 달리고 있다. 그 아이는 스케이트 타는 데 온통 정신이 팔려서 자네 옆을 스쳐 가면서도 자네를 보지 못한 것 같다.

'얼음을 지칠 줄 알게 되면 정말로 한눈도 팔지 않지.'

자네는 자신의 먼 과거를 들여다보듯이 적적한 마음으로 이런 생각을 한다. 무슨 일을 보든 자네의 마음은 아프다.

백화점 분점이 있는 큰길로 나가자 지금까지와는 전혀 딴판으로 몹시 번화했다. 전등불은 갑자기 환해져 길 양쪽의 집들을 비추고 있었고, 점원과 손님들의 그림자가 무늬를 이루고 있었다. 자네에게는, 현재의 자네에게는 그것들 하나하나가 그저 낯설게 느껴질 뿐이다. 그 주변에서 들리는 사람의 소리나 썰매 끄는 잡음이 자네의 머리를 콕콕 바늘로 찌르듯이 자극한다. 자네는 구경꾼들 앞에 끌려나온 가설 흥행장의 야수 같은 수치심을 느끼고 미간에 번갯불처럼 일어나는 경련을 언짢게 여기면서, 찌푸린 표정으로 서둘러 북적대는 거리를 지나 어부들 동네 쪽으로 발걸음을 옮긴다.

그러나 자네의 집이 보이기 시작하자, 발길은 저절로 무거워지고 머리는 저도 모르게 푹 수그러진다. 그러고는 행여 아는 사람이라도 마주칠까 봐 불안감에 때때로 눈을 들어 두리번거린다.

하지만 그 일대는 이미 쥐죽은 듯 고요하다.

"안 되겠다."

느닷없이 자네는 이렇게 중얼거리고 길거리 한가운데에 우뚝 멈추어 선다. 그렇게 서 있는 모습의 목에서 어깨, 어깨에서 등으로 흐르는 선은, 만일 자네를 지켜보는 사람이 있었더라면 섬뜩해져 괴이한 우수와 기운을 느꼈을 것이 틀림없는 묘하게도 힘찬 표현력을 가지고 있다.

잠시 못 박힌 듯 서 있던 자네는 이윽고 그 자리에서 자신을 비틀어 떼어 내는 것처럼 어깨를 치켜 올리더니 다시 걷기 시작한다. 스스로도 어디를 어떻게 걸었는지 모른다. 이윽고 정신을 치리고 자신을 발견한 곳은 해산물 제조 회사 뒤쪽에 있는 깎아지른 절벽 위 야트막한 산의 평지였다.

캄캄한 밤중이었다. 겨울은 늙었으나 봄은 오지 않고 있다. 다부셔 없앤 듯한 이 황량한 대지 위 저 멀리 추위를 희미한 빛으로 바꾸어 놓은 듯한 구름 한 점 없는 밤하늘이 숨도 쉬지 않고 가없이 펼쳐져 있다. 갖가지 광도와 갖가지 광채로 아로새겨진 무수한 별들 사이에 겨울 하늘의 자랑인 오리온자리의 별 세 개가 미묘한 경사를 이룬채 무슨 홍조처럼 유난히 반짝이고 있다. 별은 아무 말이 없다. 다만 저편 산기슭에서 달도 뜨지 않은 간조의 물결 소리가 바다의 요정이 부르는 단조로운 유혹의 노랫말처럼 요염하게 어루만지듯이 들려올 뿐이다. 바람이 멎어 얼어붙은 듯이

차갑게 가라앉은 공기는 이 바다의 속삭임으로 인해 살며시 떨고
있다.

자네는 평지 위에 서서 멍하니 근방을 둘러본다. 마음속에는
아까부터 무시무시한 음모가 싹트고 있었던 것이다. 그것은 어제
오늘 시작된 게 아니다. 툭하면 방심하는 틈을 타서 수렁 속에서
머리를 불쑥 쳐드는 물의 정령처럼 마음 밑바닥에서부터 솟아나
곤 하는 것이다.

자네는 이 음모를 극단적으로 두려워하기도 하고 미워하기도
경멸하기도 했다. 남자로 태어나서 이런 유혹을 느끼다니 형편없
는 놈이라는 생각도 했다. 그러나 일단 이 음모가 머리를 치켜들
기만 하면, 자네는 무엇에 홀린 사람처럼 몸부림치며 괴로워하면
서도 은근히 그것을 성취하기 위해 모든 걸 희생시킨다 해도 후
회하지 않을 것 같은 심정이 된다. 이 무시무시한 음모라는 것은
자살이다.

자네의 마음은 묘하게도 추위가 뼛속까지 스머드는 것처럼 시
리도록 맑아졌고, 눈에는 외계의 모습이 별안간 모든 표정을 잃
고 응고되어 싸늘하고 무자비한 물체들이 널려 있는 것처럼 비칠
뿐이다. 끝없이 펼쳐진 황폐—그 속에서 자네만이 숨을 쉬고 있
을 뿐, 못 견디게 적막하고 두렵게 느껴지는 황폐가 자네를 사방
에서 둘러싸고 있다. 물결의 일렁거림도 별들의 깜빡임도 꿈속에
서 일어나는 일처럼, 지각의 저 끄트머리 말초신경에 느껴질 듯

말 듯할 뿐이다. 모든 현상이 제각기 서로 아무런 연관도 갖지 않고 흩어져 버린다. 그런 가운데 자네의 마음만은 긴장 속에서 죽음을 향해 슬슬 빠져 든다. 무거운 추를 달아 깊은 우물 속으로 내려진 등불처럼 깊이 내려갈수록 자네의 마음은 더욱더 광채를 발하며 심지를 굳히고, 마지막에는 죽음이라는 그 차가운 수면으로 사라지려고 한다.

자네의 머리가 마비되어 가는 건지, 이 세계가 마비되어 가는 건지 정녕 알 수가 없다. 무서운 경계에 와 있다고 몇 번이나 자신에게 경고하면서도 자네는 아무렇지 않은 듯 엉뚱하고 태평스런 생각을 한다. 그리고 밤이 깊어 가는 것도 추위가 심해지는 것도 잊고 천천히 절벽 가장자리로 걸어간다.

발 아래 저 멀리 까만 암석들이 보이고 찰싹거리는 물결 소리가 어렴풋이 들린다. 단 한 번 뛰어내리면 된다. 그것으로 번민도 의혹도 깨끗이 소멸되는 것이다.

'식구들은 내가 정말로 미쳐 버린 줄 알겠지. …머리가 먼저 부서질까, 다리가 먼저 부러질까.'

자네는 눈도 깜박이지 않고 멍하니 절벽 아래를 내려다보면서 남의 일처럼 이렇게 마음속으로 중얼거린다.

불가사이한 마비가 더 더욱 심해진다. 파도 소리도 조금씩 가물가물해져 귀에 들리는 듯 마는 듯하다. 자네의 마음은 마치 선잠 잔 사람의 눈꺼풀이 저절로 내려앉듯이 오로지 절벽 밑바닥을 향해 굴러 떨어지려고 한다. 위험하다… 위험하다… 마치 남의 일처럼 생각하면서 마음은 육신을 절벽 아래로 밀쳐 떨어뜨리려고 한다.

별안간 자네는 반격을 받은 듯이 제정신으로 돌아와 뒤로 물러선다. 귀청이 찢어지는 듯한 날카로운 음향이 자네의 신경을 흔들어 놓은 것이다.

화들짝 놀라서 새삼스럽게 눈을 휘둥그렇게 뜬 자네 앞에는, 아래쪽으로 급하게 꺾여 있는 절벽 가장자리가 지구의 상처 자국처럼 깊숙한 입을 발밑에서 떡하니 벌리고 있다. 그쪽으로 저도 모르게 다가가고 있던 자신을 돌이켜 보고는 본능적으로 온몸의 털이 곤두서며 정신이 번쩍 든다.

날카로운 음향은 저 아래에 있는 해산물 제조 회사의 기적 소리였다. 열두시 교대 시간이 된 것이다. 먼 산 쪽에서 그 기적 소리가 이중 삼중으로 어렴풋이 메아리쳐 들려온다.

이제 자연은 본래의 자연으로 돌아왔다. 어느 사이엔가 아까 그대로의 붕괴되어 버린 듯한 적막한 표정을 한껏 짓고 끝없이 자네 주위에 펼쳐져 있다. 자네는 그것을 느끼자 덜컥 한없는 외로움에 휩싸인다. 사내다운 자네의 가슴이 조여 오며 뜨거운 눈물이 마냥 흘러내린다. 자네는 홀로 한밤중의 칠흑 같은 어둠 속에서 흐느끼면서 새하얗게 쌓인 눈 위에 웅크리고 앉는다. 서 있을 기운조차 소진했기에.

9

기모토 군!!

더 이상 자네의 내면 생활을 짐작한다든지 추측한다든지 하는 것은 내가 할 수 있는 일이 아니다. 그것은 불가능할 뿐 아니라 자네를 모독하는 동시에 나를 모독하는 일이 될 것이다. 자네의 이야기와 편지를 종합한 나의 여기까지의 상상은 틀리지 않을 거라고 믿는다. 하지만 나는 더 이상의 상상은 피하겠다. 어쨌든 자네는 이렇게 격렬한 내면의 갈등을 견디지 못하고 지난해 시월, 그 스케치북과 진솔한 편지를 내게 보내 주었다.

기모토 군, 그러나 내가 자네를 위해서 무엇을 할 수 있겠나? 자네를 만났을 때도 자네 같은 사람이— 도시의 독특한 냄새에서 완전히 면역되어 과민한 신경이나 과다한 인위적 식견에 휘둘리지 않으며, 강건한 의지력과 강인한 감정과 자연스럽게 길러진 예지로써 자연을 단적으로 볼 수 있는 자네 같은 대지의 아들이—예술에 신념을 가져 주기를 얼마나 바랐는지 모른다네, 라고 말하고 싶었지만, 나는 목구멍까지 나오려던 이 말을 굳이 밀어 넣으며, 모든 것을 내던지고 예술가가 되면 좋을 텐데, 라고는 권하지 않았다.

그렇게 권할 수 있는 사람은 자네 자신뿐이다. 혼자서 이겨 내지 않으면 안 되는 번민, 그것이 애처로운 진통의 괴로움이라고 하더라도 자네 혼자 괴로워하고 자네 혼자 극복해 내지 않으면 안 되는 괴로움인 것이다.

지구의 북쪽 끝— 그곳에서는 사람들의 생활이 광포한 자연의 위력에 압도당해 척박한 땅에 떨어진 잡초의 씨앗처럼 가련하게 머리를 쳐들고 있고, 인류 활동의 중심에서 제외될 정도로 멀리 떨어져 있는 지구 북단의 한구석에 지금 하나의 훌륭한 영혼이 고민하고 있다. 만일 내가 이 사소한 기록을 공표하지 않는다면, 이 훌륭한 영혼의 고뇌를 알 사람이 없을 것이다. 그 생각을 하면 모든 현상은 엄청난 신비에 싸여 있는 듯이 보인다. 어떤 결과를 초래할지도 모를 무서운 원인은 지구의 어느 구석에든 숨겨져 있는 법이니까. 사람들은 두려워하지 않을 수 없다.

자네가 평생 어부로서 사는 것이 좋을지, 예술가로서 사는 것이 좋을지 나는 모른다. 그런 말을 가볍게 한다는 건 너무나도 두려운 일이다. 그것은 하느님이 직접 자네에게 계시하지 않으면 안 되는 일이다. 나는 그럴 날이 자네의 신상에 한시라도 빨리 올 것을 빌어 마지않는다. 그리고 그와 동시에 이 지구상 여기저기에 자네와 똑같은 의문과 고민을 가지고 괴로워하는 사람들에게 최상의 길이 열리기를 바랄 뿐이다. 애절하게 기원하는 이 마음은 특히 자네의 신상을 알게 된 뒤부터 더 강렬해졌다.

정녕 지구는 살아 있다. 살아서 호흡하고 있다. 이 지구가 낳으려는 고뇌, 이 지구의 가슴속에 숨어 있다가 박차고 나오려는 고뇌, 그것을 나는 자네를 통해 절실히 느낄 수가 있다. 그것은 용솟음쳐 나와 튀어 오르는 강력한 힘으로써 나를 눈물짓게 한다.

기모토 군! 이제 도쿄의 겨울은 지나고 매화가 피고 동백꽃이 피는 계절이 왔다. 태양이 낳아 주는 자애로운 빛을 대지는 가슴을 활짝 펴고 빨아들이고 있다. 봄이 오는 거다.

봄이 오고 있다. 겨울이 지나고 나면 봄이 오게 마련이다. 기모토 군, 자네에게도 분명히, 틀림없이, 힘차게, 영원한 봄이 미소 짓기를… 나는 오직 그렇게 진심으로 빈다.

옮긴이 주

1) 이로리~주었다 : 일본인은 손님에게 방석을 권할 때, 자기가 깔고
   앉았던 방석은 뒤집어서 놓아 주는 습관이 있다.
2) 알레그로 : 빠르고 경쾌하게.
3) 라르고 피아니시모 : 느리고 여리게.
4) 알레그로 몰토 : 아주 빠르고 경쾌하게.
5) 요선 : 僚船. 본선에 딸려 그와 동일한 임무를 가지고 있는 배.
6) 감사의~것 : 일본인은 남에게서 뭔가를 받을 때, 고마움을 표시하
   는 의미로 그 물건을 두 손으로 들고 얼굴 위까지 치켜들었다가 내
   리는 습관이 있다.
7) 한텐 : 옷깃이나 등에 흰색으로 상호를 나타내는 문양을 찍은 감청
   새 일본식 작업복 윗도리.
8) 야마사 : 'サ(사)' 자 위에 산 모양의 'ㅅ(야마)' 표시를 얹은 것이
   주인공네 상호의 문양이므로, 동네 사람들한테 주인공 집안은 'や
   まさ(야마사)' 네로 통한다.

돌에 짓눌린 잡초

거지처럼 맨발로 살게 된 왕자도
언젠가 본 적이 있는 돌덩이 밑에 깔린 잡초의 뿌리도
나를 보았다면 자신들의 행복에 미소 지었을 거야

드디어 자취를 감추어야 할 때가 왔네. 뭘 꾸물거리며 여태 버티고 있느냐고 마음속으로 자책하는 일도 이젠 끝이야. 이 지구 상에 자네와 함께 살면서 모습만 감춘 것인지, 혹은 저 세상으로 가버린 것인지 그런 건 캐고 다니지 말게나. 설령 캐본다 한들 아무 소용 없을걸세. 내가 사라진 뒤에 남아 있는 거라곤 이 편지 한 통밖엔 없을 테니까. 아아, 도대체 나는 뭘 하러 이 세상에 태어난 걸까? 뭐가 되기 위해 태어났단 말인가? 사람을 죽이기 위해서!? 아니면 광대 짓을 하기 위해서!? 웃어라, 웃어. 돼지도 해삼도 입이 찢어지도록 웃어라. 하지만 그것들조차 내가 웃으라고 하면 웃으려던 입을 다물고 정색을 하며 날 무시하려 들 게 틀림없어(여기서 나는 '바보 같은 놈들'이나 '병신 같은 놈들' 같은 욕지거리를 하고 싶지만, 내 마음을 후련하게 해줄 만한 욕설은 공교롭게도 아직 일본어로는 발명되지 않았지).

종적을 감추기 전에 자네의 애인이자 내 아내인 M코를 그 지경으로 만들어 놓게 된 전말을 자네에게만은 알려 주고 싶었네. 내가 어떤 목적이 있어서 그런 짓을 저질렀다고는 생각지 말게. 목적 같은 것은 없었어. 무슨 목적이 있겠나? 자네를 비탄에 빠뜨리려고 그런 것도 아니고, 괴롭히려고 그런 것도 아니라네. 인간이 멋대로 운명을 망쳐 놓은, 그런 흉측한 꼴을 들이대려는 것도 아니고, 운명이 인간을 가지고 노는 그런 무자비한 장난을 뼈저리게 느껴 보라는 것도 아니야. 그렇다고 자네를 기쁘게 해주려고 이러는 건 더 더욱 아닐세. 나는 단지 자네에게 뭔가를 남겨 두고 싶어서 쓰는 것뿐이야. 굳이 목적이 있다면 그것뿐이네. 자네가 이 편지를 읽고 어떤 결론을 내리든 그건 내가 알 바 아니지. 목적이 없어지면 인간의 징체가 꽤나 노골적으로 들여다보이는 모양이야. 아마 악마가 눈을 희번덕거리는 것은 그 때문이겠지.

세 살 버릇이 여든까지 간다고 하지만, 생각해 보면 인간도 꽤나 변하는 존재라네. 우리가 ○○대학에 다니던 때는 둘 다 착실한 청년이었지. 내가 이 꼴이 되리라고 그때는 꿈이나 꿨겠나. 뭐 그렇지만 그런 건 아무래도 좋아.

자네도 기억하고 있겠지, 우리가 B선생님의 가루타[1] 모임에 초대받아 갔던 날 밤의 일을. M코를 처음 만났을 때 말이야. B선

생님은 눈에 띄지 않는 수수한 사람이면서도 떠들며 놀기를 좋아
하는 사람이었지. 어떤 놀이든지 과학적으로 면밀하게 연구했기
때문에, 기민해 보이지는 않지만 희한하게 잘했어. 자네는 연습
을 많이 하고 약삭빠른 편이었는데도 선생님과 대항하면 판판이
깨지곤 했지. 그런데 M코만은 선생님과 막상막하여서 두 사람끼
리 승부를 가려 보자는 이야기가 나왔어. 그때였지, 내가 M코에
게 반한 것은.

M코는 이리 빼고 저리 빼며 거절하다가 더 이상 버틸 재간이
없자 죽을상을 하고 발그스름하게 볼을 붉히면서 "그러면 잠깐만
기다려 주세요" 하더니 자리에서 일어나 혼자 부엌 쪽으로 나갔
어. 이 승부에 상당히 흥미를 느낀 일동은 M코가 돌아오기를 이
제나저제나 기다렸으나 좀처럼 돌아오지 않았지. 언제나 사소한
일에도 세심하게 배려하는 B선생님은 M코가 부엌을 잘 모르는
모양이라고 판단하고 나더러 가보라고 했어. 늘 B선생님 댁을 제
집처럼 드나들던 나는 그 말이 떨어지기가 무섭게 일어나서 방문
을 열고 식당으로 갔지. 식당은 캄캄했어. 그런데 뜻하지 않게 숨
을 죽이며 쿡쿡거리는 여자의 웃음소리가 들려오는 거야.

"누구세요? 전등 스위치 좀 켜주시겠어요. 누구신가요(이때 그
녀는 복도의 불빛으로 나를 비추어 보고 있는 것 같았네)? A씨 아니세
요?"

"그런데요."

나는 벌써 정신이 아득해졌지.

"A씨? 그럼 잠깐 이리 와보세요. 이런 바보 같은 짓을 저질렀어요."

장난기 섞인 목소리가 나직하고 요염하게 또다시 이렇게 울렸어. 내 눈은 아직 어둠에 익숙지 않았기 때문에, 무엇보다 먼저 전등을 켜는 게 순서라는 걸 알면서도 나는 그렇게 하지 않고 손으로 더듬어 가며 소리가 나는 쪽으로 다가갔네.

"여기예요."

별안간 촉촉하고 부드러우면서 의외로 차가운 작은 손이 내 손을 살며시 잡아당겼어. 놀랄 틈도 없이 나는 M코와 옷이 스칠 만큼 가까이에 서게 되었지. 코끝에는 악마적으로 사람을 유혹하는 전통적 올린 머리의 썩은 듯한 기름 냄새[2]가 숨이 막힐 정도로 진하게 풍기고 있었어.

"이렇게 됐어요."

M코는 내 손을 잡고 있던 손을 앞머리 쪽으로 가져갔어. 내 손이 M코의 손보다 더 차가워지는 것을 느끼면서, 그보다 더 차가운 젊은 여자의 머리카락에 나는 처음으로 손을 대보았던 거야. 그 비할 데 없이 섬세한 느낌과 말로는 형용하기 어려운 매끄러운 탄력이 나의 온 신경을 본능의 밑바닥까지 끌어당겼어. 내 손가락은 그 머리카락을 꽉 움켜쥐고 싶은 욕망으로 몸부림쳤지.

"여기요."

M코가 다른 한 손마저 올려 내 손을 모아 쥐고 이끈 곳에는, 천장에서 내려와 있던 철사로 된 램프 고리에 머리카락이 끼어 있더군. M코는 상체를 굽힌 채 엉거주춤하게 서 있었지. 그 볼록한 가슴은 내 명치 부근에 닿을락 말락 했고, 그 따스한 숨결은 이따금 내 목 언저리에 와 닿았지. 나는 언제까지나 그렇게 있고 싶은 심정과 기다리고 있을 사람들이 신경 쓰여서 두근거리는 가슴을 안고, 떨리는 손끝으로 램프 고리에서 앞 머리카락을 빼내려고 했지만 어둡기도 하여 쉽지가 않았어. M코는 조바심을 내기 시작했지.

"안 풀려요… 아직도? …안 돼요? …아아."

나는 비로소 전등을 켜야겠다는 생각이 들어 M코에게서 떨어져 스위치를 돌렸어. 두 사람의 모습이 환한 불빛에 드러났지.

"왜 그러세요? 새파랗게 질려 계시네요. 잘 안 되죠? 어머 여기 이렇게 좋은 게 있었네."

그렇게 말하더니 M코는 머리를 고정시킨 채 손만 뻗어서 재봉틀 위에 있는 큰 재봉용 가위를 집어 들더니 다른 한 손으로 앞머리를 대충 모아 잡고는 가차 없이 싹둑 잘라 버리는 거야. 새까만 머리카락이 한 움큼 하얀 하트 모양 이마로 흘러내렸어. 말릴 틈도 없이 일어난 일이라 나는 망연히 그 난폭하고 염미(艶美)한 행동을 지켜볼 수밖에 없었다네.

"과감하시군요."

"빨리 가서 선생님에게 이기고 싶으니까요. 지금 막 물을 마시고 가려던 참에 갑자기 덜컥 앞머리가 걸려서… 이젠 됐어요. 너무 고마워요. 자, 그럼 들어가죠."

그렇게 말하고 M코는 내 존재를 무시하듯이 혼자 성큼성큼 복도 쪽으로 가버렸어. 나는 좋은 꿈에서 깨어난 듯한 아쉬움을 느끼며 그 뒤를 따라갔다네. 그런데 방 안으로 막 들어가려던 M코가 방문 손잡이를 잡은 채 멈추어 서버려, 기세 좋게 따라가던 나는 하마터면 그녀와 부딪힐 뻔했지 뭔가. 한 손으로 앞머리를 능숙하게 쓸어 올리며 뒤돌아보는 M코의 청아한 모습이 정면으로 복도 전등 불빛에 비추어 보였어.

"기도해 주세요. 반드시 이겨 보일 테니까요. 아시겠죠?"

그 눈은 키스해 달라고 말하는 듯했지만, 다음 순간 이미 그녀는 복도에 있지 않았네.

정말이지 그때의 승부는 모두의 관심을 끌어 흥미진진했지. B선생님에게 가세하는 사람과 M코에게 가세하는 사람, 두 편으로 나뉘어 서로 응원을 했어. 자네는 M코 쪽에 자리 잡고 여차하면 M코를 방해할 기세로 B선생님 편을 들고 있었지. 나는 잠자코 사람들 등 뒤에 서서 팔짱을 낀 채 두 사람의 승부를 지켜보고 있었다네. 사실은 그 두 사람을 지켜보고 있었던 게 아니야. 승부를 지켜보고 있었던 것도 아니고. 오로지 M코만 뚫어지게 응시하고 있었던 거야. 그녀는 잘려 나간 앞머리가 툭하면 이마로 흘러내리는 것을 왼손으로 막으면서 침착하게 게임에 임하고 있었네.
높은 데서 내려다보는 내 눈에는 고운 선의 매끄러운 하얀 목덜
미와 몸을 구부릴 때마다 뒤로 젖혀져서 강렬한 자극을 주는 기
모노의 장식깃과 등 쪽에 불룩하게 매어진 오비[3]가 따가울 정도
로 눈부시게 비쳤네.

'도대체 누가 이 여자를 독점하게 될 것인가? 저 머리카락을,
저 목덜미를, 저 여자에게 잘 어울리는 의상들을, 그리고 저 멋진
옷맵시를. 저 여자를 아무도 독점하지 않는다면 나도 별로 독점
할 생각은 없다. 가만히 저 여자의 아름다움을 찬미할 수만 있다
면 나는 그것으로 족하다. 하지만….'

누가 M코를 저대로 내버려 두겠느냐는 생각을 하면 누구에게
라고 할 것도 없이 질투심이 치밀어 올랐어. 가만히 보고만 앉아
있을 수 없는 질투심이. 나는 M코가 자신의 자유 의지로 움직인
다는 것이 저주스러웠어. 인간들이 자유 의지로 움직인다는 게
저주스러웠던 거야. 단칼에 M코를 없애 버리기라도 한다면 비로
소 안심할 수 있을 것 같은 질투심이었지. 그리고 나보다 연상으
로 보이는, 필시 영악하고도 남을 M코에게 내가 어떻게 비쳐질
까를 상상하면 이 괴상한 질투심은 점점 더 증폭되었다네. 나는
M코를 응시한 채 흥분으로 땀에 젖은 손을 얼굴에 대는 척하며
손바닥에 남아 있던 그녀의 머리 냄새를 맡았지. 그러고는 소중
한 듯 움켜쥐고 또다시 가슴에서 팔짱을 꼈네.

"만세."

돌연 이런 환성이 들렸다고 생각한 순간, 몸을 구부리고 앉아 있던 한 무리의 남녀가 일제히 허리를 펴며 두 팔을 번쩍 치켜들었어. 승부가 끝나 M코가 이겼던 거야. 전등불이 갑자기 찬란하게 빛나 보이는 가운데, B선생님은 평상시와 같은 수수한 얼굴에 소박한 미소를 띠며 남은 가루타 패를 세고 있었네. M코는 지금까지의 침착하던 모습과는 달리 상기된 표정으로 애교스런 웃음을 환하게 짓고 있었어. 평범하면서도 커 보이는 그 표정 깊은 눈은 생기가 넘쳐 반짝거렸지. 와글와글 떠들고 있는 가운데 자네는 M코에게 뭔가 항의를 하고 있는 듯했네. M코는 자기 편이 되어 주었던 사람들에게 호소라도 하듯이 애틋한 눈길을 이쪽저쪽으로 보내면서 변명을 해댔지. 나는 그녀 뒤에서 한 번이라도 쳐다봐 주기를 학수고대하고 있었고. 승리의 기도를 부탁한 그녀가 내게 일별을 던지는 건 당연한 일 아닌가. 하지만 그녀는 끝끝내 내 존재를 무시하는 듯이 행동했다네. 내 눈은 빛나고 있었지만, 그녀의 눈은 끝내 내 쪽으로는 빛을 발하지 않았던 거야. 모든 것이 분명히 눈앞에 펼쳐진 그대로였건만, 나만은 어둡고 쓸쓸한 미로 속을 이리저리 헤매고 있었다네. 물론 그 누구도 이런 사실을 눈치 챘을 리는 없지. 그것은 다행이었으나 그와 동시에 미치도록 외로운 일이었다네. 나는 소외당한 약자답게 시무룩해져서 자네하고도 변변히 이야기조차 나누지 않았지. 자네는 전혀 눈치 채지 못했을 테지만 말이야.

집으로 돌아갈 시간이 되었을 때, B선생님은 M코의 집이 우리
집 근처라며 함께 가라고 권했어. 나는 일종의 반감과 포기한 심
정으로 비교적 냉담하게 M코를 동반하고 사람들의 왕래가 뜸해
진 추운 밤거리를 걸어갔지. 손에 넣을 수 없는 물건을 진가 이하
로 깎아내리려는 못된 심보로 M코를 대했어. 그럼에도 불구하고
M코는 혼자 신이 나서 B선생님과 대결하던 이야기를 똑똑 끊어
지는 요염한 웃음으로 쉼표까지 찍어 가며 열심히 종알거렸다네.
이런 때야말로 여자들의 이기주의는 최고조에 달하는가 보더군.
상대방의 기분 따위는 아랑곳하지 않으니까. 그게 또 어처구니없
게도 말할 수 없이 고혹적이고 천진한 애교로 보여 남자의 마음
을 사로잡아 버리는 거야. 남자의 마음이란 한심도 하지. 가로등
밑까지 왔을 때, 나도 모르게 안 보는 척하며 M코를 훔쳐보고 말
았어.

이제 잘 보일 필요가 없어진 M코는 하트 모양 이마에 흘러내
리는 앞머리를 애써 쓸어 올리려고도 하지 않았지. 눈썹 위로 흐
트러지고 육감적일 정도로 우울한 머리카락은 그녀의 매력을 자
연히 배가시켜 주었다네. 몸가짐을 돌보지 않는 방자한 모습이
거기에는 암시되어 있었어. 그녀는 끊임없이 재잘거리는 중에도
연신 오른쪽 손등을 입술에 갖다 대고는 키스하듯이 빠는 거야.
슬쩍 보니까 지렁이처럼 기다란 상처 자국이 나 있었어. 그녀가

손등을 입술로 가져갈 때마다 한심하게도 내 가슴은 뛰고 있었지. 오기를 부리고 있음을 다 알고 있는 또 하나의 내 마음은 흥분으로 달아올랐다가 빈정거림으로 차가워지곤 했다네. 하여튼 나는 M코가 담근 독주에 한껏 취했던 거야.

헤어질 때 알고 보니 뜻밖에도 M코는 내가 살고 있는 친척집 바로 옆 아담한 이층 전통 가옥에 살고 있었어. 헤어질 무렵이 되자 M코는 갑자기 몹시 친한 척하기 시작하더니, 툭하면 내가 부끄러워질 정도로 바싹 나에게 몸을 밀착시켜 오곤 하더라고.

"이렇게 가까이에 살면서 난 지금까지 A씨를 한 번도 못 봤네요. 이상하죠? 정말 이상해요. 괜히 약이 오르네요, 무시당해 온 것 같아서. 하지만 내가 문밖에 잘 나가질 않으니까 당연한 일인지도 모르죠. 이제부턴 나도 주의해서 잘 봐야지. 정말로."

또 입에 발린 소릴 한다고 나는 M코를 못 미더워하면서도 마음속은 고무공처럼 튀고 있었지.

나는 집으로 돌아오자마자 곧장 방에 들어가서 갓 빤 손수건으로 머릿기름이 묻어 끈끈해진 손바닥을 말끔히 닦아 냈어. 그 손수건에 스며든 M코의 머리 냄새는 오랫동안 내 책상 서랍 속에서 풍겨 나왔지.

그날 밤부터 나는 심한 상사병에 걸리고 말았다네. 그래. 상사병이라는 말이 딱 맞지. 사랑에 빠졌다는 정도로는 그 당시의 내 마음이 정확하게 표현되지 않아. 문득 정신을 차리고 보면 나는 어느새 M코 생각에 빠져 있었던 거야. 그 사랑은 내가 지금까지 가볍게 맛보아 왔던 순수하고 로맨틱한, 그 대신 아름다운 꿈으로만 간직할 수 있는 그런 것과는 달랐어. 육체로까지 파고들지 않으면 도저히 만족할 수 없는, 지극히 현실적이면서 아무 데나 굴러다니는 그런 사랑이었어. 다만 그것은 병이라고 하지 않을 수 없을 정도로 집착이 강한 사랑이기도 했고.

물론 이렇게 되기까지는 어느 정도의 시간이 필요했다네. 그뿐만 아니라 내 기분이 요상했어. 나는 M코, 그 여자에게 집착했다기보다 M코가 다른 사람에게 점령되는 걸 생각하는 것만으로도 용납할 수 없는, 그런 이상한 경쟁심이라고 할 만한 것에 집착했던 것 같아. 이것은 물론 오늘날에야 그 당시를 회상하면서 내린 판단이지만. 바이닝거[4]가 말했던 여성의 두 가지 전형, 즉 현모양처형과 창부형 중에서 창부형 여자는 매력을 여자 자신이 갖추고 있다기보다는 주위를 둘러싸고 있는 남자와 그 여자의 관계 속에서 만들어지는 것 같아. 그런 여자는 희한하게도 남자의 선망과 질투를 도발시키는 데 도가 터 있으니까. 또 그런 여자는 반드시 모든 것을 역이용하기 때문에, 언제라도 상대방의 칼을 빼앗아 쓰러뜨리려고 하지.

남자들 또한 기이하게도 솔직한 사랑의 발로는 제쳐 놓고 남자들의 유산인 쟁취욕을 만족시키는 데 더 흥미를 기울이고 있으니까, 여자를 전리품으로 얻기 위해 있는 힘을 다해 서로 으르렁거리며. 그 으르렁거리는 정도가 심하면 심할수록 여자는 가만히 앉아서 남자들의 마음속에 자신의 매력과 가치를 점점 증폭시켜 나가는 거야. 설령 그 여자가 한 남자의 소유로 귀착된다 해도 그런 여자가 남자에게 취하는 수단은 마찬가지야. 남자에게 주는 불안한 느낌. 남자는 여자 그 자체를 사랑한다기보다 불안한 마음에서 자신을 구제하기 위해 발버둥치고, 그 여자를 독점하려고 안달하게 되는 거야.

바이닝거는 객관적으로 여자에겐 두 가지 전형이 있다고 주장하는 모양인데, 어느 정도까지는 부정할 수 없는 사실이라 하더라도, 대부분은 문제가 되는 남녀 사이에서 생기는 관계로 정해지는 경향이 많다고 말하는 편이 옳다네. 예를 들어 M코는 어떤 다른 남자에게는 현모양처형 여자라고 할 수 있을지 모르지만, 내게는 분명히 창부형 여자였던 거야. 이를테면 나에겐 M코는 다루기 어려운 존재였던 거지. M코와 결혼한 뒤에도 냉정히 생각해보면 나는 이런 사실을 분명히 알고 있었어. 그런데도 현실을 보게. 나는 결국 이런 편지나 써놓고 떠나야 하는 운명에 처해지고만 거야. … 이게 무슨 추태란 말인가!

외곬에 지극히 내성적이어서 쓸데없이 고집만 센 스무 살의 아무 경험도 없는 나는, 가루타 모임이 있던 날 밤부터 난생처음 접하는 우울한 세계로 한 발씩 빠져 든 거야. 뭐 하나라도 더 보고 더 들으려고 그녀의 집에 신경을 곤두세우고 있었음에도 불구하고, 그후로는 한동안 M코의 모습이고 목소리고 꿈에서조차 볼 수가 없었어. 단지 그 집 우물가에 널려 있는 빨래 중에 M코의 것으로 보이는 속옷 종류를 발견했을 때, 나는 M코를 상상으로 엿볼 뿐이었지.

어느 날—그것은 판자로 된 울타리를 따라 심어 놓은 관목이 병들어 떨어져서 흙빛으로 변해 육 센티미터나 되는 서릿발 위에 하루 종일 나뒹굴고 있는, 처량하고 어두운 이월의 어느 저녁 무렵이었네—나는 독서에 지친 몸으로 언제나 그렇듯이 눈과 귀의 신경을 극도로 곤두세우면서, 방심한 표정을 잃지 않고 옆집과 가까운 뜰 가장자리를 어슬렁거리고 있었어. 그런데 갑자기 옆집의 이층 창문이 열리는 소리가 났어. 그때까지 땅바닥만 쳐다보고 있던 나는 정신이 번쩍 들어 재빨리 소리가 난 쪽으로 고개를 돌렸지. 그 순간 창문은 이미 절반 정도가 닫혀 있었는데, 분명히 M코 같은 여자의 모습이 언뜻 시야에 들어오는 거야. 그와 동시에 엽서 반 정도 크기의 종잇조각이 꽤나 빠른 속력으로 창에서 우리 집 마당 쪽으로 떨어졌어. 불덩어리 같기도 하고 얼음덩어리 같기도 한 막대기 같은 것이 느닷없이 타격을 가한 것처럼 가슴이 철렁 내려앉고 나자, 나는 온몸의 맥박이 괴로울 정도로 빨라진 것을 역력히 느낄 수 있었네. 종이는 그 근방에 떨어졌어. 그렇지만 나는 그것을 얼른 주워 들 용기가 나지 않았지. M코가 어디선가 몰래 엿보고 있을지도 모른다는 생각이 들었거든.

그런 생각은 내 마음을 정말이지 바짝 긴장시켰어. 그 종이는 밤이 된 다음에나 주워야겠다, 하지만 분명히 주웠다는 것을 M코에게 보이기 위해서는 지금 주워야 하는데, 하나 지금 줍는다면 누가 보고 있지나 않는지 둘러봐야 하잖아, 그런 모습을 M코가 이층에서 내려다보면 어쩌지, 이런 생각을 하자 도저히 주울 수가 없더군.

그러나 나는 마침내 대담해지기로 작정하고 용기를 내어 슬그머니 그 종이를 주워 들었다네. 그리고 눈도 깜빡이지 않고 들여다보았더니, 종이 중간에서 약간 아래쪽에 N이라는 글자 하나가 작고 예쁘게 쓰여 있는 거야. 나는 어쨌든 그 종이를 들고 방으로 들어갔어.

이럴 때 사람들은 묘하게도 상상의 나래를 펼치지. 나는 책상 위에서 향수 냄새가 은은하게 풍기는 반들반들한 종잇조각을 가만히 쳐다보면서 톨스토이의 「안나 카레니나」를 떠올렸다네. 사랑하는 남녀가 하고 싶은 말의 머리글자만 나열하여 평소의 대화처럼 각자의 마음을 전했다는 그 대목을. 그렇지만 난 N자만으로 M코의 의사를 어떻게 상상해야 좋을지 암담하더군. 설마 NO라고 하려는 건 아니겠지. 오만가지 생각을 다 해보다가 나는 끝내 해답을 찾지 못하고, 결국 이 종잇조각은 M코가 끼적거리다가 만 것을 창밖으로 던졌고, 그걸 내가 우연히 줍게 되었을 뿐이라고 정리했어. 그래도 그 종이 한 귀퉁이에 압정이 꽂혀 있는 것을 보면, 추를 달아 우리 집 마당으로 떨어뜨리려고 한 M코의 의도가 엿보이기도 하는 거야. 사랑에 빠진 자한테는 대수롭지 않은 것 하나도 생사 문제보다 더 크게 여겨지는 법이거든. 그날 밤 나는 잠을 이룰 수가 없었다네.

그 다음 날 뜰을 걷고 있자니 신기하게도 또 압정을 추로 삼은 종이가 떨어져 있는 거야. 거기에는 어제와 똑같은 위치에 O자 하나가 달랑 쓰여 있었네. 내가 우려했던 바로 그 NO가 성립되는 게 아닌가.

M코는 벌써부터 보이지 않는 곳에서 내 행동을 지켜보고 있었던 거다, 그리하여 내가 쓸데없는 고민을 하지 않도록 종잇조각을 두 장 보내 자비심을 베푼 것이다, 어느 쪽이든 상관없으니 어서 이 갈등에서 벗어나고 싶다, 이렇게 생각하다가 나는 졸지에 결정적인 운명과 맞닥뜨리게 되자 자제심을 잃을 정도로 절망적인 슬픔과 분노에 휩싸이고 말았네. 그래서 그날 밤 흥분으로 폭발할 것 같은 심정으로 M코에게 긴 편지를 썼어. 그 편지를 맨가슴에 품고 밤새도록 운명에게 혼신을 다해 애원했다네.

다음 날 아침 일찍 나는 그 편지를 가지고 뜰로 나갔어. 담 너머로 옆집 마당에 던져 넣으려고 했던 거야. 그랬는데 어땠는지 아나, 그날 아침에도 또 관목의 마른 가지 위에 어제와 똑같은 종잇조각이 걸려 있는 거야. 거기에는 O자와 같은 위치에 I자가 쓰여 있었네. 나는 사형당하기 직전 사면을 받은 죄수처럼 기쁨이

용솟음쳤어. 그 다음 날에는 종이 왼쪽 구석에 E자가 쓰여 있었고, 두 글자 정도 띄운 곳에 TSN이라는 세 글자가 보였네. N자와 O자로 판별 방법을 터득한 나는 매일 아침 일찍 그 종이조각을 주워다가 한 장 한 장 겹쳐서 문구가 완성되기를 일일여삼추로 기다리게 되었지. 꼭 일주일째 되는 날 아침 그 문구는 완성되었네. 이런 말이었어.

COME TO 시부야(澁谷) STATION THIS NOON

M코라는 여자는 이런 짓을 할 만한 여자였던 거야. 맨 마지막 말부터 보낸 것도 M코답지만, NO로 사람을 겁주고 그 다음에 느낄 흥분을 고조시키려는 서투른 장난은 특히 M코답지. 자네는 그게 나의 억측일 뿐 M코가 꾸민 게 아니라고 부정할지도 모르지. 그렇게 생각하건 말건 그건 자네의 자유지만 말이야. 다만 자네는 M코로 인해 나만큼 괴로워하지는 않았으리라는 점은 덧붙여 두겠네. 어쨌든 톨스토이가 묘사한 남녀와 우리 두 사람 사이의 거리감은, 이 한 가지의 작은 에피소드가 충분히 설명해 주고 있지.

그 다음부터의 이야기는 자세하게 쓸 필요도 없을 거야. 자네도 대충은 나한테 들어서 알고 있고, 또 M코가 꿀보다도 달콤한 말로 자네를 유혹하려던 때라, 자네를 초조하게 만들기 위해서 허무맹랑하게 과장한 이야기를 무기로 썼을 테니까. 하지만 여기서 한마디 꼭 덧붙여 두어야 할 말이 있지. 그것은 감정이 급상승한 것은 내 쪽이었는지 모르지만, 이 연애를 실행에 옮긴 주동자는 M코라는 점이야.

내가 그동안의 사건을 처음으로 자네에게 고백하면서 M코를 보다 여자답게, 보다 아름답게 묘사하고 싶은 일종의 감상적인 심정에서 또 나 자신의 흥분이 M코보다 훨씬 심각했음을 의식하지 않을 수 없었던 약점 때문에, 사건의 책임이 내 쪽에 더 많은 것처럼 말한 걸로 기억되는데, 실제로는 결코 그렇지가 않았다는 거야. 여기에 동봉하는 편지를 읽어 보게. 이 편지는 우리 두 사람이 처음 시부야 정거장에서 만나고 난 후 채 한 달도 지나기 전에 M코가 나한테 보내온 것이네.

(M코의 편지)

A씨에게.

어제까지 전 당신의 사랑스런 누나였지요. 당신은 좀 불만스러워하는 것 같았지만, 그래도 참을성 많고 얌전한 동생처럼 저한테 잘해 주셨어요. 하지만 제가 당신한테 얼마나 몹쓸 짓을 한 걸까요. 얼마나 슬픔에 찬 응보를 받아야만 하는 걸까요. 당신보다 세 살이나 더 먹은 제가 신중하게 굴었어야 하는 건데….

감정에 이끌려 순결을 잃었을 때의 슬픔을 어찌 감당하겠어요?

그렇게 울던 당신의 눈물을 생각하면 지금도 제 가슴은 찢어질 것
만 같아요. 저도 울지 않을 수 없었습니다. 하지만 죄 많은 저는 당
신에게 위로 받을 자격도 없지요. 절 용서해 주시겠어요? 부디 용
서해 주세요. 전 이제 누나도 뭐도 아니니까요. 그저 당신을 애타
게 그리워하는 가엾은 소녀에 지나지 않게 되었으니까요. 용서해
주실 거죠? 그리고 절 가엾게 여겨 주세요. 당신이기에 무자비해
진 제 마음을 조금이라도 헤아리신다면… 아아, A씨, 헤어질 때의
당신의 슬픈 모습이 언제까지나 제 마음에서 떠나질 않습니다. 당
신을 다시 만나서 납득하실 때까지 사죄해야만 맘이 편할 것 같아
요. 정말입니다. 내일, 아니 오늘 만나요. 이 인력거꾼에게 지금 당
장 답장을 보내 주세요. 꼭이에요. 꼭.

당신을 죽도록 사랑하는 M코

　일부러 자신을 한껏 낮춘 속이 뻔히 들여다보이는 이 편지를
좀 보게나. 누나와 동생으로서 순수하고 열정적인 교제를 하자고
자기 쪽에서 먼저 말해 놓고서, 잔혹하게 쥐를 가지고 노는 고양
이처럼 사랑에 빠진 나를 한 달간 죽지 않을 만큼 가지고 논 M코
가 아닌가. 아양을 떠는 창부처럼 스물세 살의 풍만한 육체와 감
정으로 있는 기교 없는 기교 다 부려 가며 그렇지 않아도 허덕이
고 있던 나의 욕정을 극도로 부추겨서 몇 번이나 기회를 줄 듯 말
듯 유혹했다가, 하늘에서 갑자기 각도를 바꾸어 날아올라 가는
제비처럼 잽싸게 멀찌감치 물러나서 유혹에 맥을 못 추는 수치스

러움에 얼굴도 들지 못하는 나를 그 높은 곳에서 천사와 같은 차디찬 눈빛으로 가만히 내려다보는, 그런 잔인함에 나는 얼마나 M코를 원망하며 자신을 탓해 왔던가. 나는 순진하게도 M코를 그야말로 천사 같은 마음을 지닌 여자라고 오해하고 있었던 거야. 나의 불결한 요구가 무의식 중에 표출되는 것을 가련하게 여긴 나머지 M코는 마음에도 없이 내 뜻을 받아들여 보았지만, 도저히 자신의 타락을 견디지 못해 본래의 고결하고 순진무구하며 고혹적인 모습으로 돌아가는 것이라고 생각했어. 그렇게 생각하자 나는 자신의 불결함에 정나미가 떨어져, M코가 의식하지 못한 채 겸비하고 있는 유혹의 마력을 저주하고 또 저주했네. 얼마나 번민에 시달렸는지 결국에는 몸도 마음도 쇠약해져서, 이 상태가 지속된다면 일 년도 못 가서 죽을병에 걸리거나 미쳐 버릴 것만 같았어. 차라리 M코와 헤어지자고 결심한 적도 한두 번이 아니었지. 그러나 그런 결심은 사흘을 못 갔어. M코가 이층에서 던져 보낸 한 줄의 문구는 그 모든 것을 잊게 하기에 충분했지. M코가 마지막 정열을 허락하지 않는다면 죽여 버리겠다고 마음먹고 흉기를 가지고 M코와 만난 적도 있었네. 그런 때의 M코는 반드시 그 다음 날 꿈같은 희망을 이루게 해줄 것처럼 약속하는 거야. 나는 어리석게도 부활을 믿는 광신자처럼 목전에 둔 악행을 흔쾌히 포기했지. 그 다음 날에는 M코를 증오하는 대신 자신을 책망하는 가련한 약자로 전락해 있었네.

이제야 모든 것이 아주 명백해졌어. 왜 M코가 나 같은 사람을 택했을까?

그것은 육체의 유희에 굶주려 있던 그녀가 먹이를 고를 만한 여유가 없었기 때문이야. M코는 자신의 주위를 둘러보았지. 손이 닿을 만한 곳에 내가 있었던 거야. 나는 M코보다 나이가 어리고 귀찮은 감시를 받지 않는 친척집에 기거하고 있었으며, 용모도 보통은 되었고 동정에다 정열적이었거든. 연애 유희의 쾌감을 높이기 위해서는 상대가 동정에 정열적이어야 했던 거야. M코는 이해타산에 맞춰 나를 선택한 거지. M코는 또한 유희란 어디까지나 실행으로 옮겨서는 안 된다는 것을 알고 있었어. 그래서 그녀는 가능한 한 흥미진진하게, 바꿔 말하면 실행의 문턱에서 마음껏 나를 가지고 놀고 싶었던 거야.

그런데 가엾게도 M코는 한 달이 채 안 돼서 자신이 만든 함정에 빠져 버렸지. 유희의 흥분으로 무심결에 자신을 지키지 못했던 거야. 필경 자연은 M코 이상으로 교묘하고 짓궂은 장난을 좋아하는 모양이네. 틀림없이 M코는 그런 자신에게 놀랐을 거야. 그러나 안됐지만 놀랐을 때는 이미 유희 본능 외 어떤 정욕에 눈을 뜨고 말았지. 그래서 M코는 한 달 만에 만들어 놓은 나와의 관계를 또다시 새로운 사람에게서 찾는 것도 번거롭고 하여 어쨌든 당분간은 나를 놓쳐서는 안 되겠다고 작정했던 거지.

하지만 그때 나는 돌연 M코로부터 한 발 뒤로 물러나 있었어.

무엇보다도 자신의 욕정이 M코를 육욕에 빠뜨렸다는 고통과 싸우고 있었거든. 이제 M코한테 처음과 같은 농후한 사랑의 맹세를 받지 못할 정도로 자신은 추악해진 거라고 생각했어. 지금까지의 정열은 급속도로 수그러들고 책임이라는 답답한 느낌만이 갑자기 강력한 힘으로 나를 짓눌렀던 거야. 그때서야 비로소 나는 M코와 자신을 결부시켜 미래의 생활을 생각하기 시작했지. 그러고부터는 괜히 주눅이 들면서 M코가 두려워졌고, 극심한 우울증에 빠져 들면서 M코와 헤어졌던 거야.

일부러 자신을 한껏 낮춘 편지를 M코가 나에게 보낸 이유는 이 정도로 이야기하면 충분히 이해했을 줄 아네. 여하튼 당시에 그 편지를 얼마나 기쁘고 정겹게 읽었는지 모를 거야. 나는 즉시 M코와 만났어. 우리 두 사람은 서로 다른 의미에서 각자 안심했지. 아, 그때의 내 기쁨과 만족이란! 세상은 그때부터 완전히 새롭게 바뀌고 말았지.

M코의 집안은 M코가 태어났다고는 믿기 어려울 정도로 엄격했기 때문에, 공공연히 그녀의 집에서 만나는 일은 불가능했다네. 따라서 M코와 만나는 방법은 꽤나 번거로운 절차를 궁리해 내야만 했어. 그게 몹시 불만스러웠으나 동시에 나를 이야기 속의 주인공처럼 만들어 준 것도 사실이야. 아무 목적 없던 지금까지의 공명심은 또렷한 형체를 띠게 되었고, 무슨 일을 하거나 생각할 때 중심을 가질 수 있었어. 하여튼 한 가지 일에 성공한 자

만이 느낄 수 있는 뿌듯함을 맛보았다네.

　실제로는 제대로 해내는 일도 없으면서 시종 무슨 일인가를 계획하기 바빴고, 그런 사실을 M코에게 열심히 이야기해 주는 자신이 자랑스러웠어. 하지만 이런 꿈같은 세계에 빠져 살면서도 내 정열에는 진지한 면이 있었던 모양이야. 나에 대한 M코의 사랑이 점차 진실해져 갔거든. 이때 나는 M코의 사랑이 성장해 가는 것을 빈정거릴 정도의 여유는 가지고 있었지만 말이야. 하지만 이건 자네니깐 하는 말인데, 그런 식의 여유는 도를 지나친 나머지 핵심에는 접근하지 못하는 결과를 초래하지. M코는 요정이 아니야. 심장도 있고, 여자이자 인간이지. 경우에 따라선 세상을 똑바로 볼 줄도 알겠지.

　그 당시 M코에게는 혼사 자리가 여기저기서 들어왔어. 부유한 집안에 풍만하고 아름다운 용모를 가진 그녀가 스물셋이 되도록 미혼으로 있다는 게 신기할 정도였으니까. M코는 맞선을 거절할 때마다 자세한 내막을 들려주며 내 기쁨을 이끌어 냈어. 그러고는 두 사람이 앞으로 영위해 나갈 생활 등에 대해 서로 진지하게 이야기를 나누었지. 그러나 내가 M코의 부모님께 결혼 허락을 받으려는 단계에 이르자, M코는 지금은 결코 그럴 시기가 아니라며 끈질기게 반대했어.

　"그건 안 돼. 나한테 중매가 들어오는 사람들은 모두 훌륭한 지위에 재산도 있고, 경력도 대단한 사람들뿐이라서 너는 거들떠

보지도 않을 거야. 나만 믿어. 꼭 어리광쟁이 도련님 같다니까. 만날 조르기만 하고."

그렇게 능숙한 연기로 나를 구워삶았지.

실제로 나한테는 신기한 일이 일어났어. M코는 아무런 암시도 하지 않았지만, M코와 만나면서 내 생활관이 눈에 띄게 변해 갔던 거야. M코와 만나기 전에는 자네도 알다시피 나는 사교적이지 못한 독불장군으로, 사소한 일이 하나라도 생기면 거기에만 매달리는 남자였지. 선악을 불문하고 세상사에는 흥미를 갖지 않았어. 그런데 M코를 알고부터는 무슨 일이건 표면적인 세상일들이 눈에 들어오는 거야. 차분하게 철학적인 사색이라도 해서 출세를 도모하려던 나는 어느 사이엔가 실업계에 뛰어들 생각을 갖게 되었지. 경제학 관련 서적들을 내 방식대로 읽으면서 철학 서적에선 찾을 수 없었던 삶과 밀착된 생생한 문제들이 산적해 있음을 발견하게 된 거야. 돈 씀씀이도 전에 없이 헤퍼졌어. 하루빨리 이 세상에 머리를 디밀고 싶은 생각에 조바심이 나기 시작했고, 대학 졸업장을 따는 것이 너무나 바보 같았어. 기발하고 모험적인 사업을 벌여 세상 사람들을 깜짝 놀라게 하고 싶어서 안달이 난 거야.

내가 스물두 살이던 해의 가을이었지, 우리 둘의 관계가 친한 사람들 사이에서 입소문이 나기 시작한 것은. 지금 생각하면 그것도 M코 자신이 쓴 코미디였어. 지난 이 년간 틀림없이 M코는 나와의 관계에 대해 이리저리 생각해 봤을 거야. 나의 진실한 마음에 흔들리고 만 거지. 게다가 부모 신세를 지면서 저 하고 싶은 대로 다 하며 청춘의 즐거움을 누릴 만큼 누리다가, 정신을 차려 보니 그만 스물다섯 살이 되도록 미혼으로 남게 된 거야. M코 주위에는 아마도 터무니없는 소문이 떠돌고, 혼처는 나이가 많은 사람이거나 후처 자리 같은 색 바랜 건수가 아무래도 많아졌겠지. 그러다 보니 나를 남편으로 삼아 제대로 조종한다면, 어느 정도 자리를 잡은 사람을 의지하는 것보다 재미있을 거라는 판단을 내렸을 거야. 우리 집안이 넉넉한 재산을 가진 유서 깊은 가문이라는 점도 그녀는 분명 간과하지 않았을 거고. 또 연하라는 점도 결국 M코의 마음을 편하게 했을 테니까. 마침내 M코는 결심을 했던 거야. M코는 일단 결심했다 하면 자기 뜻대로 관철시키지 않고는 못 배기는 지혜와 의지를 가지고 있었지.

M코의 부모님은 우리 관계를 친척이나 아는 사람들로부터 전해 듣고는 놀랐을 거야. 적당한 시기가 왔다고 판단했는지, 어느 날 M코는 지금이 청혼할 때라며 나에게 귀띔해 주었네. 나는 당장 우리 부모님의 승낙을 어렵게 받아 낸 다음 그녀 집에 청혼을 했어. M코의 판단대로 여리고성[5]은 금방 함락되었지.

하지만 내놓고 결혼식을 올리기에는 내 나이가 아직 어리다는 상대방의 의견을 받아들여서 나는 곧 외국으로 나가게 되었네. 나돌고 있던 뜬소문을 잠재우기 위해서도 그 길밖에는 없었지.

M코에게 미련이 남지 않은 것은 아니었으나, 사람의 공명심을 부추기는 그녀의 묘한 매력이 나에게 용기를 불러일으켰다네.

이제부터네, 내가 자네에게 정말로 들려주고 싶은 이야기는.

외유는 길지 않았어. 그렇지만 그 짧은 기간 동안 나만큼 죽을 힘을 다해 분투하고 노력한 사람은 일본인 중에 몇 없을걸세. 처음에는 아무 대학에나 들어가 사회에서 필요한 자격을 갖추려고 했으나, 일본의 사회, 특히 실업계에서는 머잖아 실질적인 수완이 제힘을 발휘하게 될 날이 오리라고 생각했기 때문에, 유럽에 일 년 정도 체재한 뒤 미국으로 건너갔다네. 그리고 아무 연고도 없이 신문 광고만 보고 애틀랜틱시티라는 피서지로 가서 유대인이 경영하는 당구장에 취직한 것을 시작으로 온갖 장사란 장사는 다 해봤어.

외국에서 생활하게 된 후 이 년 동안은 M코에게서 끊임없이 편지가 왔지. 그 편지들은 열렬한 애정의 고백과 미래에 대한 냉정한 계획으로 채워져 따끔한 회초리처럼 내 마음을 격려해 주었다네. 나는 내가 태어난 날을 축복하지 않을 수 없었어. 한 남자의 평생 가운데 만족스러운 여인에게서 만족스런 사랑을 받지 못했다면, 그 사람이 다른 면에서 제아무리 행복하다 할지라도 결국은 불행하다고 해야 할 거야. 연애의 성취를 인생의 가벼운 사건에 지나지 않는다고 보는 사람들은 진정한 생의 요구를 모르는 사람이든가, 그 요구를 충족시킬 만한 힘을 갖추지 못해 억지를 부리는 사람이라고 해도 좋을 거야. 한 번밖에 누릴 수 없는 인생에 여자한테서 진심 어린 사랑의 맹세를 얻어 낸 기쁨은, 뭐니 뭐니 해도 남자가 얻을 수 있는 최대 승리 중의 하나일걸세. 그때의 나는 그렇게 자랑스럽게 생각했어. 마음속에서는 힘이 불끈불끈 용솟음쳐 원래 성격보다 더 쾌활하고 성실하며 대담한 젊은이가 되었다네. 사실 지금 생각해도 M코가 나에게 미친 영향은 초자연적이라고 해도 좋을 정도였지.

미국으로 건너가고 나서 일 년이라는 짧은 기간에, 나는 차차 서양인들의 신용을 쌓아 그해 말쯤에는 일본에 매우 호의적이어서 일본 정부로부터 명예 영사의 대우를 받고 있는 미국인 노신사의 사무실에 들어가 꽤 중요한 거래까지 담당하게 되었다네. 나는 그 노인의 비서와 같은 역할을 수행하면서 뉴욕시의 대부호들과 대면할 기회를 얻을 때마다 그 인연을 이어 갈 연구를 했지. 내가 귀국한 후 직업으로서 선택할 대기업 대리점의 기초를 다져 두는 데 그런 식으로 온 힘을 기울였어. 내 보호자인 노신사도 나의 계획에 찬성하여 그의 세력 범위 내에서 충분한 원조를 해주었기 때문에, 나는 네댓 군데의 큰 제조 회사와 매우 유리한 계약을 체결할 수 있었네.

나는 그후 이 년 더 체재하며 미국의 상거래에 대해서 세세한 사정까지 통달하려고 노력했어. 그 무렵부터였지. M코의 소식이 눈에 띄게 뜸해지다가 뚝 끊어져 버린 것은. 끊임없이 보내는 내 생활의 상세한 보고에 대해 M코로부터 왠지 천박한 칭찬과 격려가 오기 시작한 거야. 난 사랑하는 사람의 본능으로 아무리 짧은 문구라도 글쓴이의 심정을 단박에 느낄 줄 알게 되었다네. 소식이 뜸해지면서 M코의 필체에서는 열정이 사라지고, 그저 까만 잉크만이 뚝뚝 떨어져 있는 느낌을 받는 일이 빈번해졌어. 이상하다고 생각했네.

그러던 중 잊을 수도 없는, M코와 헤어진 지 삼 년째 되던 어느 날이었네. 업무상 볼일로 여행을 하던 시러큐스라는 곳에서 받게 된, 부재 중이던 집에서 회송되어 온 M코의 편지는 특히 이상했어. 글로는 표현할 수 없는 사정이 생겨서 이제부터 당분간 편지를 보내지 못한다(지금 생각해 보면 그것은 자네가 보는 앞에서 M코가 쓴 편지임에 틀림없어. 자네가 M코에게 나와의 관계를 끊기 어려울 것이라고 끈질기게 빈정대니까, 오기가 발동한 M코는 늘 그렇듯이 안색이 하얗게 변해 미간을 떨며 여봐란듯이 자네의 편지지를 사용하여 술술 써 내려갔을 거야), 편지가 안 오면 죽지 않고 당신의 성공을 빌고 있다고 생각해 달라, 편지로는 쓸 수 없는 복잡한 사정이 있음을 이해해 달라, 이런 내용이었어. 그 편지의 표정은 특히나 천박했지. 아예 내가 싫어졌다고 하는 건 그래도 참을 수가 있어. 다 식어 버린 마음으로 따뜻한 말을 써 보내는 것만큼 편지를 받는 사람의 기분을 나쁘게 하는 일은 없을 거야. 나는 결단코 M코를 의심하지 않았다네. 적어도 나의 이성은 그때만큼은 M코를 굳게 믿고 있었지. 그러나 내 마음에 울려 퍼지는 편지글의 공허함은 달랠 길이 없었다네.

나는 곧바로 견디기 힘들다는 내용의 편지를 보냈어. 물론 그 편지에 대한 답장은 오지 않았지. 그래도 나는 그 해괴한 이변을 감당하려고 애썼네. 계획한 일만큼은 성취시키고 나서 귀국하려고 했어. 그러나 모든 게 무익하게 한 일이었지. 결국 나의 이런 고심도 노력도 모두 M코를 위해서였던 거야. M코와 함께 이 결실을 맛보고 싶었던 거야. 그래서 고통스러웠던 일 년을 마지막으로 더 이상은 버틸 재간이 없게 되었지. 치밀어 오르는 분노를 주체하지 못하는 나를 태운 채 수에즈 경유의 증기선은 홍콩을 나선 뒤 평온하게 고베(神戶)항으로 들어갔네. 오래간만에 보는 일본의 경치—그것은 그리워해야 할 대상이었지. 하지만 가쓰 가이슈[6]가 축조한 포대도, 그림 같은 소나무숲도, 롯코산(六甲山)의 비취색을 비추며 찰랑이는 아름다운 항구의 바닷물도, 내 눈에는 아무 생기가 없는 듯이 비쳤어. 배가 닻을 내리기 전에 멀리서 기다리고 있던 대형 모터보트와 거룻배들은 자석에 끌려오는 철 부스러기처럼 배 주변으로 모여들었으나, 아무한테도 귀국을 알리지 않았던 나는 그들 속에서 내 존재에 주목하고 다가오는 사람을 누구 하나 찾을 수 없었지. 맥이 빠진 나는 힘없이 고국 땅을 밟았다네.

고향집에도 들르지 않고 중요한 물건이 든 여행 가방 하나만

챙겨 든 나는 곧장 도쿄행 급행열차에 몸을 실었어. 나에게는 처음부터 묘한 예감이 들었네. 그건 도쿄에 도착해서 자네를 만나보면, M코가 지난 일 년 동안 침묵했던 비밀이 풀릴 거라는 예감이었지. 옛날부터 그렇게 친하지도 않았던 자네가 어째서 내 머릿속에 번개처럼 떠올랐는지 그건 지금도 모르겠네. 열차가 도쿄에 가까워지면서 말로 표현할 수 없는 일종의 오한이 덮쳐 왔어. 번갈아 가며 손이 차가워졌다가 발이 차가워졌다가 등줄기가 썰렁해지곤 했지. 열이 나기 전의 으스스한 한기로 가슴께가 덜덜덜 떨렸네. 밤 기차라서 감기에 걸린 게 아닌가 걱정되었지만, 목도 코도 별다른 이상은 없었어. 단지 콧속이 좀 막히고 입이 바짝바짝 말랐지. 후들거리는 다리를 이끌고 정거장을 나서자 비가 내리고 있었네. 오래 끌 것 같은 유월의 장마 비가 주룩주룩 내리고 있었어.

외국에서 살던 습관 때문에 나는 기차의 그을음으로 더러워진 손과 얼굴을 씻고 셔츠를 갈아입고 싶었네. 그래서 인력거를 불러 타고 근처의 여관부터 가려고 했어. 그런데 인력거 안에서 오늘이 마침 일요일이란 게 생각난 거야. 나는 자네가 일요일엔 교회에 간다는 것을 알고 있었거든. 교회가 끝나면 다른 데로 외출할지도 모르고, 그렇게 되면 다음 날이나 되어야 만날 수 있을 텐데. 그때까진 도저히 기다릴 자신이 없었지. 시간을 보니 열한시가 조금 안 되었더군. 지금부터 서두르면 예배가 끝날 시간까지

댈 수 있겠다는 생각에, 그 길로 인력거꾼에게 쓰키지(築地)로 가자고 했지.

포장을 완전히 덮은 비좁은 인력거 안에서 나는 정말 질식할 것만 같아 현기증이 났어. 눈앞에 조그맣게 뚫려 있는 셀룰로이드 창은 비 때문에 시야가 흐려져 눈에 들어오는 것마다 일그러지거나 뿌옇게 보였지. 마치 눈물이 그렁그렁한 눈으로 사물을 보는 것 같았어. 그게 내 마음을 한층 어둡게 만들었지.

벽돌로 된 교회 건물이 보이기 시작하자 갑자기 내 마음은 뛰기 시작했네. 일본에 도착해서 처음으로 우정이 담긴 말을 주고받는다는 기대감으로도 그랬겠지만, 내 경우에는 그 다음에 더욱 마음을 설레게 하는 게 있었지. 교회 입구에서는 신도들이 줄줄이 나오고 있었어. 몇몇 무리는 우산을 받쳐 쓰고 벌써 질퍽거리기 시작하는 진창길을 피해 가며 이쪽으로 걸어오고 있었지. 나는 몸을 일으켜 아무 소용이 없다는 걸 알면서도 손끝으로 셀룰로이드 창을 닦고 바깥을 주시했어.

자네가 있었네. M코도 있었고. 더구나 자네와 M코는 다정하게 서로 우산을 바싹 붙이고, 교회에서 귀가한다기보다 연극이라도 보고 돌아가는 사람들처럼 환한 미소를 주고받으며 걸어가고 있었지.

"여보게, 여기서 내려 주게."

쉰 듯한 목소리가 별안간 내 입에서 튀어나왔어. 마침 인력거

옆을 지나가고 있던 M코는 그 목소리를 듣더니 섬뜩했는지 우뚝 멈추어 서서 내가 탄 인력거 쪽을 쳐다보더군. 그 눈빛, 지금도 그 눈빛을 떠올릴 때만큼 나의 복수심을 통쾌하게 만족시켜 주는 것은 없지. 마음속 깊이 썩어 문드러진 M코도 내 목소리는 기억하고 있었던 거야. 그리고 그 소리에 겁을 낼 만큼 본능적인 정조 관념의 단편을 가지고 있었던 거고. 하지만 내 목소리를 그런 곳에서 들으리라고 생각이나 했겠나. M코는 자신의 환각을 비웃는 듯한, 구겨진 표정으로 얼른 자네를 뒤쫓아갔어.

인력거 채가 내려지고 포장이 걷히는 순간조차 기다리지 못하고 나는 미친 듯이 인력거에서 뛰어내렸어. 자네와 M코는 이미 나에게 뒷모습을 보이고 있었네. 질투, 질투라는 것은 일반적인 질투를 표현하는 말이지. 그런 말은 이런 경우엔 도움이 되질 않아. 모든 것이 너무나 명백했어. 사랑하는 자의 본능이 정곡을 찌르는 양날 검에 내 가슴은 아리아리하게 얼어붙고 있었네. 그러나 이 무슨 비열한 마음인가. 그런 두 사람의 모습을 두 눈으로 똑똑히 봤으면서도 아직 본능을 배신하려는 여유는 갖고 있었어. 그래서 호주머니 속에 넣어 두었던 권총 대신 정중한 목소리를 꺼냈지.

"가토(加藤) 군 아닌가."

아무것도 모르는 자네는 태연하게 가던 걸음을 멈추고 이쪽을 돌아다보았지. M코도 걸음을 멈추고 뒤돌아보았고. 그러나 M코

는 인력거 안에서 한 번 들은 내 목소리에 의심을 품으면서 인력
거가 멈추고 그 안에서 뛰어내린 남자가 총총걸음으로 뒤따라온
것을 눈치 챘을 때, 이미 가장 피하고 싶은 사건과 맞서겠다는 각
오 정도는 다진 것 같았네. 화들짝 놀라 보인 그 얼굴에는 부자연
스런 티가 남아 있었지. 학생에서 일약 신사로 변모한 나를, 그리
고 예고도 없이 자네 눈앞에 불쑥 나타난 나를, 자네는 금방 알아
보지 못해 잠시 어리둥절한 채 쳐다보더니 이내 안색이 새파랗게
변했어.

"오래간만이네."

"어머나, 깜짝 놀랐네."

내가 자네에게 건넨 말과 M코가 나에게 한 말이 멋쩍게 맞부
딪혔지. M코는 비에 흠뻑 젖은 나에게 얼른 다가와 자신의 우산
을 받쳐 주면서 눈물이 맺힌 눈으로 나를 물끄러미 바라보았어.
스물여덟―여자의 스물여덟―숭오해야 할 요염함. 약간 통통해
졌을 뿐 늘씬하게 뻗은 M코는 젊음을 간직한 채 무르익어 있었
지. 오래된 포도주가 붉은색을 그대로 유지하며 향기롭듯이. 예
전부터 그 미주를 마음껏 음미했던 나에게 눈앞에 있는 이 유혹
이 어땠을 것 같나? 빨지 않을 수 없도록 만들어진 듯한 그 빨간
입술이 바로 코앞에 있다면 말이야. 그때 만일 자네라는 훼방꾼
이 없었다면, 틀림없이 내 마음이 눈을 지배하는 대신 눈이 내 마
음을 지배했을걸세. 어느 선까지든 자네가 M코를 건드렸다고 생

각하니 M코의 모습은 내 눈에 미려한 팽이처럼 보였어. 그 아름다움을 즐기기 위해선 힘껏 채찍질을 가하는 길밖에 달리 방도가 없는 팽이처럼.

"언제 귀국하셨어요. 많이 야위셨네요. 그렇죠(라고 물으면서 자네 쪽을 쳐다봤어)? 대관절 지금 어디 계시는 거예요. 당장 우리 집으로 가요."

애교를 떨듯이 M코는 고개를 약간 갸우뚱거렸지. 밤 기차의 그을음으로 지저분해진 내 얼굴을 야위었다고 생각하는 것도 무리는 아니겠지. 그러나 그 말투에는 삼 년 동안 초인적인 각고의 노력을 하느라 소년 티를 완전히 벗고 앙상하게 말라 버린 나를 보기 싫어하는 티가 역력하더군. 나는 싸늘하게 M코로부터 자네에게 시선을 옮겼지.

학생 때 본 것이 마지막이라 자네도 많이 변했더군. 하지만 자네는 그때부터 전형적인 미남이라고 할 수 있는 타입이었지. 머리에서 발끝까지 호리호리했으며, 허스키한 목소리조차 자네를 매력적으로 만들었네. 그러면서도 자네는 이상하게 배짱이 두둑해서 누구한테든 주눅 드는 법 없이 당당하게 굴었지. 선생님한테나 동급생들에게도 평소의 겸손하고 말수가 적은 모습과는 달리, 쾌활해 보였다가 경망스러운 태도를 보이기도 했네. 그럴 때 자네는 입 꼬리가 일그러졌는데—사람에 따라서는 특히 여자들에게는 그게 매력적으로 보일지도 모르지만—그 일그러진 입 꼬리가 나는 꼴도 보기 싫었어. 나는 은근슬쩍 알랑거리는 사람에게는 비교적 잘 넘어가는 편이지만, 자네한테만큼은 일그러지는 그 입매 때문에 도무지 마음을 열 기분이 들지 않았지.

자네는 꽤나 변해 있었어. 학생 때보다 살집이 좀 불었기 때문일까, 하얀 이마 위로 왼쪽에서 깔끔하게 넘긴 칠흑 같은 머리와 금테 안경은 점잖아 보이면서도 교양 있는 신사다운 면모를 한층 돋보이게 해주었네. 여자들은 자네를 주목하지 않을 수 없었을 거야. 일반 남자들이 전체적으로 풍기는 강인함을 자네는 겸비하지 못했지만, 여자들은 저도 모르게 자네의 신체 한 부분 한 부분에 눈을 돌리겠지. 오른쪽 귀 위에서 말려 있는 곱슬머리라든지, 하얀 이마에 뚜렷하게 박혀 있는 점이라든지, 쪽 뻗은 콧날이라든지, 웃을 때면 기묘하게 일그러지는 입매라든지, 꽃조개 같은 손톱이라든지, 여자를 꿈꾸듯이 빤히 쳐다보는 안경 너머의 쌍꺼풀진 눈이라든지, 허리 밑으로 흘러내리는 우아하고 갸름한 선이라든지.

자네는 변해 있었네. 하지만 자네가 나에게 호의를 보이기 위해서, 그때의 분위기를 얼버무리기 위해서 미소 지었을 때 나타난 예의 그 일그러진 입 꼬리는 예전 그대로였지. 나는 그것을 본 순간 자네에 대한 불쾌감이 구역질 나듯 가슴께로 솟구치는 것을 느꼈어. 나는 내 확신을 입증이라도 하듯 '아무래도 만만한 녀석은 아니다'라고 속으로 중얼거렸어. 그러나 이때 자네의 마음을 사는 게 나에게 얼마나 중요한지를 잊진 않았지. 나는 억지로 친한 척하며 자네에게 말을 걸었어.

"자네한테 꼭 물어보고 싶은 말도 있고 의논할 일이 좀 있는데, 별일 없으면 지금 나랑 함께 가지 않겠나?"

그런데 이런 경우에 한해서 특히 뻔뻔스럽게 나와야 할 자네가 우습게도 허둥대는 거야.

나는 고소한 기분으로, 어디다 시선을 두어야 할지 몰라 쩔쩔매는 자네의 꼴을 바라보고 있었네.

"가, 가지. 특별히 볼 일도 없으니까⋯."

나는 그 순간 M코의 머리가 어지러울 정도로 돌아가고 있다고 생각했어. M코는 점점 태연을 가장했으나 그 가면이 너무나도 작은 탓인지, 긴장하고 있는 마음의 맨얼굴을 다 가려 주지 못했네. M코는, 우산이 뒤로 넘어가 비를 맞고 서 있는 내가 안중에도 없는지, 애틋한 눈빛으로 자네 눈에 무슨 말인가를 전하고 있었어. 내가 있는데도 말이야.

"어머, 가토 씨 오늘 오후에 조별 모임이 있는 거 잊으셨어요?"

"아 참, 그랬지요."

자네는 겨우 그 정도의 말에 천군만마라도 얻은 듯이 용기를 얻어 이렇게 대답했네.

나는 어쨌든 자네를 맨 먼저 만나 보는 것이 상책이라고 생각했기 때문에, M코의 집에 가는 것을 거절하고 인력거꾼에게 여

관 이름을 물어서 자네한테 알려 주며 저녁때 만나자는 약속을
한 뒤 또다시 인력거를 탔네.

아마 여관에 도착해서 차려 온 점심을 먹고 얼굴도 씻고 셔츠
도 갈아입었을 거야. 하지만 그때의 일은 꿈을 꾼 것처럼 잘 생각
이 나질 않아. 어쨌든 내가 정신을 차렸을 때는 비옷만 입었을 뿐
우산은 쓰지 않은 채 혼자서 다바타(田端)의 고지대를 걷고 있었
어. 눈앞에 보이는 길가에는 빗방울을 머금은 잡초들이 생기발랄
하게 잎사귀 끝을 하늘로 향해 꼿꼿이 뻗치고 있었지. 비에 씻긴
초록 이파리는 보면 볼수록 아름다웠어. 나는 진귀한 발견이라도
한 듯이 하나하나 차근차근 그 이파리들을 응시하면서 목적도 없
이 발길이 향하는 대로 걸어갔다네. 이 얼마나 은혜로운 자연의
모습인가!

'선수를 빼앗겼다고 물러날 내가 아니지.'

금방 이런 악마 같은 생각이 머리를 쳐들어 가슴이 철렁했어.
자네를 한나절이나 나한테서 빼앗아 간 M코는 도대체 어떤 간계
를 꾸미려 하는 것인지. 민감한 그녀는 내가 눈치 챈 걸 알아차렸
을 거야. 더 이상 피할 길이 없다고 생각했겠지. 그래도 어떻게든
속여 보려고 할 거야. 속이려면 속여 보라지. 나는 그냥 속아 주
는 체하면 되니까. 아니면 허겁지겁 도망이라도 칠 속셈일까? 누
구 맘대로. 두 사람이 살아 있는 동안에는 내 손아귀에서 벗어나
지 못할 줄 알아. 신은 두 사람을 놓칠지 몰라도 나는 놓치지 않

을 거야. 그게 아니라면 아예 솔직하게 다 털어놓고 나한테 파혼
해 달라고 조르려는 것일까? 그게 가장 M코다운 일이지. 그리고
나를 제일 괴롭히는 방법이기도 하고. 나로서는 그걸 거절할 하
등의 명분이 없다. 그렇게 생각하니 갑자기 힘이 쭉 빠져나가 나
는 절벽가에 널려 있는 납작한 돌덩이 위에 주저앉고 말았네. 발
부리의 깎아지른 낭떠러지 아래로 저 멀리 스미다강(隅田川)과 에
도강(江戶川)의 저수지가 종이처럼 평평하게 펼쳐져 있고, 잔뜩
흐려 미동도 하지 않는 먹구름이 내 마음처럼 그 위를 뒤덮고 있
었어.

　어느샌가 소리 없이 비가 내리고 있었네. 바다 쪽에서 흘러들
어 온 듯한 흰 새 떼가 대여섯 마리씩 무리를 지어 분주히 날아다
니고 있었지. 발밑으로는 공장들과 기차가 끊임없이 움직이고 있
었지만, 그 일대의 전망은 처량할 정도로 고요했어. 멀거니 그 넓
디넓은 벌판의 경치를 바라보면서, 나는 M코를 단지 내 정열을
끝없이 만족시켜 준 한 여자로 생각하기 시작했네. 평범하지만 커
보이는 그 눈을, 빨고 싶어지도록 생긴 빨간 입술을, 오뚝하게 솟
아 영리해 보이는 코를, 내 어깨에 기댔던 그 목덜미를, 감정이 고
조되면 될수록 더 아름다워지는 그 목소리를. 나는 M코의 채찍에
시달리다 죽기 위해 태어난 거야. 그러니 그녀를 잃을 수는 없지.
그런 생각을 하면서 문득 정신을 차리고 보니 나는 허공에서 손
을 흔들며 눈앞에 그려 놓은 고혹적인 초상을 지우고 있었어.

파혼을 거부하면 남자로서의 내 체면은 완전히 구겨지는 거다. 남자의 자존심, 그것을 어찌하냔 말이다. 그렇다고 M코를 자네에게 양보하면 자네의 승리를 인정하는 꼴이 된다. 그렇게 되어도 역시 내 자존심은 짓밟히게 되는 거지. 설령 내가 이 타격을 딛고 일어나 아주 대단한 실업가가 된다고 해도, 아주 훌륭한 새색시를 얻는다고 해도, 아주 숭고한 성자가 된다고 해도 필경 나는 M코를 다른 사람에게 빼앗겼다는 점에서는 꼴좋은 패배자인거야. 이 세상에는 새로운 삶을 개척하여 그런 과거를 잊고 사는 태평스런 사람도 어쩌다 있을지 모르겠다. 하지만 나는 못 잊어. 다시 빼앗든지, 맞아, 다시 빼앗든지 죽여 버리든지 둘 중에 하나일 뿐이지.

'아아, 나는 M코를 사랑해.'

이 사랑의 옳고 그름을 과연 누가 냉정한 마음으로 판단할 수 있단 말인가. 옳든 그르든, 가치가 있든 없든, 비장하든 우스꽝스럽든, 나는 M코를 사랑한다는 말 외에 M코에 대한 감정을 달리 표현할 길이 없다. M코가 가진 결점, 악의, 정조 관념이 없는 것까지 모든 게 나에게는 유혹 거리가 된다. 그건 병적이라고도 할 수 있지. 그래 병적이야. 그런데 병적이면 어떻다는 거야. 그런 병적인 감정조차 가질 기회가 없는 건전한 인간이 오히려 불쌍할 따름이다. 다시 빼앗든지 죽여 버리든지—그래, 다시 빼앗든지 죽여 버리든지, 둘 중 하나다.

내 손은 나도 모르게 호주머니에 있는 권총을 더듬었고, 눈에서는 하염없는 눈물이 흘러내렸지. 끝내는 참지 못하고 흐느껴 울고 말았네. 내가 얼마나 그렇게 웅크리고 있었을까. 정신을 차리고 일어나니 사방이 저녁놀에 물들어 있었네. 나는 아침에 가토 자네와 했던 약속을 떠올리고 엉덩이를 들려고 했는데, 언뜻 보니 지금까지 주저앉아 있던 돌 밑에 잡초가 삐져나와 있더군. 돌 밑에 깔려 있는 뿌리에서 힘겹게 용을 쓰며 뻗어 나온 잎이, 짓눌리면서도 돌의 무게를 제치고 자기가 받을 몫의 햇빛과 비를 당당히 받으려고 하는 거야. 나는 다른 풀들은 어찌 되었건 그 풀 포기 하나만은 무거운 돌 밑에서 자유롭게 해주고 싶다는 생각이 들었네. 그래서 있는 힘을 다해 돌덩어리를 움직여 보았지. 돌덩이는 꿈쩍도 하질 않았어.

'가엾게도 가을이 오면 네가 제일 먼저 시들어 버릴 텐데.'

그렇게 생각하면서 나는 그 잡초를 내버려 둔 채 일어섰네.

그날 밤 꽤 늦은 시각이었지, 자네와 M코가 내 숙소로 찾아온 것은. 자네는 내가 쳐다볼 때마다 이상하게도 안절부절못했었지. 그렇지만 M코는 무슨 대단한 각오라도 다진 듯이 아주 침착했어. 그건 자네 취미였겠지? M코는 오래전에 유행했던 속발[7]을 하고 있었어. 가느다란 까만색 리본도 꽂고. 그게 그 머리 모양에 잘 어울려 그날 밤의 정경과 멋지게 조화를 이루었어. M코는 그런 센스에 있어서는 정말이지 천재적이라고 할 수 있지.

그때 있었던 일은 자네도 잘 알고 있으니까 굳이 쓰지는 않겠네. 하지만 M코가 과거 일 년 동안 자네와 만나게 된 사연을 구구절절 감상적인 말투로 조리 있게 전부 털어놓았을 때에는 나도 모르게 두 사람의 처지를 동정했다는 말만은 해두겠네. 그런 후에 자네는 너무나도 법률가다운 듣기 거북한 말투로 나의 친구로서, 기독교인으로서, 또 한 인간으로서, 설령 M코에 대한 동정과 존경의 결과였다고는 하나 그런 부도덕한 짓을 저지른 죄를 정중히 사과하고 이제부터는 무슨 일이 있어도 M코와 예전의 순수한 관계로 돌아가겠다고 남자답게 맹세했었지. 그러고 나서 나에게 M코의 실수를 너그러이 용서하고 M코를 처음 만났을 때처럼 사랑해 주라고 탄원했네. 이야기가 거기에 이르자 M코는 소리를 죽여 가며 울먹거렸지. 울면서 기어들어 가는 듯한 소리로, 자기는 내 용서를 받기에는 너무 큰 죄를 저질렀다, 설사 내가 용서를 해준다 해도 자신은 받아들일 수 없다, 고백을 들어준 것만으로도 고맙다, 이제는 고아원에라도 들어가 조용하게 일생을 보내고 싶다고 했던가. '웃기는 소리 작작 해라', 나는 두 사람에게 돌멩이라도 던지듯이 소리치고 싶었어. 한편으로는 그랬지. 다른 한편으로는 마음속에서 뜻밖에도 고개를 쳐든 악마가 있었다네. 다바타에서 예상했던 것과는 백팔십도 다른 뜻밖의 결과가 나온 데다, 어쨌든 M코가 다시 내게로 돌아온다는 기쁨에 내 마음은 날아갈 것만 같았어.

나는 아주 침착하게 이렇게 말했지.

"가토 군, 그렇게 말해 줘서 고맙네. 나는 자네의 말이 진심이란 걸 잘 알아. 자네 말대로 하지. 그러나 과연 앞으로도 자네를 전처럼 대할 수 있을지는, 시간이 좀 더 지난 다음에 판단하겠네. M코, 두 사람의 운명은 너무나 가혹했어. 하지만 나는 아무 말 않을게. 날 믿어 줘. 더 이상 아무 말 않고 너를 용서할게."

이렇게 말을 끝내자, 나도 모르게 뜨거운 눈물이 흘러내리더군. 두 사람도 흐느껴 울었지.

하지만 그때의 말을 내 마음속의 말로 바꾸어 볼까. 그건 바로 이거야.

'가토! 네 녀석이 꾸며댄 말에 내가 속을 줄 알고? 별생각 없이 M코를 나한테 돌려준 네 놈은 이제 끝장이야. 이번에는 네가 괴로워해야 할 차례란 말이야. M코! 네가 아무리 운명을 거스르려고 해도 내 집착에는 변함이 없어. 난 널 죽을 때까지 사랑할 거야. 용서하고 자시고도 없어. 네가 내게 돌아오지 않았으면 죽을 목숨이었어. 위험천만이었지. 자, 다시 내 가슴으로 돌아와.'

자네에게도 속마음은 따로 있었을 테지. 하여튼 그리하여 세 사람은 자못 진지한 분위기 속에서 소리를 죽여 가며 울었지. … 쯧쯧쯧.

이런 식으로 우리의 잘못된 삼각관계가 정리된 후 한 달이 지나 세이요켄(精養軒)에서 결혼식을 올린 나와 M코는 새 가정의 주인공이 되었다네. M코는 마치 딴사람처럼 노련하고 조신한 주부가 되었어. 해외에서 지냈던, 홀로 파도를 헤쳐 나가는 듯한 거칠고 험난했던 생활은 악몽처럼 내 기억에서 희미해져 갔지. 하지만 나는 M코의 본성이 무엇을 요구하는지 잘 알고 있었어. 알고 있었다기보다 느끼고 있었지. 아니, 좀 더 솔직히 말하면 M코가 모든 일에 비용을 아끼고, 교제도 절제하고, 틈만 나면 부엌일이나 재봉일에 마음을 쓰며 오로지 가정의 안락에만 정성을 기울이고 있음에도 불구하고, 나는 화려한 생활을 추구하고자 하는 욕망이 커져만 갔던 거야.

나는 M코의 반대에도 불구하고 호화로운 주택을 통째로 사들였어. 그러고 나서 해외에 있을 때 여러 군데의 큰 회사와 계약해 두었던 대리점 업무를 개시했지. 삼 년간 외국에서 일심불란으로 노력한 결과, 젊은 나이에 비해 실무를 잘 처리할 줄 아는 수완도 생겼고 상속받은 재산도 사업을 넓혀 가기에 충분했기 때문에, 순식간에 내 대리점은 일본 전국에 거래처를 두게 되었어. 신용 또한 나의 자산을 네 배, 다섯 배씩 늘어나게 했지. 장사는 어느 정도 감이 잡힐 때까지 빨라도 삼 년은 걸린다는데, A상점이라는 이름은 일 년도 안 가서 그 방면 사람들 사이에서는 비중 있는 상점으로 자리 잡게 되었다네.

하지만 M코는 이 발빠른 성공을 몹시 두려워하는 것 같았어. 그녀는 언제나 명석한 두뇌로 나한테서 사업 돌아가는 이야기를 듣고는 눈이 번쩍 떠지는 조언을 해주곤 했으나, 어느 날 밤 식사가 끝난 뒤 휴식을 취하면서 부디 사업을 더 이상 확장하지 말라고 간곡히 부탁하는 거야.

"난 더 이상은 머리가 돌아가지 않아요. 이젠 무서워서 정말 싫어요. 어쩔 생각인데요? 난 좀 더 조용하고 의미 있는 생활을 하고 싶어요. 이렇게 돈 벌 궁리만 하고 사니까 신앙심을 키울 여유조차 없고. 당신이 집에 있는 시간도 별로 없고, 제삼자가 우릴 보면 좋아 보일지 모르지만 난 싫어요. 사실 당신은 이런 사업이 맞지도 않잖아요? … 싫어요, 그렇게 무서운 얼굴로 보면. 그러고 보니 요즘은 얼굴까지 무서워졌네."

무엇을 숨기겠나, 사실 나는 지치기 시작했네. 낮인지 밤인지 분간 못 할 정도로 전념한 결과, 사업체는 감당할 수 없을 만큼 커졌지만, 그것을 지탱해 나가기 위해서는 이루 말할 수 없는 고생이 뒤따랐지. 나도 그때는 사업을 너무 확장시킨 걸 후회하기 시작할 무렵이었다네. 특히 M코의 태도가 안정되어 갈수록 나의 왕성해 보이던 기력은 시들어 갔어.

내 눈앞에는 생각지도 못한 진정한 행복이 미소 지으며 찾아온 듯했네. 나이라는 것이 M코에게도 영향을 끼치기 시작했나 보다, 나의 절실한 애정이 어느 정도 먹혀든 모양이다, 난 그렇게 생각했던 거야. 내 성격에 맞는 생활이 가능해진 듯해서 이젠 되었다고 생각했지. M코도 나도 정말로 구원받을 때가 온 줄 알았네.

나는 M코에 대한 경계를 늦추면서 뒤틀리지 않은 참된 애정으로 대해 주어야겠다고 생각했어.

그것은 엄동설한이 어느샌가 봄으로 바뀌는 듯한 기쁨이었어. 사업 범위를 적당히 축소시켜 나간 결과, 상점의 업무는 점원들에게 맡겨 놔도 괜찮을 정도가 되어 우리는 온종일 집에서 함께 지내는 시간을 자주 갖게 되었지. M코를 내 곁에 꼭 붙들어 두려는 욕심에서 학대에 가까울 정도로 강요하던 비이성적인 성욕도 이제는 서로에게 적절하게 요구할 정도로 완화되었고. 나는 진정으로 여자에게 무엇을 요구해야 할 것인지를 배우기 시작했다고나 할까.

그것은 어느 여름날 오후였어. 서재에서 독서를 하다 지쳐서 나는 뭐 하나 부족함 없는 풍요로운 기분으로 책상에서 일어나 바깥쪽으로 돌출된 창문으로 다가갔지. 활짝 열어 둔 창밖에서는 더운 열기에 물려진 잔디 냄새와 안일한 일상의 떠들썩한 잡음들이 시원한 고지대의 미풍에 실려 흘러들어 왔어. 나는 조용히 서재에서 나와 넓은 베란다를 통해 거실 쪽으로 가보았지. 폭이 넓은 차양 때문에 그늘진 넓은 거실은 외광이 강한 만큼 한층 어두워 보였고 서늘한 공기가 썰렁한 느낌마저 주었어. 거긴 마차를 끌던 말이 일사병으로 쓰러지지 않고는 못 배길 만큼 더운 도쿄 한복판이라고는 생각할 수 없을 정도로 고요하고 시원했다네. 너무나 조용한 나머지 사람이 있는 줄도 모르고 안으로 들어갔던

214

나는 구석 쪽 소파에 깊숙이 앉아 뜨개질감을 손에 든 채로 평온하게 선잠을 자고 있는 M코를 발견했네. 나는 새삼스레 애정을 느끼며 그녀의 잠든 모습을 물끄러미 바라보았어. 나이에 어울리는 화사한 유카타[8]가 살짝 벌어져 있었고, 땀으로 촉촉해진 얼굴이 위쪽으로 젖혀져 있어 입맞춤을 위해 만들어진 듯한 빨간 입술의 벌어진 사이로 가볍게 숨을 쉴 때마다 콧방울도 미미하게 벌렁거리고 있었지. 나는 발소리를 죽여 가며 소파로 다가가 M코 옆에 살며시 앉았어. 그러고는 다시 한 번 찬찬히 그녀의 잠자는 모습을 들여다보았지.

그 어디에도 스물아홉이라는 나이나 정조를 지키지 못했던 어두운 생활을 암시하는 흔적은 없었어. 어머니 무릎에서 방금 내려놓은 계집아이처럼 손끝을 귀엽게 구부리고, 조각한 듯이 예쁜 발에는 터키풍 슬리퍼가 한 짝만 걸쳐져 있고, 머리카락 몇 가닥이 땀에 젖어 이마에 붙어 있는 것도 순진무구한 여자의 모습이었지. 벗겨진 다른 한 짝의 슬리퍼가 발밑 근처에 비스듬히 놓여 있는 것조차 신기하도록 천진스런 느낌을 주었다네.

나는 흐뭇한 심정으로 한참 동안 그런 M코의 모습을 지켜보았어. 그러다가 내 눈에는 눈물이 고이기 시작했지. 뭐라고 형용할 수 없이 맑고 순수한 마음으로 돌아가 이런 생각을 했어.

'이제부터 결단코 M코를 의심하는 짓 따윈 하지 않겠다. 여자로 태어나 어느 누가 여자다운 본성을 원하지 않겠는가. 정상적인 사랑을 받고 성장했더라면 그녀도 결코 그런 어두운 길로 빠져 들지는 않았을 것이다. 정욕이 남다른 그녀의 체질은 부당한 주위의 경계심과 시의심으로 인해 자신도 모르게 반항적인 차질을 빚고 말았지만, 그것도 본인으로서는 어쩔 수 없이 저지른 정당방위였을 거다. M코를 본연의 M코로 되돌려 놓기 위해서는 의심하지 않고 사랑하는 길밖에 없다. 나도 좀 더 잘 생각해 봐야겠다. 잠들어 있는 M코를 봐, 이 죄 없는 모습을. 그녀는 나를 보거나 세상을 보면 자기도 모르게 마음에도 없이 방어 태세를 갖추게 되는 거다. 그리고 그녀에게는 그 풍만한 육체를 이용해서 방어하는 길 외에 달리 방법이 없었던 거고. 나는 더욱 남자답게 아량을 베풀어야 한다.'

점점 나 자신조차 정화되어 가는 그 느낌은 무척이나 순정적이었지. 지금까지의 매몰찼던 마음을 말끔히 씻어 내기라도 하듯이 눈물이 쏟아져 내리더군.

문득 M코가 실낱같이 눈을 떴어. 그러고는 또다시 가벼운 한숨을 내쉬며 잠에 빠져 들려다가, 얼핏 자기 옆에 누군가가 있다는 것을 알아차렸는지 눈을 번쩍 뜨고는 눈물이 그렁그렁한 내 얼굴을 쳐다보더군. 내 얼굴에는 한없는 호의와 애정이 넘쳐흐르고 있었지.

"어머, 부끄러워라."

교태를 부리면서 얼굴을 감추었어.

"다 잔 거야?"

나는 그렇게 말하면서 은근히 앉음새를 고치며 다정하게 M코의 손을 쥐었네. M코의 손은 따스했어. 그 따스함이 너무나도 가련하고 청순한 느낌을 내 손에 전해 주었네. 사실 M코에게 이런 자상한 태도로 다가가는 것은 잘못이었어. M코는 생각보다 더 경직되어 있었거든. 좀 더 악랄하게 굴어야만 했던 거야. 하지만 순정적인 티가 채 가시지 않은 도련님 타입의 나는, 여차하면 M코도 나와 같은 마음인 줄 알고 대했지.

"오늘은 당신에게 용서를 구해야겠어. 사실 난 오늘까지도 당신에 대한 의심을 풀지 않고 있었어. 여자가 마음의 거울에 한번 깊이 새긴 건 뿌리 뽑기 힘들다고 생각했었거든. 그러면서 이런 의심 때문에 내 마음이 얼마나 고통스러웠는지 몰라. 남자답지 못한 놈이라고 자책도 했지만, 한번 마음속에 파고든 의심의 꼬리는 짓밟고 또 짓밟아도 원래대로 돌아오곤 하는 거야. 하지만 이제야말로 결심했어. 지금까지의 비겁하기 짝이 없던 태도는 송두리째 던져 버리고, 다시 태어나는 기분으로 당신과 함께 살고 싶어. 조금이라도 당신을 의심해야만 한다는 게 너무 힘들었어. 정말이지 내가 하루하루 타락해 가는 것 같았거든. ……우리 서로 세상을 좀 더 넓게 살아가자. 이제 과거는 과거 속에 묻어 버리는 거야. 그리고 서로 밝은 기분으로 살아가자. 어때, 당신도 그게 좋지? 내 신뢰를 저버리지 않을 거지? 우린 나쁜 꿈을 꾸었던 거야.

우리 세계를 언제까지나 그런 일로 어둡게 하면 우리만 손해야. 안 그래? 이젠 절대로 걱정하지 마. 당신이 노상 그 일로 주눅 들어 있으면 내가 도리어 불쾌해져. 내 행복이 어디서 샘솟는지 당신도 잘 알잖아. 그러면 되는 거야."

이런 말을 구구하게 늘어놓았지. 그 말들이 아무리 달콤하고 유치하게 들리든 간에 M코는 그걸 즉각 얼굴에 나타내는 여자가 아니었어. M코는 자신의 귀를 의심하는 듯이 두 눈을 동그랗게 뜨고 내 말을 듣고 있다가, 드디어 내 심정을 이해했는지 돌연 내 가슴에 파고들어 애처로울 정도로 격렬하게 울기 시작했다네. 인간의 마음과 마음이 하나로 녹아드는 순간을 우리는 일생 동안 몇 차례나 맛볼까? 이런 게 바로 지상의 천국이라는 건가 보다, 이럴 때만큼은 사람도 어엿한 천사가 되기도 하고. 그것을 인간들은 의식하지 못하기 때문에 동경하고 갈구하는가 보다, 나는 그런 생각들을 하면서 신기하게 정화된 가슴에 으서져라 M코를 쏙 껴안았다네.

"나 같은 죄인을 당신은 잘도, 잘도……. 난 더 이상 바랄 게 없어요. 제발 부탁이에요. 용서해 주세요. 괴로워 죽을 것 같아요."

여보게, 난 이 부분을 읽는 자네의 얼굴을 보고 싶구먼. M코의 이 말은 자네 품에 안기어 하던 말의 복습이 틀림없을 거야. 하지만 아직은 웃지 말게나. 웃기엔 아직 조금 이르거든.

그러고 나서 우리 두 사람은 지금까지보다 더 정신적인 생활을 영위하게 되었어. 사업을 한다든가 돈을 번다든가 하는 일이 그다지 내 머릿속에 강한 자극을 주지 않게 되었고, 조금이라도 더여유 있는 생활, 고상한 생활을 누려 보자는 욕심이 생겼지. M코는 M코대로 일요일에는 꼬박꼬박 교회에 나갔고, 자기 전에는반드시 나에게 성서를 읽어 주곤 했다네. 그리고 금요일 저녁이면 나에게 학비 보조를 받고 있는 학생들 일고여덟 명이 모여서,허심탄회하고 쾌활한 대화를 나누거나 유희를 즐기며 하룻밤을떠들썩하게 보내곤 했지. 나는 점점 그런 일에 흥미를 느끼게 되었다네. 예전에 B선생님 댁에서 제집처럼 멋대로 굴던 나는, 젊은주제에 B선생님 흉내를 내며 M코에게 이래라저래라 지시 같은것도 했어. 남자들을 끌어당기는 M코의 수완은 역시 남달랐지.'아주머니, 아주머니' 하며 학생들은 무슨 일에든 나보다 M코를떠받들었어. 옷의 실밥 터진 것, 소풍 도시락, 양복 주문 — 시중꾼들이 많이 있음에도 불구하고 M코는 바지런을 떨며 스스로 그런성가신 일들을 도맡아 처리했다네. 금요일 아침만 되면 평상시보다 들떠 있는 M코의 모습에 떨떠름한 기분이 들 정도였지.

어쨌든 우리는 행복했어. 큰일을 매듭지을 때에는 남자인 만큼내 쪽이 정확하고 폭넓은 견해를 가지고 있었지만, 일상의 자질구레한 일들을 척척 해결해 나가는 M코의 기량은 대단하고 시원시원했네. 나보다 나이가 많은 것을 앞세워 자잘한 일에 누나행세를 하는 것이 결코 밉지 않았어. 세상 사람들 사이에 A씨 부인은 A씨 이상의 민완가라는 소문이 나돌아도, 어떤 점에서는 M코보다 월등하다는 자신감을 M코로 인해 갖게 된 나는 오히려 기뻐했지.

이제까지 M코가 어떻게든 핑계를 대며 거절하던 부모님과의 동거를 M코 쪽에서 먼저 꺼냈을 때도, 유일하게 우리에게 없는 아이를 갖고 싶다고 했을 때도 나는 내 정성이 승리한 것이라고 굳게 믿었다네. M코가 그렇게 말해 준 것만으로 만족했던 거야. 나에게 그 두 가지 문제는 그리 대수로운 일이 아니었거든. 아니, 이제 와 생각하니 그런 일이 일어나지 않았던 게 결국 나에게는 잘된 일이지.

이렇게 행복하고 평화로운 생활이 아무런 탈 없이 반년간 이어졌다네. 계절은 겨울로 바뀌어 상인들에게는 몹시 바쁜 세모가 다가왔어. 여유로운 생활을 즐기던 나도 사방으로 자동차를 타고 돌아다니며 거래처와 연말 결산을 하는 등 매일 눈코 뜰 새 없이 바쁘게 지냈지. M코는 M코대로 챙겨야 할 연말연시 선물이라든가, 종업원들과 하인들에게 줄 떡값이라든가, 설빔 준비 같은 일에 쫓겨 진종일 집 안에서 미쓰코시[9]를 부른다, 다카시마야[10]를 부른다 하며 법석을 떨고 있었네. 얼굴을 마주치면 서로가 분주한 듯이, 분주한 게 행복하기라도 한 듯이, 이렇게 바빠서야 어디 살겠느냐는 둥의 말을 나누곤 했지.

잊을 수 없는 그날, 십이월 이십사일이었지. 물먹은 솜처럼 녹초가 된 나는 밤 아홉시쯤 가정의 따스함과 안락함을 그리워하면서 자동차로 간다(神田) 대로를 달리고 있었네. 막 오가와초(小川町) 교차 지점에 이르렀을 때 전차에서 내리는 한 여인에게로 눈이 갔어. 외투 자락을 감싸 쥐고 몸을 약간 구부리며 발판에 한쪽 발을 내려놓으려던 참이었는데, 검은 모피를 목에 둘러 얼굴은 제대로 보이지 않았지만 몸놀림이 분명히 M코 같더군. 나는 무심결에 몸을 길게 빼며 만약 그 여자가 M코라면 차에 태워 주려고 하던 찰나 M코의 뒤를 따라 전차에서 내리는 남자를 발견했지. 가토, 자네더군. 벌써 자동차는 이 킬로미터 가까이 지나쳐 버렸으나, 나는 몸을 뒤로 틀어 작은 뒤창을 통해 바라보았네. 여자도 남자도 인파 속으로 섞여 들어가 더는 보이지 않더군.

'설마. 그럴 리가.'

잠시 좀 전의 일을 되짚어 본 나는 생각을 고쳐먹었네.

'이런 섣부른 의심이 쓸데없는 파란을 일으키는 거다. 한번 믿는다고 했으면 끝까지 믿어야 한다.'

나는 자신의 비열한 마음을 뉘우치면서 그렇게 생각했어.

M코는 집에 없었네만 금방 귀가하더군. 그리고 검은 모피 목도리를 풀면서 자못 신기한 일이라도 있었다는 듯이,

"당신 오가와초 정류장 근처를 지나가셨죠? 그렇죠? 아무래도 차 모양이 당신 차 같더라고요. 내일 크리스마스날 교회 아이들한테 뭐라도 선물하고 싶어서 나카니시야(中西屋)까지 갔다 왔어

요. 이렇게 바쁜데 별일 다 하죠?"

도대체 내가 무슨 생각을 한 건가 반성했네. 그만큼 M코의 얼굴은 티 없이 맑았어.

다음 날 아침 평상시처럼 목욕을 하려고 욕실로 들어갔어. 탈의실에서 잠옷을 벗으려다가 말끔히 청소가 된 모자이크 타일 바닥 위에 사방 1.5센티미터 정도의 종잇조각이 떨어져 있는 것을 발견했네. 여느 때라면 그런 건 돌아보지도 않았을 거야. 하지만 전날 그런 일이 있었고 보니 그냥 지나칠 수가 없더라고. 내 마음 속 깊은 곳에서는 희미하게나마 추악한 시의심이라는 마귀가 고개를 쳐들었던 것 같아. 나는 종이 쪼가리를 주워 들었어. 서양 편지지의 귀퉁이 부분인지 반쪽은 직각을 이루고 있었고 다른 반쪽은 톱니 모양으로 찢겨져 있더군. 앞면에는 '안정'이라는 두 글자만 보였어. 뒷면에는 이름의 앞 글자는 찢겨 나가고 '로(郎)가'라는 두 글자만 또렷이 남아 있었네. 그 '로' 자를 본 순간 내가 자네의 이름을 머릿속에 떠올린 건 이상할 것도 없지. 자네의 이름에는 '로' 자가 들어 있으니까. 혹시….

'제기랄!'

내 손은 벌써 떨리고 있었네. 그리고 반쪽이 된 이름 앞 글자를 판독해 보려고 애썼지. 불현듯 우메지로(梅次郎)라는 자네의 이름자가 저절로 그려지기도 했지만 전혀 다른 글자처럼 보이기도 했어. 나는 '말도 안 돼' 하는 한마디로 일을 끝맺을 수가 없더라고.

222

그래서 그 종이 쪼가리를 목욕 가운 주머니에 잘 넣어 두고 마음을 가라앉히면서 뜨거운 물에 몸을 담갔어. 그리고 말끔하게 닦인 유리창 너머로 쌀쌀해 보이는 창공을 물끄러미 바라보면서 생각했네.

한순간 두려움이 몰려와 흰 벽돌로 둘러쳐진 산뜻한 사방 벽이 당장에라도 내 위로 와르르 무너져 내릴 것만 같았어. 내 몸은 여느 때보다도 무겁게 목욕탕 속으로 가라앉는 느낌이었다네.

그것은 틀림없이 탈의실 한쪽 구석에 있는 서양 변기에 버리려던 종잇조각을 흘린 것이리라. 바깥에서 날아들어 왔을 리도 없고. … 도대체 이런 생각을 해도 되는 걸까? '어떤 사람을 도둑이라 불러 보아라. 그 사람은 도둑이 될 것이다'라고 칼라일은 말했다. … 칼라일이고 나발이고 집어치워라. 그걸 떨어뜨린 사람은 M코일 리가 없다. 아마도 화장실 청소를 하던 하녀의 기모노 소맷자락에서 떨어진 것이겠지.

아아! M코, 더 이상 죄를 지어서는 안 돼. 정말로. 진심으로 하는 말이야. 나 혼자만의 이기주의에서 하는 말이 아니야. 이젠 나도 괴로워하기 싫어. 너도 괴롭히고 싶지 않고. … 오늘 아침 M코는 아직 자고 있다. 나보다 먼저 이 욕실에 오지 않은 게 M코의 실수다. 모르고 있었더라면 나는 결국 전과 같이 행복을 누릴 수 있었을 텐데. M코가 먼저 일어나기만 했더라도 아무 일이 없었을 것을. 하지만 그 종잇조각의 이름이 마쓰지로(松次郞)나 그냥

다로(太郎)였다면. 그렇지 않다고 누가 단언할 수 있겠는가. 어젯
밤 마지막으로 화장실에 간 사람은 M코다. 하녀는 여길 사용하
지 않는다. 그러니까 어쨌든 그것이 M코의 손에서 떨어진 것임
은 의심할 여지가 없다. 맞아, 의심할 여지가 없어. …. 도대체 이
목욕탕 물은 미지근한 거야, 뜨거운 거야? 아니면 딱 알맞는 거
야? 그렇다면, M코는 어떤 남자한테서 편지를 받은 거다. 그것만
은 틀림없다. '안정된 모습을 보이지 않으면 들킬 거예요', '나는
안정할 수 없는 마음으로 당신을 손꼽아 기다리고 있어요', '같이
도망가 ○○에서 안정합시다', '완전히 A를 안정시킨 당신의 능
력에 놀랐습니다' … 악마! …. 하지만 바보같이 쓸데없는 걱정은
하지 말자. 말도 안 돼! 내가 이렇게 걱정을 사서 하는 졸장부인
줄은 나도 몰랐다.

　이 모든 것이 꿈이라면, 이 모든 것이 별일 아닌 우연이었다면,
나는 완전히 얼간이가 되는 거야. 한낱 종이 쪼가리 때문에 이렇
게 머리를 싸매는 못난 놈이 또 있을까. …. 문제는 종잇조각이
아니라 M코다. 이게 작은 문제란 말인가. 아아, 가능한 일이라면
모르는 체 눈감아 주고 싶다. 실제로 지금까지 눈감아 주었다. 그
런 것을, M코가. 맞아, M코가 나한테서 미련 없이 떠나려고 연극
을 꾸민 거다. 하마터면 그 수법에 넘어갈 뻔했다. 음, 위험할 뻔
했다. 누가 M코를 놓칠쏘냐. 하지만, 하지만 무엇보다 바람직한
것은 좋은 일만 있는 거다. 평화로운 일, 삐뚤어지지 않은 애정,

그런 것이다. 그게 왜 안 되는 거야?

나의 뇌는 조리 있게 사고하는 힘을 잃고, 이런 생각들을 두서없이 막연한 자기상실의 무상(無想) 사이사이에 떠올리고 있었다네. 본래의 나로 돌아왔을 때에는 냉철한 사고가 쇳덩어리처럼 무겁고 험하게 가슴속에 들어차 있었지. 피투성이가 된 일종의 흥미조차 가세하고 있었네. 목숨을 걸고라도 그 종잇조각에서 진실을 캐내야만 한다는 지령이 신탁처럼 나에게 내려졌지.

내가 침실로 들어가자, 그때 잠자리에서 일어난 M코는 앞자락을 여미면서 내 쪽을 향해 잔잔한 미소로 돌아보다가 내 얼굴을 보더니 흠칫 놀라는 눈치였네. 안색이 몹시 안 좋았던 모양이야. 나는, 너무 바쁘게 지내서 그런지 탕 속에서 갑자기 현기증이 나더라, 좀 쉬겠노라며 그대로 잠자리로 들어갔어.

M코는 평상시처럼 편안하고 자상하게 돌봐 주고 나서는 오늘은 크리스마스 날이라 아침부터 교회에 가야 한다며, 하녀에게 간호에서 음식에 이르기까지 세세히 주의시키고 어제 산 선물 꾸러미를 잔뜩 자동차에 싣고서 집을 나섰다네.

M코가 나가자마자 나는 바로 하녀를 아래층으로 내려 보냈어. 그러고 나서 침실 문을 잠그고 일종의 아픔을 느끼면서 M코의 편지를 몽땅 찾아내어 조사하기 시작했지. 딴 이름이라도, 평범한 문구라도 욕실에 떨어져 있던 종잇조각과 재질이 비슷한 편지지는 세심하게 살펴봤어. 하지만 조금도 의심을 살 만한 흔적은 없

었지. 나는 이런 식으로 거실도 객실도 다 뒤져 봤네. 역시 의심할
만한 여지가 없더군. 마지막으로 창고로 쓰이는 다락방으로 올라
갔지. 삼 년간 내가 여행할 때마다 사용했던 낡은 트렁크 속에는
뜯어 본 편지들로 꽉 차 있었네. 어두침침하고 후텁지근하며 천
장이 낮고 비좁은 방 안에서, 그 낡은 트렁크를 본다는 것만으로
도 이미 충분히 눈물이 나더군. 트렁크 속에서는 눅눅해진 수백
통의 사상과 감정의 망해들이 나왔는데, M코한테서 받은 편지
뭉치가 손에 잡혔을 때는 서글퍼지더라고. 그리고 이제는 돌이
킬 수 없는 추억으로 인해 영혼까지 으스러지려고 했지. 무엇이
급선무인지도 잊어버린 채 한 장 한 장 전부 읽은 뒤, 그중에서
특히 추억이 어린 네댓 통을 빼냈지(이 수기 속에 인용한 편지는 그 네
댓 통 안에 있던 것이라네). 그런 다음 나는 또다시 샅샅이 들춰 보
며 자네의 소식을 찾았지. 엽서 한 장에는 자네의 이름이 이니셜
로만 쓰여 있었네. 그리고 또 편지 한 통에는 '가토 생(生)'이라고
자네의 성만 쓰여 있었고, 그 글씨체가 종잇조각의 글씨와 매우
비슷해 보이는가 하면 생판 달라 보이기도 했어. 의심하는 자는,
그 의심을 또 의심하는 자는 뭐가 뭔지 종잡을 수 없게 되는 법이야.

  하지만 이 적막하고 작은 방은 나에게 중요한 암시를 던져 주
었어. 후텁지근하면서도 서늘한 느낌을 주는 이 방은 내 마음에
심술궂은 냉정함을 강요했지. 침착해야 한다. 내 마음이 어떤 동
요를 일으키든지 얼굴에는 철가면을 써야 한다. 일이 성사될 때

까지는 자신조차 자기 마음을 눈치 채지 못하게 해야 한다. 나는 이런 기원을 되풀이하면서 M코의 편지를 움켜쥐고 계단을 내려 왔네.

그날 밤 나는 M코와 소파에 무릎을 나란히 붙이고 앉아서 교회의 크리스마스 분위기를 즐겁게 전해 듣고 있었어. M코는 감쪽같이 내 가면에 속아 넘어갔지.

'이제부터 두고 봐.'

나는 쾌활하게 M코의 무릎을 탁탁 쳤어.

"재미있었겠네. 우리도 크리스마스 파티를 한번 열어 볼까? 학생들을 불러서 말이야. 모레 저녁때쯤 시간을 내서. 나도 학생 시절로 돌아가 마음껏 놀아 보고 싶어. 당신이 앞머리를 잘랐던 그날 밤처럼 말이야. 하긴 그때는 내가 좀 무뚝뚝했었지. 요즘에 와서야 도리어 젊어진 기분이 들어. 당신도 한바탕 노는 걸 여전히 좋아하니까."

M코의 눈은 본능적으로 빛났다네.

"하지만 이렇게 정신없이 바쁜 때에. 당신은 정말 태평이시네요. 그래도 학생들은 좋아할 거예요. 하녀들도 쉴 새 없이 일했으니 하룻밤 정도는 놀게 해주죠 뭐. 그럼 정말로 초대할까요?"라고 하면서.

"정말로 부르자니까. 그리고 부르는 김에 당신 교회 사람들도 오라고 해. 술만 빼면 와주겠지? 평소에 신세도 지고 있고, 나도 좀 가깝게 지내고 싶으니까. …그리고 참, 당신이 이전에 다녔던 쓰키지 교회 사람들도 불러. 이왕 초대하는 거 많을수록 좋잖아. 가토 군도 꼭 오라고 하고."

나의 다정스런 가면은 한 점 흐트러짐이 없었네. 그럼에도 불구하고 자네의 이름을 듣는 순간 M코는 언제나 그렇듯이 불쾌한 표정을 지으며 입을 다물어 버리더군.

"당신은 또 날 괴롭히려고 그러시죠?"

잠시 후 그녀는 원망스러운 눈빛을 더욱 크게 하며 내 마음을 읽으려는 듯이 가만히 흘겨보았네. 부드럽고 귀여운 눈 흘김이었지.

"M코 오해하면 곤란해. 사실은 말이야, 난 전부터 어떻게든 가토 군과 화해하고 싶었어. 하지만 무언가 껄끄러운 감정이 방해를 했지. 솔직히 말해서 당신도 무슨 생각을 하는지 잘 모르겠더라고. 이런 저런 이유로 마음과는 달리 그냥저냥 넘어가고 있었는데, 이제는 그런 행동들이 당신에게 너무 미안해지는 거야. M코, 이젠 당신을 눈곱만큼도 의심하기 싫어. M코(나는 M코의 등에 대고 있던 손을 겨드랑이 밑으로 가져가 그녀의 몸을 끌어안았어. 그러고는 그녀의 아름다운 하트 모양 이마에 가볍게 키스했지. 웬일인지 그때는 요염한 그녀의 입술에 키스할 수가 없더군), 당신은 정말로 나에게 새 생명을 주었어. 더 이상 난 그 누구와도 벽을 쌓고 지내고 싶지 않아. 질투하거나 의심하는 건 너무 괴로워. 정말이지 못할 짓이야. 당신도 마음만 확고하다면 가토 군과 교제해도 괜찮아. 당신이 교제하는 걸 두려워한다면 오히려 나에게 불안감을 남겨 주는 꼴이 되니까. 무슨 말인지 알겠지? 그럼 가토를 초대해도 좋은 거지?"

어느 학자는 슬프기 때문에 우는 것이 아니라 우는 표정을 짓기 때문에 슬퍼지는 것이라고 했던가. 정말이지 희한한 일이지. 그런 말을 하는 사이에 어느덧 내 기분까지 숙연해지더군. 진심으로 그런 말을 하고 있는 게 아닐까 하는 생각마저 들었지.

내 말을 들은 M코가 얼마나 갑작스레 소파에서 미끄러지듯이 내려앉았는지, 나의 너그러운 언동에 얼마나 감사했는지, 복받쳐 오르는 눈물 때문에 내 무릎에 얼굴을 파묻고 얼마나 흐느껴 울었는지, 그러다가 끝내 서로의 애정을 느끼며 뜨거운 포옹 속에서 얼마나 많은 키스를 주고받았는지, 그런 것은 자네의 상상에 맡기겠네. M코의 그런 행동들은 진심에서 우러나온 것임에 틀림없어. 내가 맹랑한 자신의 언변에 숙연해진 것처럼. 인간이라는 것은 여차하는 순간에 자기 이상도 되었다가 자기 이하도 되었다가 하는 법인가 보더군. 인간 마음의 굴곡이 심한 이유는 여기에 있는 모양이지.

이렇게 하여 M코가 끝까지 자기 자신을 배신하지 않았듯이, 나 또한 계획의 고삐를 조금도 늦추지 않았어. 나는 당장 자네에게 초대한다는 내용의 간단한 편지를 썼지.

자네가 안 올 것은 뻔했지만 그건 내 목적과 상관없었다네. 자네의 자필 답장, 그것만 자네한테 받아 내면 그만이었지. 보통 때는 붓만 고집하던 나는 일부러 만년필로 썼네. 자네도 펜, 특히 만년필을 사용하도록 말이야(종잇조각의 글씨는 만년필로 쓴 게 틀림없다고 확신했으니까). 내 성과 이름을 또박또박 썼어. 자네도 성과 이름을 제대로 쓰도록. 나는 서양 봉투를 사용했어. 자네도 어김없이 서양 종이를 사용하도록 말이야. 나는 '안정된 상태에서 이야기를 나누고 싶다'고도 썼지. 자네도 '안정'이라는 글자를 어딘가에 쓰게 하려고.

이십육일 아침 자동차로 출근하기 전에 나는 몬젠(門前)까지 가서 직접 그 편지를 우체통에 넣었네. '해선 안 되는 일을 저지른 건 아닐까?' 하는 생각이 번개처럼 머리를 스쳐 갔어. 하지만 그것은 이미 빨간 우체통 뚜껑이 덜컹 하는 소리를 내고 닫힌 후였네. 나는 우에노 정거장까지 가서 차를 돌려보내고 혼자 터벅터벅 걸어서 다바타의 고지대로 향했어. 편지를 부치고 나니 답장이 올 때까지 M코와 얼굴을 마주할 수 없을 것 같은 기분이 드는 거야.

언덕배기도 들판도 서리에 말라죽었고 쓰쿠바(筑波) 쪽에서 불어오는 드센 바람이 가느다란 벚나무 가지를 횡횡 흔들며 지나갔어. 엇갈려 지나가는 사람들은 주야로 교대하는 직공들 무리뿐이었지. 모두들 추워서 눈동자조차 굴리기 싫은 양 시선을 한곳에 고정시킨 채 바람에 휘청거리며 종종걸음을 치고 있었네. 그 사람들은 하나같이 궁핍해 보였고 지병이 있는 듯했어. 바람에 맞서며 언덕 쪽으로 날아오던 까마귀 떼는 아무리 날갯짓을 해도 좀처럼 앞으로 나아가지 않자, 단념하기로 의논이라도 한 듯이 돌연 들판 끝 쪽을 향해 일제히 화살처럼 흘러가기 시작했네. 차바퀴 자국이 그대로 꽁꽁 얼어 버린 길 위에서 나는 몇 차례나 미끄러질 뻔했지. 올봄에 새로 단 듯한 가로등의 유리는 벌써 깨져 있었고, 찻집의 갈대발은 갈기갈기 찢겨 있었네. 서리를 맞아 파김치가 되어 버린 풀숲 사이사이로 참억새만이 미련을 남긴 듯 꼿꼿이 서서, 말라빠진 이삭만을 제멋대로 흔들고 있었어. 이 얼마나 비참하고 초라한 정경이냐.

그런 가운데 나만은 수달 털모자에 두툼한 털을 두른 외투를 걸치고, 얼굴을 낙타털 목도리에 반쯤 파묻은 채 걷고 있었네. 그러면서 나는 눈앞에 펼쳐진 그 어떤 것과는 비교도 안 될 만큼 비참하고 초라한 존재임을 깨달았던 거야. 고엽조차 바람을 타고 달리고 작은 새조차 관목 가지에 둥지를 틀고 있는데, 나에게는 무엇이 있는 걸까.

제발 자네가 답장을 하지 말았으면. 하다못해 자네의 필적이 하룻밤 사이에 변해 버리기라도 한다면. 자네가 회사에서 퇴근하는 길에 헌책방에 들러 어떤 탁본을 발견하고, 갑자기 그 글씨체가 마음에 들어 지금까지 쓰던 필체를 바꾸었다면…. 그 사소한 사건이 내 운명을 광명으로 인도할지도 모르는데. 나는 더 이상 사람을 의심하거나 원망하는 고통을 견딜 수가 없다. 아주 짧은 기간이었지만 정상적인 가정생활을 맛본 나는 그 뒤안길을 진창만 골라 다니는 듯한, 모든 일마다 이면을 캐는 듯한, 밤이 되면 눈을 말똥말똥 뜨고 이를 가는 듯한, 태양이 까만 쇠구슬로밖에 보이지 않는 듯한 음산하고 참담한 시의심으로 메워진 생활에 진절머리가 났어. 나에게, 남의 의표를 찌르고 태연할 수 없는 못난 시의심이 있고, 자기 영토를 손톱만큼도 침범 당하지 않으려는 방자한 이기심이 있고, 겉으로는 자신을 낮추면서 내심 남을 비웃는 교만이 있다고 해도, 마음 깊은 곳에서 그런 면들을 경멸하고 꺼리는 욕구가 아주 없었던 것은 아닐세. 평상시에는 알아차리지 못할 뿐이지. 그러나 그때와 같이 막다른 궁지에 몰리면 자신의 선량함과 소심함을 똑똑히 깨닫게 되는 모양이더군. 자네의 답장을 받을 때까지 지속될 나의 이 고통을 어떻게 하면 덜어 낼 수 있을까.

'운명이여, 조금이라도 자비를 베풀어 줄 생각이라면 M코를 정조 관념이 있는 여자로 있게 해다오. 네가 나를 괴롭히건 안 괴롭히건 너의 절대적인 임무에는 별지장이 없잖은가. 만일 너만 적당히 봐준다면, 나는 틀림없이 M코에게 더할 나위 없이 충실하고 헌신하는 남편이 될 거다. 그리고 남에게 폐를 끼치지 않는 선에서 우리는 조금씩 생활을 향상시켜 나가겠지. 나는 결코 내 운명에 대해서 주제넘은 희망은 품지 않겠다는 것을 맹세하지.

만일 부를 누리는 게 나쁘다면 부를 포기하겠어. 만일 사업을 하는 게 나쁘다면 사업을 그만두겠어. 만일 사람들을 돕는 게 나쁘다면 사람이 없는 곳에 가서 살겠어. M코가 내 사랑을, 목숨을 걸고라도 맹세할 수 있을 만큼 진실한 내 사랑을 짓밟지만 않는다면 무슨 짓이라도 하겠어. 난 어떻게 돼도 좋아. 제발 부탁이다. 그것만은 제발.'

이렇게 생각하며 내 소원을 들어주는 사람만 있다면 나는 누구에게든 매달리며 애원하고 싶었네. 과감하게 자네 집으로 가볼까. 가서 진심을 털어놓고 호소해 볼까. 자네는 아마 '농담 좀 작작 하게' 하며 노기를 띠고, 자네에게 매달리는 내 떨리는 손을 뿌리치겠지.

어째서 자네 같은 인간이 살아 있는 거야. 어째서 나의 이런 심정을 미치광이의 개수작으로밖에 여기지 않는 자네라는 인간이 살아 있는 거냐고. 자네같이 진지함을 모르는 인간만 없다면 나는 지금보다 훨씬 더 아름답고 행복한 인간이 되었을 거야.

하지만 다 틀렸어. 자네가 없다 해도 M코가 있는걸. M코의 마음이 썩었다면 설령 자네가 없다 해도 자네 같은 사람을 찾아내는 것은 식은 죽 먹기일 테니까. M코야, M코. 원인은 바로 M코지, 아아 M코인 거야.

그렇지만 M코가 어쨌다는 건가. 내가 M코를 사랑한다고 해도, 그리고 그 사랑이 M코가 받을 수 있는 최상의 사랑이었다고 해도, M코가 그 사랑을 거부한다면 어떻게 되는 거지. 나는 M코를 사랑했을 뿐이야. 그리고 M코는 나를 사랑하지 않았을 뿐이고. 어디가 잘못되었다는 거야. 비난 받을 일이 어디 있다는 거야.

이렇게 생각하다 나는 뭐가 뭔지 도통 알 수 없게 되어버렸다네. 내 마음은 산산이 부서져 버린 거야. 얼어붙은 길바닥 위에 갓난아기처럼 엎드려, 우리 셋 중에서 부디 내가 제일 나쁜 짓을 시도했고 제일 어리석은 짓을 한 인간이기를 기도하는 수밖에 없다고 생각했어. 고까짓 종이 쪼가리 하나로 영원히 믿기로 한 M코를 의심하기 시작한 나는 도대체 얼마나 모자라는 얼간이란 말인가. 이쯤에서 그런 뒤틀린 심보는 그만 긁어내 버리고 싶었네. 그렇게 하면 운명은 저절로 우리의 관계 위에 미소를 지어 주리라고 생각했지.

이런 생각은 그전부터 몇 번이나 해봤던 거지만, 이땐 특히 자네에게 독사 같은 마음을 품게 되더군. 내 마음은 야릇하게 움직였네. 자네를 생각할 때면, 자네가 왜 이 세상에 태어났는지 그 이유를 모르겠는 거야. 자네라는 인간은 필요도 없는데 어쩌다 만들어진 훼방꾼으로밖에 여겨지지 않았지. 그래서 자네가 빨리 죽어 주는 게 나에게는 무엇보다도 합리적인 일이라고 생각했지. '뭘 꾸물거리며 이 세상에 아직도 버티고 있느냐', 그런 생각을 한 거야(이 편지 맨 앞부분에 내가, 자네도 나한테 그런 생각을 했으리라고 추측하고 쓴 문구가 기억나겠지? 그건 분명 내 마음으로 자네 마음을 추측한 것이지만 틀림은 없을걸). 그와 동시에 나는 그 누구보다 자네의 입장을 가장 깊이 이해하고 동정하고 있었어. 위선이라고 생각하든 말든 그건 자네 마음이지만, 나는 자네를 동정하고 있었네. 내가 이다지도 M코를 사랑하고, M코에게 빠져 있으며, M코에게 목을 매고 있는 그 마음으로 짐작건대, 자네가 그녀에게 나와 같은 집착을 느끼는 것은 당연하다고밖에 생각되지 않았지. 그뿐만 아니라 자네가 집착을 느끼고 있다는 것은 나에게 일종의 긍지가 되기도 했다네. M코의 매력이 나 혼자만의 자아도취가 만들어 낸 망상이 아니라는 것을 입증해 주기 때문이야.

하지만 자네가 그 이상으로 끼어드는 게 아닌가 하는 걱정이 앞서자, 난 애가 타기 시작했네. 그 순간부터 내 마음은 완전히 객관성을 잃어버리고 말았던 거야. 나는 내가 숭고한 이기주의자가 되어 가는 것을 느꼈어. 나와 M코 이외에 인간은 존재하지 않았지. 나와 M코의 관계 외에 세상은 없었어. 무턱대고 나의 운명이 나를 어디로 이끌어 갈지 시험해 보고 싶다는 유혹에서 도저히 벗어날 수가 없었다네. 자네에게서 온 답장을 보고 싶다는 충동을 떨쳐 버릴 수가 없었던 거야. 자네도 그런 내 마음을 이해할 수 있겠지? 과연 그것은 정당한 방법이 아니었을지도 몰라. 만일 내가 그때 그 유혹을 이겨 냈더라면, 그 깨끗한 마음이 확산되어 M코를 마침내 내 사랑으로 감싸 안게 되었을지도 몰라. 흠, 그랬을지도 모르지. 하나 어쨌든 나는 그렇게 하지 않았네.

다바타의 고지대를 거닐다가 스가모(巣鴨) 쪽으로 나갔어. 스가모를 거닐다가 오쓰카(大塚)로, 오쓰카를 거닐다 신주쿠(新宿)로 향했지. 시계를 보니 두시 반이 되었더군. 자네에게 답장이 올 시간만 지나가면 별로 두려움에 떠는 일은 없을 것 같아, 나는 발길이 닿는 대로 마냥 시나가와(品川) 방면까지 도쿄의 변두리를 싸돌아다닐 작정이었지. 그런데 요요기(代々木)의 황실 소유지 근처를 걷고 있을 때, 문득 큰일 났다 싶은 생각이 들었어. 그것은 M코가 자네의 편지를 받고 다 읽고 난 후, 대담무쌍하게 그것을 곧바로 난로 속으로 던져 넣지나 않을까 하는 의구심이었지.

언뜻 대수롭지 않은 일 같기도 한 이 의구심은 돌연 내 가슴을 철렁하게 만들어 나도 모르게 발걸음을 멈추었지.

'그런 짓을 하게 내버려 둘쏘냐.'

내 마음은 그 순간부터 독을 품었네. 가면이고 뭐고 다 집어치워라. 나는 살기 띤 기내에 몸을 떨면서 거기서 곧장 전차를 타고 집으로 돌아왔네. M코는 내일의 파티 준비로 외출하고 집에 없었어. 나는 안도의 한숨을 내쉬었지.

그날 밤 한시 종소리가 울리고 났을 때였네. 이제나저제나 때를 기다리던 내가, 살며시 어깨에 감긴 M코의 보드라운 팔을 떼어 놓고 침대에서 일어난 것은. M코는 흐트러진 머리카락을 깃털 베개에 파묻은 채 규칙적으로 가련한 숨을 쉬며 깊은 잠에 빠져 있었어. 발바닥에 얼음 같은 마루의 냉기를 느끼면서 나는 맨발로 옆방으로 들어가 스위치를 켰지. 전등이 환하게 빛을 발하며 온 방을 비췄어. 나는 얼른 책상으로 다가가서 서랍의 자물쇠를 풀고 자네의 편지와 문고판 소설책을 꺼냈네. 불현듯 침실 쪽으로 고개를 돌리고 귀를 기울였지. 거대한 석조 건물은 묘지처럼 춥고 고요했네.

내 몸은 후들후들 떨려 왔어. 그 소설책 갈피에서 꺼낸 종잇조각과 자네한테서 온 편지를 두 손 사이에 끼워 기도하듯 이마에 갖다 대었네. 그 순간 나는 정말로 겸손하고 청정한 마음이 되어 있었지.

'모든 것이 최선의 현실이기보다는 최악의 일장춘몽이어라.'

나는 빌었지. 나처럼 공허한 마음으로 기도한 사람이 몇이나 될까. 신탁을 받으려는 경건한 무녀처럼 내 가슴은 전율하며 뜨거워지고 있었어.

두려움에 몇 분인가 주저하다가 마침내 나는 떨리는 손끝을 억지로 벌렸네.

떨리는 손끝으로 봉투를 찢고, 떨리는 손끝으로 편지지를 쓰다듬었지.

눈물을 머금은 내 눈빛은 뚫어져라고 자네의 이름자를 쳐다보았어.

나는 그만 경악했네.

그 순간 나의 인간적 심성의 끈은 툭 끊어지고 말았지.

여보게 가토. 자네는 이런 기분을 이해하지 못할 거야.

사람의 마음을 가볍게 저울질하는 녀석은 저주 받아 마땅해.

좀 더 진정하고 이 글을 써야 하는데. … 잠시 기다려 주게.

더 이상 그 방에 있을 수가 없던 내가 발소리를 죽여 가며 응접실로 가서, 침묵한 어둠 속에서 칼을 갈며 나의 타락을 기다리고 있던 복수라는 마녀와 어떤 계약을 맺었는가를 말하려니 너무도 비참하구먼. 어쨌든 그 다음 날 잠자리에서 일어난 나는 특별히 뿔도 돋아나지 않았고 비늘도 생기지 않았네. 지극히 품위 있는 예전의 젊은 신사 그대로였지.

새해 인사차 내가 정장 차림으로 자동차를 자네의 허름한 현관에 갖다 댄 것은 분명 삼일이었지. 처음에는 몹시 경계심을 보이던 자네가 내 감언에 감쪽같이 말려들어 그날 저녁 함께 우리 집으로 왔을 때, 내가 근사하게 연출한 화해의 제스처를 자네는 기억하고 있는지. 식사를 마쳤을 무렵에는 내가 있음에도 불구하고 자네는 친한 친구처럼 M코에게 자연스럽게 말을 걸기까지 되었어. 이때를 계기로 세 사람의 교제가 빈번해지자, 나는 종종 자네와 M코를 남겨 둔 채 자리를 비우곤 했지. 혼자 다른 방으로 가서 두 사람이 눈빛으로 나누는 대화나 물건을 주고받을 때 스치는 손가락과 손가락의 속삭임을 두 눈으로 보는 것보다도 훨씬 생생하게 상상하고 있었다네. 그러고는 마음껏 질투심을 고조시키는 일을 탐닉했어. 가슴이 찢어질 듯한 분노가 치밀어 올라 제풀에 주먹을 쇳덩어리처럼 불끈 쥐고서, 무릎이 떨리고 살기로 입술이 바작바작 타 들어가는 것을 굳센 의지로 꾹 참고 견디는 그 쾌락 또한 각별했다네.

'더 이상은 못 참아.'

'뭐야! 그까짓 일 가지고, 조금만 더 기다려 봐.'

'난 그쪽으로 가겠어.'

'그럼 그전에 이거나 보고 가. 저 봐! 지금 M코가 탁자 밑에서 발끝을 쭉 뻗치고 있잖아. 저 보라니까! 저 녀석의 다리를 건드리고 있어. 이번엔 얼굴을 쳐다보네. 무심코 미소를 주고받으려다가—는, 멈췄다—드디어 녹아내릴 듯한 미소를 짓는구면. 그렇게 서두를 필요는 없다고. 이번엔 벽난로 쪽으로 가네. 어럽쇼? 얼굴을 바싹 대고 벽난로 위에 있는 무언가를 찾고 있는데. 찾았다. M코가 발돋움을 하며 손을 뻗쳤어. 저 녀석이 뒤쪽에서 안아 올려 주려는 자세를 취하네.'

'제기랄!'

드디어 내 입가에는 음흉한 비웃음이 흘렀지. 그건 바로 질투의 오르가슴이었어! 그런 느낌을 만끽하고 나면 나는 한층 교묘한 가면을 쓰고 두 사람 사이에 끼어들었지. 두 사람이 아슬아슬한 장면을 연출하면 할수록 내 흥분은 점점 고조되는 거야.

나는 이런 식으로 내 의지를 연마하고 질투를 단련시키는 방법을 터득해 갔어.

내가 바보처럼 굴면 굴수록 M코는 나에게 더 친절했고 더 진한 애정을 표시했지. 나는 그것을 교묘하게 부채질했네. 우선 M코를 지금까지의 속박으로부터 완전히 해방시킬 필요가 있었지. 나는 기회를 살펴 가며 우리의 생활상을 점차 신혼 초의 호화판 생활로 되돌려 놓았어. 다만 다른 점이 있다면 전처럼 마음에도 없이 외부의 압박 때문에, 즉 M코의 비위를 맞추기 위해 사치를 조장한 게 아니라는 거지. 한 가지 확실한 목적을 완수하기 위해 기꺼이 화려한 생활로 나선 거야. 처음에야 M코도 아내 된 자의 도리로 눈살을 찌푸렸지만, 그 본성을 어찌 감추겠나. 얼마 안 가서 내 계획대로 착착 움직여 주더군. 정원에 만들어 놓은 작지 않은 온실도, 도쿄 근교의 이치카와(市川)에 사들인 물오리 사육장도, 몇 군데 지어 놓은 별장도, 시나가와만에 띄우던 요트까지 모두 그때를 상징하는 기념비들이지. 자네조차 그 여택을 입어 지금은 내가 제공한 자본으로 떵떵거리게 된 거고.

M코의 취향은 교회에서 극장으로 바뀌었고, 학생에서 미소년으로 옮겨 갔어. 내 응접실은 예술 애호가들의 사교장이 되어 버렸지. 대체로 M코는 섬세한 감성의 소유자가 아니어서 조잡스런 감상력밖에는 없는 여자였으나, 타고난 끼를 발휘해서 분위기를 잘 맞추는 데는 도가 터 있었지. 그녀는 순식간에 예술계의 여신이 되었어. 뭔가 좀 특출한 것이나 아름다운 것, 비현실적인 것이나 흉물스러운 것, 혼이 느껴지지 않는 것조차 눈에 띄기만 하면

금방 영감을 느낀 양 요란법석을 떠는 그들, 예술가라는 위인들에게 M코란 여자는 입맛에 딱 맞는 봉이었지. M코가 그림이 되면 세상은 떠들썩했네. M코가 시가 되면 세상은 또 떠들썩했네.

나의 또 한 가지 계획은 M코를 거짓말쟁이가 되도록 만드는 거였어. 거짓말을 하도록 만드는 일은 돈을 낭비시키는 일만큼 쉽지 않았지. 나는 어느 정도까지 교묘하게 M코의 의표를 찔러야만 했으니까. 예를 들어 M코가 어느 미소년과 밀회한 사실을 탐지했다고 쳐보세. 그 사실을 나는 교묘한 방법으로 자네 귀에 흘러들어 가게 해놓고 천연덕스럽게 자네를 저녁 식사에 초대하는 거야. 애당초 자네는 심기가 편치 않지. 연인인 M코는 그것을 민감하게 알아차리고 온갖 달콤한 기교를 총동원해서 자네의 기분을 풀어 주려고 애쓰지. 자네는 넘어가지 않으려고 무리하게 감정을 악화시키고. 더구나 자네와 M코는 그러한 감정의 흐름을 나한테 들켜서는 안 되었거든. 그 사이를 고심하면서 미봉해 나가는 M코를 지켜보는 일은 아주 흥미진진했다네.

원래 이런 책략을 쓰기 위해서는 밀정을 고용하는 게 제일이지. 내 집안의 고용인들은 M코가 눈치 채지 못하는 사이에 점차 물갈이 되고 있었어. 돈을 물 마시듯 집어삼켜 배에 기름이 오른 밀정들만이 집 안에 우글거리게 된 거야. 물론 M코가 나보다 먼저 이런 수단을 강구했지. 우리는 시치미를 떼면서 서로 음모로 대립하고 있었어. 하지만 결국 승산은 나에게 돌아왔지. 왜냐하면 무엇보다 돈을 자유롭게 쓸 수 있는 사람은 나였으니까. 그리고 M코가 집안을 지배해 나가는 사이에 나는 세상을 지배하고 있었지. 무엇보다 중요한 것은 나의 행실에 비난 받을 만한 구석이 하나도 없었다는 점이야. 나의 심정은 자포자기의 수준을 넘어 있었다네. 상대가 이렇게 나오면 나도 이렇게 응대하겠다는 식의 옹졸한 경지는 이미 뛰어넘은 상태였으니까. 어떤 일이든 조신하게 구는 게 중요하지. 하나의 사업을 위해서 다른 모든 것은 희생에 동참해야 했으니까 말이야. 그래서 M코의 밀정은 결국 M코를 비호할 수는 있어도 나에게는 으르렁거리지 못했어. M코가 그걸 얼마나 답답해했는지, 그건 알고도 남을 일이지.

사치스런 생활, 정신적인 자양분의 고갈, 온갖 음란한 잔치판, 상습적인 허위, 그런 것들이 어우러져 당시의 M코를 훌륭한 창부로 만들어 냈다네. 신기하게도 젊음을 잃지 않은 스물아홉 살의 풍만한 육체는 끓어오르는 음탕한 검은 피를, 창백할 정도로 희고 매끄러운 피부가 터질 듯이 감싸고 있었어. 살이 쪘다는 말은 맞지 않지. 물이 오른 거였어. 루벤스[11]의 여인이 아니라 「다나에」를 그린 코레지오[12]의 여인이야. 육체에도 두뇌의 움직임에도 어딘가 남성적이고 추접지 않아 시원시원한 면을 지니면서 애달픈 우수가 온몸에서 풍겨 났지. 그것은 마치 늦봄의 햇살에 무르익은 흑모란꽃 같았어. 그녀가 욕정에 불타 나로부터 뼈와 지혜를 탈취하기 위해 경계심을 늦추지 않으며 슬금슬금 다가올 때는 일종의 처절함마저 동반되었다네.

나는 어느새 모든 것을 까맣게 잊고 그녀에게서 받은 광기와 같은, 죽음과 같은 망아에 푹 빠져 버리려고조차 했어. 필경 이런 것이야말로 남자가 이 세상에 태어나 움켜쥘 수 있는 가장 강력하고 가장 확실하며 가장 만족스런 일이라는 느낌마저 받았던 거야. M코와 같은 처지에 놓인 스물아홉 살 난 화냥기 있는 여자가 절제에서 해방된 그 욕정이 어땠는지 아는가? 밤새도록 그 욕정에 들볶여서 그녀가 날밤을 새는 날이 허다했어. 그녀가 침상에 몸을 비벼대면서 히스테리 환자처럼 까닭 없이 울기 시작하다가 끝내는 자기 자신을 두려워하여 나에게 도움을 청하는 일도 흔히 있었지.

하지만 나는 어떤 순간에도 집요함을 잃지 않았다네. M코를 끌어안고 여기저기 키스 자국을 내고 있을 때에도 M코의 마음속에 누가 그려지고 있는지 훤하게 알고 있었지. M코가 바르르 떨리는 눈을 감는 것은 감정으로부터의 요구라기보다 내 모습을 보지 않기 위해서였던 거야. 자신의 상상력을 집중시키기 위해서였지. M코의 욕정이 고조되면 될수록 내 존재는 M코의 마음속에서 안개처럼 사라져 버리고, 그 뒤에 자네의 모습이 점점 뚜렷하게 부각되는 거야.

이 얼마나 비열하고 대담한 연금술인가. 나처럼 인간적 심성을 끊어 버리고 복수라는 악마와 요상한 계약을 맺은 인간이 아니라면, 이 끔찍한 사실은 누구든 까무러치게 하거나 미쳐 버리게 했을 테지. 나조차 새파랗게 질렸으니까. 고함을 치지 않으려면 으스러지도록 이를 악물어야만 했어. M코의 신경이 흥분에서 가라앉아 말로 표현할 수 없는 나른하고 아늑한 잠에 빠지는 것을 보면, 나는 야행성 짐승처럼 얼굴을 쳐들고 메마른 눈길로 잠든 얼굴을 물어뜯을 듯이 한참을 노려봤어. 그 자리에서 아름다운 목을 푹 찌르고 싶은 적의와 탱탱하게 부풀어 오른 가슴 위로 올라타고 싶은 충동에 부들부들 떨면서. 하지만 마음 깊은 곳에서는 어떻게든 M코를 구하고 싶은, 나 자신도 구원받고 싶은 소망을 버리지 않았던 거야.

그러는 걸 보니 아직 멀었구나, 내 마음속의 용심쟁이가 고개를 돌리며 이렇게 콧방귀를 뀌었어.

어떻게 끝장내는지는 두고 보시지, 이렇게 되받아치면서 나는 또다시 용기를 얻어 내 계략을 완성하려고 서둘렀네. 낭비를 하느라 사양길로 접어든 상회 일에 자금을 조달하기 위해 나는 뒤도 돌아보지 않고 투기적인 일에 손을 대기 시작했지. 도쿄 내에 있는 동업자들 손에 땀을 쥐게 하는 대담한 일을 척척 해냈어. 실제로 황폐해질 대로 황폐해진 내 마음은 본래 겁쟁이인 나를 닦달해서 대담무쌍한 남자로 만든 거야. 높다란 원기둥 꼭대기에 외다리로 서서, 위태로운 생명의 갈림길에 서서, 개미만해 보이는 하계의 인간들을 비웃어 주고 싶은 기분이 늘 자리 잡고 있었어. 하지만 원래 성격이 그렇지 못한 자에게 그런 일이 언제까지나 성공할 수는 없지. 나의 한 발은 금방 지쳐서 걸핏하면 몸의 중심이 흔들거렸네. 그래도 나는 모든 의지력을 동원해 버텼지. 무슨 일이 있어도 M코를 내가 꾸미는 계략 한가운데로 끌고 가지 않고는 못 배겼던 거야. 초조한 마음을 억누르며 나는 서둘렀네. 남아 있는 근력이 소진되기 전에 적을 궁지로 몰아넣어야 하니까.

그해 초가을 아침이었네. 우리는 평상시처럼 기분 좋게 아침 식사를 마치고 정원으로 나갔어. 잔디 이파리에는 구슬 같은 이슬이 맺혀 있었고 채송화는 꽃잎을 아직 오므리고 있었지. 싱그러운 공기 속으로 일상의 여운이 가벼운 속삭임처럼 전해져 왔어. 우리는 잔디가 깔린 길을 구불구불 돌아서 온실로 갔다네. 작은 수정궁을 보는 듯한 투명한 건물 안에는 열대 식물들이 울창하게 우거져 있었지. 정원사 둘이 넓은 잎 사이로 보였다 안 보였다 하며 일하고 있더군. 여기에도 내 앞잡이 노릇을 하는 개가 둘 있지.

"들어가 볼까."

"네."

딴생각을 했는지 M코는 이렇게 건성으로 대답을 하더군. 우리는 문을 열고 들어갔어.

"어머 향기로워라."

M코는 잠에서 깨어난 듯이 얼굴을 활짝 펴고 주변을 둘러보았어.

"무슨 꽃이죠? 이런 향기가 나는 게."

나이가 많은 쪽의 개는 나에게 곁눈질을 하더니 난 화분 하나를 선반에서 내리더군.

"여기 있다 보면 향기가 나는지 안 나는지 통 알 수 없지만, 이게 아닐까요?" 라고 머뭇거리며 말했어.

"어디 보자… 아닌데."

이렇게 말하고 M코는 몇 개의 화분에 코를 갖다 대더니 아까 그 향기가 나는 게 없다고 하더군.

"찾아내기 힘들 거야. 이 안에서 나는 향기는 여기 있는 꽃 전부의 향기니까. 비슷한 향으로 만족하지그래."

"하지만 고급 시가 냄새 같은 게 난걸요. 그런 꽃이 없어요."

나는 담배를 안 피우네. 항상 고급 시가 향을 풍기는 건 자네지. M코는 한참을 거기에 있는 화분마다 냄새를 맡아 본 끝에, "그럼 이 냄새로 만족해야겠네"라며 한 송이에 칠팔 엔[13]이나 할 것 같은 큰 꽃송이가 주렁주렁 달린 난 화분을 골랐네. 나는 그 화분을 들고 M코의 뒤를 따라 걸었어. 그런데 저절로 코를 자극하는 그 향기를 맡다 보니 문득 자네의 모습이 떠오르는 거야. 그것은 정말이지 비슷한 냄새였어. 흠, 이거 재미있군, 하는 생각에 머릿속에서는 눈이 핑핑 돌 정도로 M코를 함정에 빠뜨릴 궁리를 했지. 그래서 넓은 툇마루로 올라서려던 순간 그 화분을 일부러 섬돌 위에 세게 내리쳤다네.

"어머 깜짝이야."

"이런."

이렇게 동시에 외치며 마주 본 두 사람 사이에는 서양의 진귀한 꽃송이들이 흙 범벅이 된 채 애처롭게 나뒹굴고 있었어. 순간 M코의 얼굴에는 나에 대한 격렬한 증오심과 경멸의 빛이 노골적으로 드러나더군. 나의 과실을 항상 웃으며 감싸 주던 그녀로서는 전에 없던 일이었지.

"떨어뜨리면 어떡해요! 조심했어야죠."

각오는 하고 있었지만 참을성이 많은 나도 울컥 화가 치밀더군. 이건 M코가 하녀들에게도 하지 않던 말이 아니던가. 그렇지만 그 순간 나는 정신이 번쩍 들었어. 마침내, 그래 마침내 약발이 먹히기 시작한 거다. 두고 봐라. 악마야, 이리 나와 봐. 싸움이 재미있어졌다고. 악마야, 이리 나와서 내 얼굴의 표정을 빼앗아 가다오.

나는 기가 죽은 표정으로 주뼛주뼛하며 M코를 밑에서 올려다보았네.

"내가 왜 이렇게 멍청하지. 당신이 아끼는 꽃이었는데 말이야. 그래도 좀 참아 줘. 오늘 내가 똑같은 걸로 사다 줄 테니."

"이런 꽃이 도쿄에 있을 리가 있어요?"

"하여튼 찾아볼게."

"맘대로 하세요."

나는 하루 종일 도쿄 시내를 돌아다니다가 어렵게 팔십칠 엔짜리 화분 하나를 사들고 돌아왔네. M코는 곁눈질로 흘끗 보더니 고맙다는 말도 하지 않더군.

알팍한 여자의 마음이 드디어 내 함정에 빠진 거였어. 지금까지 반투명 베일로 가리고 있던 그녀의 교만과 방자함은 그 보기 흉한 낯짝을 뻔뻔스럽게 내게 들이댄 거야. 질투와 음모로 기력을 탕진한 나는, 한 가지 더 굴욕이라는 것을 참아 내야만 했지. 하지만 승리는 슬그머니 내게로 다가오고 있었어. 부아가 치밀어 오르던 나는, M코의 사랑에 푹 빠져 의지도 기지도 사라져 버렸고 몹시 육욕적이면서도 그것을 여자에게 요구할 용기마저 없는 초라한 남자로 철저히 가장했다네.

M코가 자네 집을 뻔질나게 드나들거나 사나흘씩 집 밖에서 놀며 행선지도 알리지 않은 채 여행을 떠나곤 한 것은 그때부터였지.

자네는 잊었을지언정 나는 잊지 못하지. 자네와 M코가 밀회한 횟수나 장소는 내 일기장에 꼬박꼬박 기록되어 있네만, 그보다도 내 가슴속에 또렷하게 새겨져 있으니까 말이야. 두 사람이 나를 아주 우습게 여기고 온갖 환락을 만끽하고 있을 때, 언제나 내 귀와 눈은 두 사람이 노는 꼴을 옆에서 지켜보고 있었다네. 내 마음은 어느 사이엔가 완벽하게 이중으로 움직였어. 회사 사무실 책상 앞에 앉아 있을 때도, 우리 집 식탁에 혼자 앉아 쓸쓸히 젓가락질을 하고 있을 때도, 내 마음은 두 사람의 뒤를 따라다녔어. 밀정의 전화 연락으로 M코를 자네 집에서 찾아냈을 때에는 내 마음도 자네 집에 가 있었지. 전보로 두 사람을 피서지에서 찾아냈을 때에는 나도 그 피서지에 가 있었다네. 그래서 M코의 그림자처럼 늘 그녀의 등 뒤에 머물러 있었지. 꿈에서든 상상에서든 아니면 황혼 무렵의 어슴푸레한 광선으로 야기된 환상에서든, 자네는 언뜻 해골처럼 앙상하게 마른 내가 충혈된 눈으로 이를 갈면서 M코를 노려보고 있는 걸 본 적이 없나? 이 괴상한 성격의 분산으로 나는 하루하루 야위어 갔어. 빠진 살은 그 부피만큼 하나의 환영이 되어 M코의 그림자에 스며들었지. 두 사람이 밀회를 즐기던 밤, 미닫이문이 삐걱거리며 잘 닫히지 않은 적은 없었는가? 거기에 내가 있었네. 잠자리에서 일어났을 때, 묶으려던 M코의 머리채가 엉클어져서 빗질이 잘 안 된 적은 없었는가? 거기에 내가 있었네. 두 사람이 포옹하며 키스하려고 바싹 다가갔을 때, 방 안의 기둥이 으지직 갈라지는 소리가 난 적은 없었는가? 거기에 내가 있었네. 아아, 흡혈귀의 집요함과 악의를 품고 나는 M코가 있는 곳이라면 어디든지 따라간 거야. 사그라지는 M코의 양심의 불길에 부채질을 하면서 나는 그녀가 있는 곳에는 반드시 있었지. 망은과 박정함이 사랑의 애원을 매정하게 뿌리치고, 그 중상에 살갗이 갈라져 거칠어진 황음(荒淫)의 손끝을 갖다 댔을 때에는, 내가 복수의 칼날을 숫돌에 갈아 날이 섰는지를 머리카락으로 시험해 보고 있을 때였지.

M코의 교만은 극에 달했네. 그와 동시에 후안무치한 음욕도. 그 기회를 포착한 나는 제이의 수단을 취하기 시작했지.

"M코. 나를 질투심 많은 사람이라고 생각하면 안 돼. 당신을 의심해서 그러는 것도 아니고, 야단치려고 그러는 것도 아닌데, 요즘 간혹 이상한 소리를 들으면 말도 안 되는 소리라고 여기다가도 역시 기분이 안 좋아."

그러면서 나는 다정하게 인형같이 아름다운 M코의 손을 잡고 무릎 위에서 애무하는 거야.

"어머, 무슨 소릴 들었는데요?"

"아니, 별말은 아니지만 말이야."

"그럼 신경 쓰지 마세요. 하지만 제가 그렇게 보여요?"

"그렇게 넘겨짚으면 이야기를 못하지."

"알았어요. 무슨 얘긴데요? 말씀해 보세요."

"일주일 전 오늘 당신과 가토가 신바시(新橋)에서 만나서 즈시[14]에 있는 별장으로 가 사흘간이나 머물렀다든가, 어젯밤 당신이 기생집으로 가토를 불러서 열두시가 넘도록 기생 둘하고 놀았다든가, 또 오늘은 무코지마[15]에 갔다든가(이 이야기들은 모두 내가 꾸며 낸 것이네) 하는 말을 하는 사람들이 있어서 말이야. 혹시 당신 부모님 귀에라도 들어가 괜히 엉뚱한 오해를 사면 시끄러워지잖아."

"호호호, 당신도 꽤나 예민하시네요(M코는 의기양양하게 웃었다네). 누구든 여자가 남자를 만나고 다니면 그 정도 소문은 나는 법이에요. 맘대로 떠들어 보라지요, 뭐."

"하지만 M코…."

"당신도 정말 답답하시네요(M코는 버럭 화부터 냈어). 부부지간에 그렇게 날 못 믿으세요? 당신 또 내가 잊어버리고 싶은 일들을 끄집어내서 괴롭힐 작정이죠? 내가 무슨 잘못이라도 있으면…."

"그런 게 아니라 M코(나는 당황하는 척하며 M코가 오므리는 손을 억지로 잡아당겨 뜨거운 입맞춤을 했네), 내가 잘못했어. 더 이상 아무 말도 하지 않을게. 당신도 내 마음 잘 알잖아."

"잘 아니까 이 손이나 좀 놔주세요!"

"제발 그렇게 화내지 마. 내가 무안해지잖아. 이제는 무슨 일이 있어도 다신 그런 이야기 안 할 게. 알았지? 우리 사이가 서먹서먹해지는 건 나도 싫어. 결혼 초에는 부부 싸움을 해도 재미가 있었지만 요즘 들어서는 정말이지 불쾌해. 예를 들어 당신이 쓰키지의 기생집에서 나올 때 얼른 가토의 신발을 신기 좋게 놔주었다든가, 오이소[16]에서 묵은 날 밤에 카운터에 말해서 옆방 손님을 내쫓았다든가(이것은 실제로 M코에게 있었던 일이야), 그런 터무니없는 소릴 하는 사람이 있어도 이젠 결코 곧이 듣지 않을 테니까 말이야."

그토록 표정 관리가 완벽한 M코도 흠칫 놀란 표정을 감추지 못하고 어이없는 듯이 나를 쳐다보더군.

또 어느 때인가는 M코가 자동차로 자네와 약속한 장소로 가려고 할 때, 운전수가 M코의 지시도 기다리지 않고 그쪽으로 차를 몰았지. 또 어떤 때에는 약속 장소에 자네가 끝내 나타나지 않아서 그 다음에 만났을 때 M코가 원망을 하자, 자네는 놀라면서 다른 장소에서 만나자는 전갈을 받고 그곳으로 나갔다가 오히려 바람맞았다며 반대로 M코를 원망하기도 했지.

M코는 노골적으로 나에게 적의를 보이기 시작했어. 위선으로 똘똘 뭉쳐 있으면서도 평온했던 집안 분위기는 어딘가 살기를 띠게 되었지. 하나 M코에게 나는 뼈도 없고 잘 믿는 남편으로 보였을 거야. 아무리 M코가 무리한 요구를 해와도 맹종했거든. 아무리 M코가 분노할지라도 나는 쩔쩔매며 오로지 그 분노를 식혀주기 바빴으니까. 아! 그 당시의 내 고동을 누가 알겠나. 서시처럼 맨발로 살게 된 왕자[17]도 언젠가 본 적이 있는 돌덩이 밑에 깔린 잡초의 뿌리도 나를 보았다면 자신들의 행복에 미소 지었을 거야.

이런 경우 M코가 취할 수 있는 길이 두 가지밖에 없음은 자네도 알아차렸을걸세. 하나는 나에게 이혼을 요구하는 것이고, 다른 하나는 나와 끝장 볼 때까지 사랑의 투쟁을 계속하여 날 쓰러뜨리는 것이겠지. M코는 용감하게도 후자를 택했다네. 그래서 자네와의 추잡한 관계에 미친 듯이 빠져 드는 한편으로는 자신의 모든 매력을 동원하여 유혹하며 내 영혼과 육체를 갈가리 찢어 버리려고 했던 거야.

용감무쌍한 M코! 하지만 그녀는 나의 적수가 못 되었지. M코가 황음과 적의로 심신을 소모하고 있을 때, 나는 성자와 같은 몸가짐으로 육신을 애호했어. 내 의지가 M코의 물불 안 가리는 강인한 의지에 미치지는 못한다손 치더라도, 목숨을 건 사랑의 귀자(鬼子)인 질투심이 그 부족을 메우고도 남았다네.

M코 주변에 둘러쳐져 있던 마술 고리는 점점 작아졌어. 내가 물려받은 유산과 사업의 이익까지 합쳐 마구 뿌려댄 뇌물 덕분에 M코와 자네가 즐겨 찾던 밀회 장소는 이런 저런 구실 하에 두 사람을 받아 주지 않게 되었지. 두 사람은 하는 수 없이 자네 집이나 내 별장에서 얼굴을 맞댈 수밖에 없게 된 거야. 그러나 그렇게 밀회 장소가 제한되자 내 쪽은 갑자기 우세한 입장에 놓이게 되었어. 두 사람의 행동 하나하나가 손에 잡힐 듯이 나에게 전달되었거든. 자네 집에는 음산한 형체가 어딘가에 숨어 있다가 M코가 오면 끊임없이 불가사의한 일을 벌였지. 어떤 때에는 M코의 코트가 사라졌으며, 또 어떤 때에는 M코의 베게에서 바늘이 한꺼번에 서너 개 나오기도 했을 거야.

나는 한눈팔지 않고 두 사람의 행동을 주시하며 서로의 마음이 어떻게 변해 가는지를 감지하고 있었네. 두 사람의 마음이 멀어졌다 가까워졌다 하는 것이 훤히 보이더군. 드디어 최후의 타격을 가할 시기가 온 거야. 내가 예전에 고삐를 늦추었을 때, M코가 너무 기쁜 나머지 여자의 천박성과 장난기 많은 욕정에서 데리고 놀던 몇몇 미소년들과 주고받은 선물이랑 편지들이 누군가로부터 몽땅 자네에게 배달된 게 바로 그때지. M코의 몸과 마음을 유감없이 독점한 듯 혼자 좋아하던 자네가 그걸 보고 어떤 표정을 지었는지도 난 다 알아. 남자를 다루는 수단의 하나로, 그동안 뭇남자들에게서 어떤 유혹을 받았는지를 끊임없이 주입시킨 M코의 말만 믿고 내심 넘칠 정도로 자만해 있던 자네는 천성이 착한 만큼 얼마나 놀라고 화가 났겠나. 그후 두 사람 사이는 묘하게 감정이 어긋나기 시작했어. 부도덕한 쾌락에 빠진 남녀일수록 부질없는 원한을 품게 마련이거든. 그것은 당연히 자신들의 추한 마음이 만들어 낸 무서운 환각이야.

M코는 시키지 않았는데도 집 안에만 틀어박혀 지내게 되었어. 매일 아침 그녀를 파고드는 극심한 두통. 아무것도 아닌 일에 눈물을 글썽이는 종잡을 수 없는 비애. 급작스런 격노. 지금까지의 난잡한 성생활에서 차단된 결과, 한창때인 서른 살 여자를 몸부림치게 만드는 무서운 욕정. M코는 나날이 이런 채찍에 신음하며 고통스러워했네.

M코의 얼굴은 점점 흉하게 변했어. 탄력을 잃은 눈 주변의 보랏빛 그늘, 왼쪽 입 꼬리를 끊임없이 씰룩거리는 번갯불 같은 경

련, 점점 튀어나오는 광대뼈, 아름답던 하트 모양의 이마를 무색케 하는 주름살, 윤기 없는 얼굴에 떡이 져서 짝 달라붙은 머리카락 등 분명 스스로 자신의 나이를 절감하고 있었을 거야. 덧없이 스러지는 여자의 육체는 이제 전성기를 지나 버린 거지. 여자가 거울을 골라 가며 피부색은 하얗게, 윤곽은 둥글게 보이는 비정상적인 경면(鏡面)에 얼굴을 비추면서 지칠 줄 모르고 화장 솔을 이리 댔다 저리 댔다 하는 것도 돌이킬 수 없는 위기감이 시킨 짓일 테니까. 가련한 M코는 나중엔 거울조차 두려워하게 되었어. 은근히 날 두려워하듯이.

하지만 나는 점점 더 자상한 남편 노릇을 했지. M코가 눈물지으면 갖은 재주를 다 부리며 M코를 웃기려고 때로는 어울리지 않는 어릿광대 짓도 서슴지 않았네. M코가 화를 내면 발밑에 무릎이라도 꿇을 듯이 남자의 자존심을 버리고, 얻어맞으면서도 기어오르는 충견 흉내조차 냈다네. M코는 함께 웃는 대신 불같이 화를 냈어. 또 화를 누그러뜨리는 대신 미친 사람처럼 웃어대기도 했고. 그럼에도 불구하고 나는 꿋꿋하게 M코가 요구하는 것을 들어주려고 무진 애를 썼지. 한 번도 그녀 입맛에 맞게 해준 적은 없었지만. 단 M코가 애처로운 본능의 요구에 들볶여 적의도 반감도 다 잊고 욕정의 만족을 얻으려고 할 때만큼은 난 얼어붙은 돌처럼 꼼짝도 하지 않았어.

그것은 잊을 수도 없는 이월 이십구일 저녁의 일이었어. 나는 또 잠자리에서 M코를 참담하게도, 하지만 기분 나쁘지 않게 밀어냈지. 그렇지만 얼어붙은 돌은 그 깊은 곳까지 얼어 있었던 것은 아니야. 돌은 자신의 나약함을 지옥에서까지 저주하면서 꿈틀거리는 본능을 이겨 내려고 안간힘을 쓰며 무언의 고함을 지르고 있었던 거야.

갑자기 M코가 벌떡 일어나서 맨발로 침대에서 내려갔어. 격렬히 흐느끼는 소리가 방 전체에 끔찍하게 울려 퍼졌지. 그리고 잠시 주춤하는 듯하더니 무서운 기세로 옆방으로 이어지는 문을 열려고 했네. 그 순간 나는 이미 그녀를 뒤에서 꼼짝 못하게 껴안았지.

"이거 놔요."

"어딜 가는 거야, 이렇게 늦게."

"놓으세요."

"안 돼."

"놓으시라고요. 못 놓겠어요?"

유령처럼 창백해진 M코는 순백색 잠옷 속에서 부들부들 떨면서 돌아보더니 억양도 감정도 없는 목소리로 이렇게 말했네.

"M코, 진정해. 이리 와봐. 도대체 요즘 왜 그러는 거야? 잠이 안 오면 자지 마. 여기 의자가 있으니까 이리 와서 앉아."

M코는 잠자코 순순히 의자에 앉아 발끝을 가만히 응시하면서 간헐적으로 부르르 떨었네.

'이리 나와 봐, 악마야. 이제 막바지에 왔다. 내 마음에 연민이 생기지 않게 해 줘'라고 나는 입속으로 중얼거리면서 의자 등받이에 손을 걸치고 머리를 풀어헤친 M코의 선이 고운 목덜미를 마음껏 눈으로 능욕했네. 뼈에 스며드는 한밤중의 추위 탓인지, 아니면 오랫동안 멀리하고 있던 육욕의 애원 탓인지, 하여튼 일종의 마비와 같은 힘이 나를 전율케 했지.

"당신 나를 말려 죽일 작정이죠?"

M코는 처음 자세를 조금도 흐트리지 않고 침착하게 이렇게 말했어.

"무슨 소릴 하는 거야? 당신 정신이 좀 이상해진 거 아니야."

"그래요."

M코는 곧바로 말을 받더군. 또다시 이어진 무거운 침묵.

"난 죽어도 당신을 떠나지 않을 거예요."

M코는 고개를 틀어서 나를 올려다봤어. 눈동자 아래위로 흰자가 보일 만큼 눈꺼풀을 크게 벌리고 말이지. 왼쪽 입 꼬리는 금방이라도 울음을 터트릴 듯이 바르르 떨며. 나도 모르게 오싹해지더군. 그러나 그 순간 나는 갑자기 억누를 수 없는 격정에 휩싸여 M코 앞으로 휙 돌아 그녀의 두 손을 잡았다네.

"말 잘했어, M코. 나는 기뻐. 그런 말을 해줘서 기뻐. 지금까지 참고 또 참아 왔지만 이제 다 털어놓을게. 비웃지 말고 들어줘. 당신을 처음 본 그날 밤부터 나는 이미 내 목숨까지 당신에게 바쳤어. 어떤 인연인지는 모르겠으나 나는 도저히 당신을 놓칠 수가 없었던 거야. 오, 이 머리카락이었지, 당신이 그날 밤 아낌없이 잘라 버린 것은. 당신은 좋은 누나가 되어 나를 잘 감싸 주었어. 그때를 생각하면 행복했던 것 같아. 정말이지 나만큼 행복한 인간은 없었을 거야. 당신도 행복했지? 우리 두 사람은 행복했어. …그리고 둘 다 인정 많은 좋은 사람들이었어. … (쳇 악마! 내가 지금 무슨 말을 하는 거야. 행복했던 게 아니라 행복한 거야). 나는 말이야, M코. 지금도 이렇게 행복해. 날 봐, 응? 내 눈물을 오해하면 안 돼. 하긴 가토와의 관계를 처음 알게 되었을 때에는 그토록 당신을 사랑했던 나도 얼마나 당신이 미웠는지 몰라. 몇 번이나 권총에 손을 댔는지 몰라. 왜냐하면 당신을 가토에게 빼앗길 바에야 차라리 이 손으로 당신을 죽여 버리는 게 낫다고 생각했었으니까. 그 정도로 난 당신을 사랑했어. …사랑해. 아아, 사랑해 M코. …그렇지만 당신은 가토와 깨끗하게 헤어지고 내게로 다시 돌아와 줬어. 처음에야 당신을 이래저래 의심하기도 했지. 그건 용서해 줄 수 있겠지? 내가 마음속에서 의심을 말끔히 털어 내기 위해선 목숨을 걸 정도의 각오를 해야만 했어. M코, 하지만 지금은… 지금은 당신을 굳게 믿고 있어. 악마한테든 신한테든 맹세할 수 있어. 당신을 털끝만큼도 의심하지 않는다니까. 나만큼 행복한 남자는 없을 거야. 아아, 나만큼… 당신은 죽어도 나를 떠나지 않겠다고 하고….”

M코는 돌연 막대기처럼 일어나 귀를 막더군. 그리고 귀를 막

고 있는 오른쪽 팔꿈치로 나를 밀쳐 내고는 앉아 있던 의자 뒤로 돌아가서 의자를 방패로 삼았네.

"그런 속이 뻔히 들여다보이는 소리를… 뻔뻔스럽게도… 그렇게까지 해서… 난 당신이 싫어요, 경멸해요! 증오해요!"

'이때다, 목 졸라 죽여 버려.'

이런 마음속의 외침을 마녀가 '어딜' 하고 가로막았다네. 한순간 새빨개져 보이던 침실이 다시 원래의 전등불 빛으로 보이게 되기까지 나는 으스러져라 이를 악물어야만 했네. 나는 간절히 애원하는 표정을 지으며 말했어.

"M코! …M코! 왜 그렇게 무정한 말을 하는 거야? 내 마음을 조금이라도 헤아려 준다면, 그때부터 내가 얼마나 진실한 마음으로 당신을 믿어 왔는지를…."

M코는 미친 듯이 귀를 막은 채 머리를 흔들었어.

"더 이상 듣기 싫어요! 이 방에서 나가 주세요. 당신이 바라는 대로 돼주면 될 거 아녜요. 남자답지 못한 사람 같으니라고. 나가 달라면 나가 줘요."

"그런 소리 하지 말고…."

으드득으드득 이를 갈며 M코는 방문으로 달려가서 문을 열어 젖혔네.

"자, 나가 주세요."

나는 원망스러운 듯이 M코를 쳐다보았어. 그리고 M코의 분이 풀릴 기미가 없는 것을 눈치 채고 포기한 듯이 M코가 시키는 대로 했지.

"그럼 오늘 밤은 이층 손님방에 가서 잘게. 그 대신 이 방문 열쇠는 날 줘. 당신이 너무 격앙되어 있어서 걱정되니까 내가 밖에서 자물쇠를 채워 두겠어."

M코는 나의 별다른 대책이 없음을 비웃듯이 순순히 열쇠를 내 손에 건네주었지.

나는 그 방을 나오자 참지 못하고 소리 내어 울면서 정신없이 계단을 뛰어올라 가 손님방으로 들어갔어. 방문을 닫자 한밤중의 어둠이 목 속 깊숙이 호흡과 함께 빨려 들어오는 것 같았네. 내 눈이 어두운 건지 내 마음이 어두운 건지 분간이 안 되더군. 머릿속에서는 와르르와르르 뭔가가 무너져 내리는 소리가 요란하게 들렸어. 기쁨의 눈물과 슬픔의 눈물과 승리의 웃음과 절망의 웃음이 회오리바람처럼 온몸에서 용솟음쳤지.

'아, 지금 M코는 예전에 준비해 두었던 모르핀을 책상 서랍에서 꺼내고 있다. 나에게는 다 보인다. M코는 떨리는 손으로 지금 그것을 눈앞에 치켜들고서 바라보고 있다. M코의 양심아, 지금이야말로 마지막 장면을 두 눈 똑바로 뜨고 봐라. 그리고 생명의 소중함을 원 없이 지켜보려무나. 아니면 이 순간에도 가토의 모습이 M코의 마음을 사로잡고 떠나지 않는단 말이냐. …젠장. …하지만 잠깐. M코를 잃게 된 내가 이다지도 괴로워하듯이, 가토를 잃게 된 M코 역시 나만큼 괴로워하고 있다면, 누가 운명에 대적한단 말이냐. 만일 불행하게도 우리의 운명이 어긋난 것이라면, 우리는 그 운명을 무시하기 위해서라도 서로를 가련하게 여겨야만 하는 게 아닌가. …인간이란 왜 이렇게 외롭게 살아야만 하나. 이 외로움… 나는 더 이상 이 외로움을 혼자서 견뎌 낼 재간이 없다. 다시 한 번 M코한테 가자. 그리고 그녀의 죄를 모두 용서해 주고, 지금까지의 나의 사악한 마음을 눈물로 빌자. 그리고 두 사람은 다시 인정 많고 아름다운 마음의 소유자가 되자. 그게 얼마나 좋은 일인가. …M코가 마신다. 잠깐만 M코! 하하하하, 너는 그걸 모르핀이라고 생각하고 마시겠지. 그건 모르핀이 아니야. 하하하하, 너를 양심의 고통에서 구해 낼 영약은 일찌감치 내 손으로 무해한 수면제로 바꾸어 놓았다는 걸 몰랐지. 바보… 바보. 죽은 줄 알았던 M코는 내일 아침 또다시 눈을 뜰 거야. 하하하하, 그러고는 더욱 심하게 나를 원망하고 증오하겠지. 그토록 나를 증오하지 않고는 못 배기는 걸까. 나는 어떤 팔자를 타고난 것일까, M코! …. 그래, 마셔라 마셔. 그리고 잠이 들 때까지 단말마의 고통에 발버둥쳐 봐라. 아무리 녹슬어도 무뎌도 내 사랑의 칼에 마음이 찔려 있는 너는, 가토만을 머리에 떠올리며 임종 시의 환락에 빠져 보려고 애를 써봤자 그럴 수 없는 아픈 상처가 있을 것이다. 지금이야말로 잘 알아 둬라. 그 고통스런 상처의 신음 소리를 죽음과 함께 억지로라도 삼켜라. 그리고 내일 아침 이 번뇌의 사바세계에 또다시 눈뜨기 전에 지옥의 구렁텅이를 실컷 헤매다 오너라. …가엾은 M코야. 너는 죽을 각오까지 한 거지? 죽을 각오를…. 아아, 난 이 이상의 불행은 못 견디겠다. 용서하자. 역시 M코를 용서하자. 차라리 M코를 가토에게 보내 주고 나는 혼자서 살자. 그러면 조금은 M코의 마음이 누그러져서 그 한구석에 내가 비집고 들어갈 틈이 생길지도 몰라. 나는 그 정도의 만족이라도 구걸할 만큼 궁지에 몰린 거다. 무참하게도 피를 말려 죽이는 것… 나는 상상만으로도 몸서리가 친다. M코가 새근새근 자고 있다. 권총을 그 가슴에 갖다 대고 과감히 방아쇠를 당긴다. 천지가 무너진다. 놀라서 휘둥그레진 내 눈앞에 피범벅이 된 M코가 눈을 허옇게 치뜨고 온몸에 경련을 일으키며 신음한다. 순식간에 호흡이 가늘어져 간다. 죽는다. …이런 정도는 그래도 상상할 수 있다, 참아 낼 수도 있다. 단숨에 끝날 일이라면 나라고 못할 건 없지. …M코가 극약 마시는 걸 난 보고도 못 본 척한다. 그약을 마시기 전에 M코는 있는 힘껏 죽음에 맞서야만 하겠지. 그두려운 죽음을 바로 눈앞에서 지켜봐야만 하는 것이다. 그녀는 나에게 쌓이고 쌓인 원한을 떠올리겠지. 죽음에 앞서 절망적인 용기나마 불러내기 위해서. 그리고 또 죽기 직전 이별을 고하지 못한 자네에게는 녹아내릴 듯한 연모의 정에 목이 메겠지. 죽음에 앞서 절망적인 용기나마 불러내기 위해서. 그녀의 심장은 격정으로 팽창되어 당장에라도 터지려고 하겠지. M코는 과감하게 반미치광이 상태에서 하얀 가루를 입에 털어 넣는다. 혀끝에서 침을 빨아들이는 가루약의 감촉. 약효를 높이기 위해서 잔뜩 마시는 물. 죽음을 꽉 껴안는 바람에 자신도 모르게 후들거리는 다리. 더 이상 말로는 형용할 수 없는 어둡고 질기고 잔인한 폭력, 죄의 고통, 그 고통이 그녀의 풍만한 살덩이를 깎아 내고, 그녀의 바람기 많은 피를 짜내고, 심장에 돌덩어리를 지질러 놓고, 골을 뜨거운 물로 삶는 가책의 지옥 세계… 그러면서도 M코는 지옥에나마 갈 수 있을까? 내일의 태양이 떠오르는 순간 또다시 이 내가 살아 있는 현실 세계에, …이것은 내가 생각해도 잔혹하다. 어째서 이런 못된 마음으로 변해 버린 것일까? 이 아름다운 세상을 나는 왜 그렇게 불결하고 빗나간 생각으로 더럽히려는 것일까? 내가 생각해도 혐오스럽다. 아아, 지금 M코는 약을 다 마시고 죽음을 각오하며 조용히 침대 위에 누워 있다. 가혹하다, 너무 가혹하다…. M코, 용서해 줘. 지금 모든 것을 고백할게. 나는 이제 기꺼이 물러서련다. …독약이 아니야, 네가 마신 건… 널 죽일 거라면 차라리 내가 죽겠다. 이 무슨 미치광이 같은 짓인가!'

나는 호흡하는 것조차 잊은 듯했어. 순간 그 방을 정신없이 뛰쳐나왔다네. 복도에는 휘황하게 전등불이 켜져 있었지. 그 불빛이 눈 속으로 반사되는 순간 나는 다시 현실 세계로 돌아온 거야. 내가 그 약을 바꿔 놓았다는 것을, 밀정까지 둔 M코가 전혀 모른다고 누가 장담할 수 있겠나. M코는 또 연극을 꾸미고 있는 거다.

복수! 복수! 어디까지나 하고야 말 복수! 이렇게 된 바에 무슨 미련이 남았겠나. 최악의 결과를 초래할 수밖에 없는 복수! 악마! 지금 모조리 다 숨어 있던 구멍에서 나와라! 나는 다리에 힘이 빠져 카펫 위에 경직된 상태로 주저앉아 버렸지. 그러고는 미친 사람처럼 머리카락을 쥐어뜯으며 울고 웃어댔어.

이윽고 여기 현실 지옥의 하늘 끝자락에도 날은 서서히 밝아오기 시작했네.

다음 날 아침 아홉시쯤 죽은 듯한 숙면에서 깨어난 M코는 목숨을 건 기대가 어긋나 여전히 나와 한 지붕 밑에서 살게 된 것을 알자 졸도해 버리더군. 그러고 나서는 심한 히스테리를 일으켰어. 의식이 뒤집어진 M코를 나는 얼마나 무던히도 달랬던가. 그것은 지옥으로 끌어내린 천국이었고, 천국으로 끌어올린 지옥이었지.

어제부터 M코는 내가 다가가기만 해도 미친 개처럼 이를 드러내며 덤벼들었어.

나의 전 재산은 M코를 이 지경으로 만드는 데 남김없이 탕진했다네. 내일쯤엔 채권자들이 보낸 집달리가 이 집을 압류하러 오겠지.

이제 모든 게 끝났어. 나는 오늘 자취를 감추려 하네. 이제부터 내가 무엇을 할 것인지 혹은 어떻게 될 것인지는 자네가 알 바 아니야.

자네의 그 무딘 신경에 끝장난 우리 세 사람의 운명이 어떻게 비칠런지. 하여튼 나는 넋이 나가 버린 M코를 자네에게 보내 주겠네. 인간이 일생에 필시 한 번밖에 경험할 수 없는 존엄하고 질긴 생명의 연소를, 일말의 동정심도 없이 재미삼아 농락했던 자네가 과연 자네의 연인을 죽음으로부터 구해 낼 수 있을지 없을지, 나는 어디에선가 기꺼이 지켜보고 있겠네.

옮긴이 주

1) 가루타 : 트럼프보다 작은 크기의 카드로, 와카(和歌) 31자가 다 쓰인 카드와 31자 중 뒷구 14자가 쓰인 카드로 이루어져 있다. 한 사람이 와카의 앞구를 읊어 나가면, 두 패로 나뉜 사람들이 그 뒷구를 찾아내는 놀이로 주로 설에 많이 한다.

2) 코끝에는~냄새 : 일본의 전통적인 올린 머리인 니혼가미(日本髮)는 머리카락이 흐트러지지 않도록 기름을 바르는데, 그 기름은 납과 식물성 기름, 향료를 혼합한 것이어서 냄새가 좋지 않다.

3) 오비 : 帶. 기모노를 입을 때 가슴에서 허리 사이가 벌어지는 것을 막기 위해 매는 넓은 허리띠.

4) 바이닝거 : Otto Weininger, 1880~1903. 오스트리아의 철학자. 23세에 유일한 저서 『성(性)과 성격』(1903)을 출판한 직후 총으로 자살했다.

5) 여리고성 :『구약성서』의 「여호수아」 6장에 나오는 성. 가나안에 있는 난공불락의 여리고성을 이스라엘 백성들이 하느님의 계시에 따라 일시에 무너뜨렸다.

6) 가쓰 가이슈 : 勝海舟, 1823~1899. 일본의 정치가. 막부 말기의 개화파로서 1862년 고베에 해군 훈련소를 설치하고 인재 양성에 힘썼다. 저서로는 『해군 역사』, 『육군 역사』, 『취진록』 등이 있다.

7) 속발 : 束髮. 뒤에서 다발로 묶어 올린 서양식 머리 모양. 전통적인 니혼가미보다 간편하고 위생적이어서 1885년부터 널리 퍼졌다.

8) 유카타 : 浴衣. 목욕 시에 입는 면 소재의 한 겹 기모노.

9) 미쓰코시 : 三越. 1673년에 개점한 포목점. 에치코야(越後屋)가 1904년 일본 최초의 백화점 형태로 바뀌면서 붙여진 상호.

10) 다카시마야 : 高島屋. 1831년 개점한 포목점이 미쓰코시 등장 후 백화점으로 바뀌면서 붙여진 상호.

11) 루벤스 : Peter Paul Rubens, 1577~1640. 바로크 양식의 대표 화가로, 풍만한 관능미가 넘치는 여인상을 많이 그렸다.

12) 코레지오 : Antonio Allegri da Correggio, 1489~1534. 이탈리아 후기 르네상스의 대표 화가. 「다나에」라는 작품에는 통통하지도 마르지도 않은 여인이 아기 천사의 손을 잡고 침대에 비스듬히 기댄 모습이 그려져 있다.

13) 한~엔 : 당시 초등학교 교사의 첫 월급이 5엔 정도였다.

14) 즈시 : 逗子. 도쿄에서 약 50킬로미터 정도 떨어져 있는 가나가와현 남부의 해안을 끼고 있는 도시.

15) 무코지마 : 向島. 도쿄 스미다구의 지명. 에도 시대에 다이묘의 별장이 많이 있었을 정도로 경치가 좋은 곳.

16) 오이소 : 大磯. 1885년 일본 최초의 해수욕장이 생긴 가나가와현 남부에 있는 지명.

17) 거지처럼~왕자 : 마크 트웨인(Mark Twain, 1835~1910)의 소설 「왕자와 거지」에 나오는 왕자에 비유한 것.

지은이 연보 | 아리시마 다케오

1878년 대장성 관료인 아리시마 다케시(有島武)의 장남으로 도쿄에서
        태어났으며, 화가 아리시마 이쿠마(有島生馬)와 소설가 사토
        미 돈(里見弴)이 동생.

1888년 학습원 초등과 시절 황태자 아키노미야 요시히토(明宮嘉仁, 후
        에 다이쇼 천황이 됨)의 학우로 선발.

1896년 학습원 중등과를 졸업하고 삿포로농업학교에 편입학.

1901년 급우 모리모토 고키치(森本厚吉)의 영향으로 가족의 반대를
        무릅쓰고 기독교에 입교. 모리모토와 『리빙스턴전』(リビング
        ストン伝) 간행.

1903년 미국으로 유학. 하버드대학교에서 공부하며 사회주의사상에
        흥미를 갖는 한편 신앙에 회의. 휘트먼, 입센, 톨스토이 등에
        심취.

1907년 외국 생활을 마치고 귀국하여 삿포로의 모교에 취직.

1908년 삿포로에 부임. 사회주의연구회와 그림동호회의 중심적 인물
        로 활약하면서 신앙에 더욱 회의를 품게 됨.

1909년 가미오 야스코(神尾安子)와 결혼.

1910년 『시라카바』(白樺) 창간 동인으로 참가하여, 「탕탕벌레」(かん
        かん虫) 등을 발표하는 한편 교회와 단절.

1911년 장남 출생, 슬하에 삼형제를 둠. 1월부터 1913년 3월까지 『시라
        카바』에 「어떤 여자의 그림프스」(ある女のグリンプス)를 연재.

1914년 부인이 폐결핵 발병, 교직을 그만두고 도쿄로 돌아옴.

1915년 부인의 간병과 육아에 전념하면서 작가로서 활동.

1916년 8월에는 아내를, 12월에는 아버지를 잃음. 이를 전기로 삼아 본격적으로 작가 생활에 돌입.

1917년 대자연과 가난한 농민의 생활을 대담하고 냉혹하게 그린 「카인의 후예」(カインの末裔) 발표 후 왕성하게 창작 활동.

1918년 「다시 태어나는 고통」(生まれ出づる悩み), 「어린아이들에게」(小さき者へ) 발표. 「어린아이들에게」는 자신이 아이들에게 당부하는 말을 편지 형식을 빌어 쓴 작품.

1919년 「어떤 여자의 그림프스」를 전면 개작한 「어떤 여자」(或る女)를 발표.

1920년 아리시마의 문학과 사상의 결정체인 「사랑은 아낌없이 뺏는 것」(惜しみなく愛は奪う) 발표, 아리시마의 최고 걸작으로 평가받으며 문학과 사상의 정점을 이룸.

1922년 작가의 양심 선언이라고 불리는 평론 「선언 하나」(宣言一つ)를 발표하여 논란을 불러일으키는 한편, 홋카이도의 농장을 소작인들에게 증여하는 등 재산 처분을 단행. 개인 잡지 『샘』(泉) 창간.

1923년 6월, 잡지 『부인공론』의 기자인 유부녀 하타노 아키코(波多野秋子)와 가루이자와에 있는 별장에서 마흔 다섯의 나이로 동반 자살.

그 밖에 대표작으로는 「선언」, 「삼손과 데릴라」, 「죽음 그 전후」(희곡), 「클라라의 출가」, 「미로」, 「어린 아이들에게」, 「어떤 여자」, 「한 송이 포도」(동화) 등이 있다.

옮긴이의 글

우리나라에 아리시마 다케오(有島武郎, 1878~1923)의 작품을 가장 먼저 소개한 사람은 김동인(1900~1951)이 아닌가 한다. 김동인은 1919년 12월부터 『창조』(3호)에 연재한 소설 「마음이 옅은 자여」에서, "유도무랑(有島武郎)의 「선언」(宣言)을 보았다"라고 쓰고 있는 것이다. 그 밖에도 「자식의 덕」, 「해적의 말」 등에서 김동인은 아리시마의 작품을 언급하고 있는데, 그가 열다섯 살 때인 1914년부터 스무 살 무렵까지 일본에서 유학한 시기가 아리시마가 가장 왕성하게 창작 활동을 하던 시기임을 생각하면 아리시마의 영향을 받았다는 것을 짐작하기 어렵지 않다. 이와 비슷한 시기에 일본 유학 생활을 했던 염상섭(1897~1963)도 마찬가지다. 그의 경우에는 아리시마의 「선언」(1915), 「다시 태어나는 고통」 (生まれ出づる悩み, 1918), 「돌에 짓눌린 잡초」(石にひしがれた雜草, 1918)와의 영향 관계가 뚜렷이 나타나고 있는 것이다.

이렇듯 한국 근대문학의 초석을 마련한 작가들에게 큰 영향력을 발휘한 아리시마의 작품을 우리나라에서 구해 보기 어렵다는 것은 애석한 일이 아닐 수 없다. 물론 을유문화사의 『세계문학전

집』(1975) 속의 한 권으로 아리시마의 작품이 번역 출간된 적도 있고, 「어린아이들에게」(小さき者へ, 1918)나 「카인의 후예」(カインの末裔, 1917)는 여러 번 번역되기도 했다. 그러나 이번처럼 우리나라 근대문학에 영향을 미친 작품들이 하나의 단행본으로 묶인 예는 없다. 특히 「돌에 짓눌린 잡초」는 최초의 번역이어서 우리의 근대문학 연구에 조금은 도움이 될 것으로 믿어 의심치 않는다.

김동인의 「붉은 산」과 영향 관계가 거론되고 있는 「카인의 후예」는, 1917년 7월 『신소설』(新小說)에 발표된 단편소설로 아리시마의 출세작이다. 주인공 닌에몬이 성서에 나오는 인류 최초의 농부 카인을 형상화한 인물이라는 점에서 그런 제목이 붙여졌다. '자연에서 방금 따온 듯한' 주인공 닌에몬은 인간의 본능적인 욕구를 거침없이 드러내며 난폭하게 구는 성격으로 말미암아 한곳에 정착하지 못하고, 카인처럼 정처 없이 떠돌아다녀야 하는 운명을 갖게 된 것이다.

아리시마 다케오가 이 작품의 무대인 홋카이도와 직접적으로 인연을 맺은 것은 삿포로농학교에 입학하면서이지만, 그의 아버지는 이미 그 땅에 거대한 농장을 소유하고 있었다. 아리시마 자신이 홋카이도에서 생활했고, 농장을 둘러보며 소작인들의 실태를 눈으로 확인한 만큼, 홋카이도 대자연의 웅장하면서도 회화적인 묘사와 소작인들의 처절한 삶의 사실적인 묘사는 절로 감탄을 자아낸다. 이러한 묘사는 염상섭이 지적한 바와 같이 「다시 태어

나는 고통」에서도 돋보인다. 염상섭은 『조선문단』 합평회(제7호,
1925년 4월)에서 「어촌」이란 작품의 자연 묘사법을 문제삼으며,
"아리시마 다케오의 「다시 태어나는 고통」이라는 작품 중 홋카이
도의 바다를 그린 것을 보면 참 훌륭해"라고 아리시마의 자연 묘
사를 감탄해 마지않았던 것이다.

자연 묘사의 달인 아리시마의 표현력이, 부족하나마 독자들에
게 제대로 전달되기를 옮긴이로서 바랄 뿐이다.

「다시 태어나는 고통」의 원제목은 「우마레이즈루나야미」(生ま
れ出づる惱み)인데, 우리말로 바꾸기가 만만치 않다. 生まれ出づる
에는 '태어나다'라는 뜻이 있고, 惱み에는 '괴로움, 고민, 번민'
등의 의미가 있다. 이를 염상섭은 「암야」(1922)라는 작품 속에서
「출생의 고뇌」라고 번역·소개했고, 곽하신은 「태어나는 괴로
움」(을유문화사)이라는 제목으로 번역·출간했다. 그 밖에도 「출
생의 비밀」, 「태어나기 위한 고민」, 「창조의 고통」 등이 거론되고
있는데 옮긴이는 「다시 태어나는 고통」이라는 표현을 택했다. 그
이유는 작가 자신이 작품 속에서 제목을 암시하는 단서를 제공하
고 있다고 보았기 때문이다.

아무도 알아차리지 못하고 주의도 기울이지 않는 지구의 한 귀
퉁이에서 존귀한 영혼 하나가 모태를 깨고 나오려고 괴로워하고
있다.

여기서 '모태를 깨고 나오려고 괴로워하고 있다'는 것은 어부인 기모토 청년이 화가로서 새롭게 태어나고 싶어 몸부림친다는 의미이므로, '다시 태어나는 고통'이 적절하다고 판단한 것이다.

이 작품은 1918년 3월 16일부터 4월 30일까지 『오사카 마이니치신문』(大阪毎日新聞)에 연재하다가 중단, 9월에 완성된 아리시마 유일의 신문소설이다. 이 소설의 주인공인 기모토 청년에게는 기다 긴지로(木田金次郎)라는 실제 모델이 있는데, 그는 아리시마를 작가로서가 아니라 화가로서 여기고 자기 그림을 보여준 일이 있었다.

아리시마는 1907년 미국 유학에서 돌아오자마자 모교인 삿포로농학교가 승격한 도호쿠제국대학(東北帝國大學)에 영어 강사로 재직하며, 학생들과 미술 애호가들의 모임인 '흑백합회'를 조직하여 활동했다. 1910년 11월 말 제3회 흑백합전을 개최했는데, 이때 열일곱 살의 기다 소년이 황혼의 바다를 그린 아리시마의 소품에 매료되었던 것이다.

근대문학 작품 중에서 유례가 없을 만큼 상당히 독특한 구성을 취하고 있는 이 작품은, 서술의 주체는 '나'이면서도 문장의 주어는 '자네'로 되어 있다. 그것도 3장부터는 '자네'가 들려준 이야기에 작가인 '나'가 상상과 공상의 나래를 펼쳐 지어낸 내용으로 이루어져 있는 것이다. 또 어떤 부분은 '자네'에게 말을 거는 형식이고 어떤 부분은 서술하는 형식이어서, 우리말로 번역하는 데도 어려움이 적잖았다.

이 복잡한 형식과 하나의 줄거리가 있는 것도 아닌 내용, 독특한 문체에 낯설어하는 독자가 있을 것이라고 생각한다. 하지만 어부로서의 생활도 포기하지 못하고 예술가로서의 끼도 버리지 못한 채 고뇌하는 기모토 청년에게 안타까움을 느끼며 공감할 수 있다면, 염상섭의 지적대로 기발하면서도 훌륭한 자연 묘사에 반한다면, 근대소설의 힘을 재발견할 수 있으리라 믿어 의심치 않는다.

염상섭에게 커다란 영향을 준 「돌에 짓눌린 잡초」(1918년 4월 『태양』, 『아리시마 다케오 저작집』 제6집에 수록)는 서간체 소설로, 처음부터 끝까지 화자인 A가 친구에게 남기는 편지 형식으로 되어 있다. 그 친구를 '너'가 아닌 '자네'(君)라고 지칭하고 있으므로, 문장 전체를 '하게' 체로 번역해야 했는데, 중편소설 한 편의 분량을 그렇게 한다는 게 생각만큼 쉽지는 않았다. 특히 아리시마 다케오에게는 이런 유형의 작품이 많은 편이어서 앞에서 언급한 「선언」이나 「다시 태어나는 고통」도 그중의 하나이다.

「돌에 짓눌린 잡초」는 지조를 지키지 못하는 아내에게 사랑이라는 이름으로 복수하는 남편의 이야기다. 사랑이 집착을 낳고, 집착이 질투를 낳고, 질투가 악마적인 복수를 낳고, 복수가 파멸을 낳는 비극. 질투의 오르가슴. 이 질투심을 단번에 마조히즘의 경지로 끌어올린 찬란한 표현은 남자의 강한 집착이 빚어낸 결정

체이자, 복수의 서막을 열게 하는 자극제로서 이 작품의 키워드다.

그렇다면 제목에 있는 '돌'은 남편을, '짓눌린 잡초'는 아내를 암시하는 것일까? 하지만 이 소설은 그렇게 단순하지 않다. 복수를 하는 가해자나 복수를 당하는 피해자나 똑같이 고통을 겪고 파멸한다는 점에서, 가해자는 피해자가 되고 피해자는 가해자가 되기도 한다. 그래서 '돌'을 운명, 사회 환경 등으로 보는 견해가 설득력을 얻기도 한다

이 작품의 특징은 남성의 성 심리를 전면에 내세우고 있다는 점이다. 성을 복수의 수단으로 삼는 발상 자체가 그렇거니와 남자의 정복욕, 집착, 가학증, 자학증 등 다양한 성 본능이 묘사되고 있는 것이다. 이런 면은 「카인의 후예」에서도 일부 맛볼 수 있지만, 아리시마 다케오의 대표작인 「어떤 여자」(或る女, 1919)의 경우에는 여성의 성 심리가 보다 사실적으로 적나라하게 묘사되어 있다. 원시적인 본능에 충실하여 패배하는 자가 닌에몬이라면, 성 본능에 이끌려 파멸하는 여자는 「어떤 여자」의 주인공 요코인 것이다. 이처럼 아리시마에게는 인간의 '성'과 '본능'에 천착한 작품이 많은데, 한마디로 그는 인간이기에 가질 수밖에 없는 고통, 특히 인간의 본능에 애착을 가진 작가라고 할 수 있겠다.

마지막으로 번역 문제에 대해서 언급해 두고자 한다. 「카인의 후예」에도 「다시 태어나는 고통」에도 홋카이도 사투리가 나온다. 사투리를 번역문에서 어떻게 다루는 것이 좋을지 솔직히 아직 확

신이 서지 않는다. 그러나 후자의 작품에서 기모토 청년이 표준어를 쓰기도 하고 사투리를 쓰기도 하는 작가의 의도를 반영한다면 분명 표준어는 표준어로, 사투리는 사투리답게 표현해야 하지 않을까 하는 생각이 든다. 그런 의미에서 편의상 홋카이도 사투리를 경상도 사투리로 바꾸었다. 그리고 부득이하게 어미는 '다'체로 통일했다. 이 점 독자 여러분의 양해를 구하고자 한다.

끝으로 저본은 지쿠마쇼보(筑摩書房)에서 간행한 『아리시마 다케오 전집』(1980) 제3권을 사용했음을 밝혀 둔다. 아리시마의 작품에 관심을 갖는 독자가 많아지길 바란다.

2006년 3월 옮긴이 유은경

옮긴이 | 유은경

상명여자대학교 사범대학 일어교육과 졸업.

도쿄외국어대학 외국어학연구과 석사.

주오대학 문학연구과 박사 과정 수료.

현재 대구가톨릭대학교 일어일문학과 교수로 재직 중.

저서로는 『유머로 배우는 일본어』, 『유래로 배우는 일본어 관용구』, 『나쓰메 소세키에서 무라카미 하루키까지』(공저), 『21세기 문학 연구』(공저) 등이 있다. 또한 역서로는 『일본문학의 이해』, 『일본의 근대소설』, 『일본의 현대소설』, 『일본인의 성』(공역), 『일본 사소설의 이해』, 『취한 배』, 『소설의 비밀을 벗긴 12장』(공역), 『일본 근대 독자의 성립』(공역), 『고바야시 히데오 평론집』, 『문』 등이 있으며 이외에 다수의 아리시마 다케오 관련 논문이 있다.

한림신서 일본현대문학대표작선을 발간하면서

한림대학교 일본학연구소에서는 1995년에 광복 50년, 한일국교 정상화 30년을 기념하면서 일본학총서를 출간하기 시작했다. 그 성과에 대해서 한일 양국의 뜻있는 분들이 높이 평가해 주신 데 깊은 사의를 표한다.

본 연구소는 한국이 일본을 더욱 잘 알게 되고, 한일간의 문화교류가 활발해진다는 것이 한일 양국을 위하는 것일 뿐 아니라 21세기를 향한 동북아시아의 평화와 새로운 질서를 수립하는 데 크게 이바지한다고 생각한다. 그런 뜻에서 일본학총서도 발간해 왔던 것이다. 앞으로도 그 사업을 계속할 것이며 연륜을 더해감에 따라 큰 발자취를 남기게 될 것을 의심하지 않는다.

그런 확신을 가지고 지금까지 일본학총서 발간에 보내 주신 한일 양국 여러분의 성원에 보답하는 의미에서 여기에 새로이 한림신서 일본현대문학대표작선을 발간하기로 했다. 일본 문학은 이미 세계 문학사에서 확고한 자리를 차지하고 있다.

일본은 전통적으로 문학 속에 사상을 담아 왔기 때문에 일본 사회를 알기 위해서는 일본 문학을 알아야 한다고들 흔히 말한다. 그럼에도 불구하고 지금까지 상업성을 위주로 하는 일반적인 출판사업에서는 일본 문학의 전모를 알리기에는 어려운 사정이 많았던 것이 사실이다. 그러므로 본 연구소는 일본을 바로 이해하기 위하여, 한일간의 문화교류를 더욱 촉진하기 위하여 여기에 일본현대문학대표작선을 간행하기로 했다.

이러한 노력이 우리 문화발전에도 크게 이바지할 수 있기를 바라면서 일본에서도 한국 문화를 일본에 알리기 위한 노력이 일어나서 한일간에 새로운 세기를 좀더 밝게 전망할 수 있게 되기를 바란다.

여러분들의 계속적인 성원을 기대해 마지 않는다.

1997년 11월
한림대학교 일본학연구소